老树咖啡馆

金春妙 著

北京日报出版社

图书在版编目（C I P）数据

老树咖啡馆 / 金春妙著. -- 北京 : 北京日报出版社,
2019.6
ISBN 978-7-5477-3318-9

Ⅰ. ①老… Ⅱ. ①金… Ⅲ. ①长篇小说－中国－当代
Ⅳ. ①I247.5

中国版本图书馆CIP数据核字(2019)第079499号

老树咖啡馆

出版发行： 北京日报出版社
地　　址： 北京市东城区东单三条 8-16 号东方广场东配楼四层
邮　　编： 100005
电　　话： 发行部：（010）65255876
总编室：（010）65252135
印　　刷： 北京市玖仁伟业印刷有限公司
经　　销： 各地新华书店
版　　次： 2019 年 6 月第 1 版
2019 年 6 月第 1 次印刷
开　　本： 710 毫米 ×1000 毫米　1/16
印　　张： 13
字　　数： 230 千字
定　　价： 39.80 元

目录

回乡偶书

“在老家生我养我的地方，叫滨海，一个人坐在咖啡吧里。这里华侨比较多，一个小镇上开了两家欧味很浓的咖啡吧，环境装饰跟欧式蛮接近，最不一样的是当你进门时会有很大的烟味扑鼻而来，坐在那里要用手机麦克风塞住耳朵听自己喜欢的歌曲，或读故事或看新闻，这样才能真正品到咖啡的味道。乡音虽然亲切，但如过于大声会转变成噪音，就一点也不美了，少了对他人的尊重……”

一条“L”形的廊台，围合着餐厅。自由敞开的门，既让内外贯通，八面来风，又可让过往行人一窥里面的浮华世界。咖啡吧里，十二月的阳光落在茶色的玻璃上，反射出温暖的光。身着白色衬衫、黑色休闲装的李鼎君在手机上划下一段文字，流泻下一时的感触。李鼎君本来想要表达的内容很多，只是在欧洲待了二十五年，有些思维习惯跟不上国内节奏，有些字因不常常用，一时写不出来。残存在脑海的方块字跟他躲猫猫，要使劲想才能找到对上号的汉字，如果用中文口述，他会表达得很好。他的二儿子李存哲对汉字的记忆则更差，写十个汉字，错了五个，还有四个是缺胳膊少腿的，真正对的只有一个。还好带李存哲出国时，他已经有十来岁了，中文和温州方言都已掌握，不像孙子，土生土长在西班牙，搞得中文一句都不会。大孙女李蓓蓓稍微好一点，会讲一点点中文，但是每当写中文，她就痛苦不堪，嘟着嘴：“爷爷，谁发明的中文哦，这么难画。”

在李蓓蓓眼中，一个“中国”的“国”字要先画边框，再画里面的三横一竖，而且要横平竖直，要求好高哦。她总画得歪歪扭扭，不成样子。好几次李蓓蓓要放弃学中文，李鼎君就逼迫着她学。不仅如此，每年暑假，作为鼎君集团董事长的他，放下手头的所有工作，带着四个孙辈，拖着七八只行李箱，千里迢迢回国寻根。从机场待机开始，李鼎君就开始讲国内的人文历史、风土人情，一路上嘴巴就没停过。老大李蓓蓓、老三李蕾蕾同时抗议道：“爷爷，你的老皇历，我们已经听了一百遍了。”

在西班牙出生，西班牙籍的李蓓蓓曾经问他："爷爷，我到底算哪里人呀？"

李蓓蓓长得纤弱清秀，戴着牙箍，这使得她说话很不自信，生怕别人看到她的牙箍。事实上，无论她怎样掩饰，她的牙箍还是暴露无遗。李鼎君一点也没有觉得不好看，相反，他觉得这副牙箍天生长在李蓓蓓嘴里似的，带点狡黠和俏皮，离了它，李蓓蓓的特点就不明显了。

对于李蓓蓓的问话，他通常不回答，把皮球踢还给了她："你是哪里人，爷爷说了不算，你去问问你的同学。他们说你是哪里人就是哪里人。"

第二天，李蓓蓓回来了，他问她："你同学怎么说？"

"爷爷，同学都说我是亚洲人。因为我是黑眼睛黑头发。"李蓓蓓情绪有些低落。

"是啊，国籍可以改变，你身上的黄皮肤、黑眼睛却是改变不了的，记住，你是中国人，是正宗的炎黄子孙。知道爷爷为什么喜欢唱《龙的传人》吗？龙是中国的象征，无论身在何方，永远都不要忘了自己的祖先，自己的祖国。爷爷暑假带你回国寻根去。"

李蓓蓓不吱声。她倒不是不爱国，只是中国与她隔着距离，非常陌生。印象中都是跟不愉快的生活片段交织在一起，让人失了美好。

"中——国——人！"在马德里学校，黄头发、白皮肤的西班牙同学故意拖长声音叫她，她听出了嘲弄和鄙夷，不知怎的，整个人就缩下去了，顿觉矮了几分。她不知道自己的这份胆怯缘何而来。

"爷爷，中国穷吗？中国落后吗？中国的街道干净吗？"

这一系列的问题从李蓓蓓的嘴里脱口而出。

"中国怎么样？爷爷说的是爷爷心中的中国，每个人心中的中国是不一样的。你要亲自去看看。"

西班牙国际机场，李鼎君独自拖着七八个行李箱，带着四个孩子，忙得满头大汗。管理这四个孩子可比管理几千人的员工累多了，可他毫无怨言。

整个假期，李蓓蓓待在温州寻根之旅夏令营里，剪纸、学书法、朗诵经典、寻访古迹……李鼎君给了这所夏令营很大的赞助和支持，但是李蓓蓓并不知道这些。李鼎君不会告诉她，他不想李蓓蓓因为爷爷的赞助而在营友当中有优越感。

在李蓓蓓眼中，国内的条件比国外差远了。她不知道，爷爷住着的江滨路400多平方米的豪宅，曾羡煞多少温州市民。他们一辈子的奋斗就是梦想着有这样一套在李蓓蓓还看不上眼的房子。平日里，坐在阳台就能看见瓯江上的船只来来往往，江心岛在晨雾中隐隐约约，如仙境中的蓬莱，又像诗意的水墨画。但是对中国传统文化缺失的李蓓蓓来说，什么诗之岛，只是一片浑浊的黄水而已，毫无美感。李蓓蓓第一次打长途越洋电话向妈妈诉苦：“妈妈，温州简直是个难民营哦，空气潮湿闷热，一出汗黏黏糊糊的，浑身不舒服。妈妈，我好想回家哦。”

对于李蓓蓓的抱怨，李鼎君听不下去了。

“李蓓蓓，凡成大事者，必先学会吃苦精神。这点苦都吃不了，你还是炎黄子孙吗？还是温州人的后代吗？回家？温州就是你的家呀！”

“爷爷，你又翻老皇历了哦！”李蓓蓓赶紧躲到了自己的房间，关起门和西班牙的同学视频聊天。

李蓓蓓入住夏令营后，李鼎君基本不过问她的生活。直到闭营汇报演出时，李鼎君才去探班。

一个月的历练，李蓓蓓黑了，瘦了，更精神了。

她见到李鼎君，扑上去说道：“爷爷，我学到了很多中国传统文化，有木活字印刷术，有中国歇后语，知道了不少中国故事。这一个月学的中文比我在西班牙一年学的还多。我能感受到同胞的爱了，我能感受身为中国人的自豪了！”

她的嘴唇上下翻动，金色的牙箍闪闪发光。

李鼎君微笑颔首。突然，灯光暗了下来，学员们的汇报演出开始了。李鼎君坐直了身体。

李蓓蓓身穿黄色印有“中国寻根之旅”的营服，扎着马尾辫，略施粉黛，笔直地站在台上主持，如含苞待放的花骨朵，良好的修养与平和的气质感染着现场的观众。她的一颦一笑，尽显大家闺秀的风范。李蓓蓓既是主持人，又是演员，在台上忙得不亦乐乎。

音乐起。点脚雷盘，盘到南山……童谣把李鼎君的思绪拉到了久远的年代。

台上的孩子懵懵懂懂，尽显天真可爱；台下的李鼎君感慨万千，乡音乡情触动阵阵乡愁。原以为没有电视、没有电脑、没有游戏机的童年，注定是一段乏善可陈的灰白记忆，随时光的流逝删节掩埋，却不知古老的童谣里包含着通向年轻时代的密码，以正确的方式打开，抚顺李鼎君鬓霜的发丝。这一刻他柔情似水，内心的热流左冲右撞……

李蓓蓓唱完童谣，亲昵地跑到爷爷身边撒娇。

“丫头长大啦！表现不错哦。”

李鼎君在心中一连说了无数个“好”，但脸上一点也不表露，几十年的修炼让他喜怒不形于色，情绪掩藏得很好。

汇报演出结束，李蓓蓓走出校门，无限留恋地回望学校。直到李鼎君叫她，她才回过神来。她打开车门，钻进车中。

李鼎君掩藏起心中的自豪和骄傲，淡淡地说："李蓓蓓，这次夏令营，爷爷觉得你成长了，不再是那个霸道的李蓓蓓了。以前，你对弟弟妹妹说话都是命令式的，很少平等沟通。现在你能站在对方的角度考虑问题，成熟了。你要永远记住，高调做人，虽可人前风光，但不如低调为人，踏实生活，赢得尊重。"

李蓓蓓脸一红，"爷爷，我以前做错了哦。"

想着李蓓蓓的成长，李鼎君无限感慨。儿子的教育来不及参与，孙辈的教育，他比管理鼎君集团还上心。他要把对儿子缺失的爱弥补到孙辈身上，难怪古语说"隔代亲"。

李鼎君品了一口不加糖的拿铁咖啡，思绪从遥远的地方收回来。没有人知道他内心复杂的滋味。他在最美的年华背井离乡，远渡重洋。离开时，一头浓密的黑发是年轻的标志。此刻却两鬓稀疏，半生年华转眼飞逝，真是应了那句"少小离家老大回，乡音无改鬓毛衰"。生命就是这样一个过程，无论愿意不愿意，时光不会为谁停留。

他点开微信，太太苏任秀勤的朋友圈有了更新，一张风景照配上一段富有哲理的文字映入眼帘：

在这个世界上，没有一劳永逸、完美无缺的选择。你不可能同时拥有春花和秋月，不可能同时拥有硕果和繁花。不可能所有的好处都是你的。你要学会权衡利弊，学会放弃一些什么，然后才有可能得到些什么。你要学会接受命运的残缺和悲哀，然后心平气和。因为，这就是人生。

李鼎君给太太点了个赞。这段话像是苏任秀勤的自言自语，又像是苏任秀勤特意写给李鼎君看的。他很庆幸娶了这个女人，才有了他今天的幸福生活。他是个野心勃勃的人，在商场肆意驰骋、不断扩张，如果没有苏任秀勤在背后拉住缰绳，只怕他这匹野马是攻一座城丢一座城，是苏任秀勤给了他及时的支援和点醒，才使他不致马失前蹄。多年的南征北战，商海博弈，苏任秀勤练就了敏锐的商业触觉。她擅长投资理财，如果手头有三块钱，她必然拿出一块存银行，一块用来周转，一块另作投资。她把安危一起通盘考虑，理性克制。而李鼎君通常孤注一掷，把三块钱都拿来搏击商海。

李鼎君和苏任秀勤在一起生活了四十多年，两个人的性格逐渐互补。活了大半生，李鼎君渐渐知道了，对自己好的人，会随着时间流逝越来越少。他放下底线迎合纵容苏任秀勤，不是天生好脾气，只是怕失去她，才宁愿把她宠上天。

他对苏任秀勤的好是失了分寸的，可是他愿意。因为当初是他好不容易才追到她的，她像一块稀世珍宝，焉能不珍惜。只要他愿意，别人是没资格说什么的。

苏任秀勤开车很快。西班牙多坡地，李鼎君担心苏任秀勤出事，坐在副驾驶室里，常常大气也不敢出，伸出右手在苏任秀勤前方一顿一顿，如踩刹车，意思是“慢慢来”。他不敢出声怕影响到苏任秀勤开车的情绪。而苏任秀勤呢，不知余光真的没注意到，还是故意视而不见，依然把车开得飞快。

苏任秀勤到东莞厂里视察，一女员工负责出货。苏任秀勤熟悉进出口事务，提醒女员工说：“你这个单不应该这样做，要那样做。”这女工偏偏不会转弯，性格执拗得很，毫不客气地顶撞苏任秀勤：“你是出货员还是我是出货员？”

李鼎君站在边上怔了一下：好家伙，连我都不敢用这种语气对苏任秀勤说这种话，这丫头吃错药了？他隐忍着不快的情绪，不做任何评价，暗想：丫头太不懂事，如果苏任秀勤工作有问题，随便敷衍一下她就好，何必跟她较真呢？反正苏任秀勤在东莞住的时间也不是太长。

为了保全苏任秀勤的颜面和权威，李鼎君辞退了这名女工。他知道女工没什么大错，哪怕她顶撞的是李鼎君这位董事长，他也不会开除她。偏偏她得罪的是他的太太苏任秀勤，他只好忍痛割爱将她辞退。

女工临走的时候，出于泄愤心理把电脑里的出货单和一些资料全部毁坏。此举减轻了李鼎君的内疚，本来他觉得为了苏任秀勤开除了没有做错事的女工，有点过意不去。如今可好，对她的亏欠荡然无存。他想：让她离开是对的。心胸狭窄、打击报复的人留着终究危险！

爱太太爱到如此程度，只因为李鼎君觉得没有苏任秀勤就没有他的今天，做人不能忘本，是这个女人成就了他今天的辉煌。在西班牙的寓所里，苏任秀勤虔诚地供奉着菩萨，而李鼎君供奉着苏任秀勤，待她如福星般爱护有加。

不过，还有一个女人比苏任秀勤厉害，得罪了她，连苏任秀勤这样的福星都可能被李鼎君从生命中开除，她就是李鼎君的母亲陈阿花。

尽管有苏任秀勤这样的智慧女人替他把关生意场，然而商海瞬息万变，沉浮之间，李鼎君还是不小心落入陷阱。上海的房地产项目就像身上的盲肠，虽没有用处，却在每个午夜，不时跳出来痛他一把，而他想割却割不掉。

想到这里，他摆弄着手机寻思要不要给上海公司打个电话，仿佛心有灵犀，“当当当——”他的手机发出蓝光，快活地提醒他有电话进来。他划了一下屏幕，手机接通了。上海分公司的总经理小刘来电说，有一笔货款收不回来，对方以一只游艇抵债。小刘请示他怎样处理。他让小刘想办法贱价卖了游艇。他是有钱人，有钱人常以游艇豪华程度来炫富，而他没有。因为从负翁到富翁，他吃够了生活的苦，因此过得很节俭，他要把每分钱都用到有意义的事情上来，他的潜意识里杜绝奢侈和浪费。他很低调，低调到没人知道他的豪门帝国是怎样搭建起来的。

结束通话，他端起了咖啡，抿了一口，再次点开朋友圈，小刘的微信有了更新："宾利达580CC高级海钓游艇终于到了。各位兄弟朋友们，别说我不卖东西了，要弄就弄点高大上的，理想还是要有的，万一实现了呢。"

他为小刘的调侃广告微微一笑，这小刘，机灵、幽默的气息隔着屏幕都能闻见。

躁动的世界加快了生活的节奏，没人会在意别人的生活。老树咖啡馆里人来人往，谁也没注意这位衣着普通、气质不凡的老人竟是名列中国富豪榜的亿万富翁。虽然李鼎君是滨海走出的一个大富翁，但是他行事低调，除了老一辈人，能认出他的人寥寥无几。况且老一辈过世的过世，离乡的离乡，加上他每次回国匆匆，待不了几天，小镇上能认识他的人所剩不多矣。

李鼎君放下咖啡，目视远方。咖啡的烟雾氤氲而开。来来往往的行人隐在烟雾中，看不真切。

他走出了老树咖啡馆，沿着塘河散步。如今，赚钱已经不是李鼎君人生的唯一目标，他把精力用在了报效家乡上。

前面红绿灯处就是以他个人名字命名的"李鼎君报恩公园"。青翠的树木丛中，一条景观带沿着塘河逶迤远去，白柱子搭成的回廊掩在葳蕤绿意中，尽头处是警察主题公园。在警察文化公园里，可以看到三组警察雕像，分别是一座正在阅读的警察雕塑、一组讲述《我在马路边捡到一分钱》的雕塑和一组警察扶老人过马路的雕塑。公园两旁的路灯上，展现的全部是警察形象。傍晚，灯箱伴随路灯一起点亮，既扮靓了街道，也给村民提供了健康的休闲场所。这个公园是他出资建造的。

原本，滨海派出所前面的河流两岸杂草丛生，一到夏天更是蚊蝇肆虐。2012年上半年，李鼎君想为家乡百姓做点好事，并提出想将此地改建成沿河公园，供家乡群众休闲锻炼，他的想法得到政府相关部门的大力支持。当时李鼎君刚好想为公园的建设选个主题，滨海派出所领导得知后积极与其沟通，建议以警察文化为主题进行建设，得到了李鼎君的认可。于是，浙江省首个警察文化主题公园诞生了。

在滨海，以他名字命名的公共场所还有很多，如滨海派出所的李鼎君宿舍，滨海中学的李鼎君图书馆，滨海寺前的李鼎君路……他早已记不清到底捐了多少钱给滨海。

他在公园的尽头站住，刚回转身，见一个年轻的妈妈推着婴儿车走来，他很自然地弯腰把婴儿车端下台阶。年轻的妈妈许是第一次受到这样的绅士礼遇，惊讶地不断道谢。他淡然一笑，在欧洲，这是最基本的礼节，几十年的生活熏陶，早已成了他生命的一部分。他朝年轻妈妈摆摆手，转身向远处走去。

不知不觉间，他停在了滨海中学的门口。他对知识有种说不出的膜拜情结，也许，“文化大革命”造成蹉跎岁月的缺憾，李鼎君丢失了最好的学习时间，因此当他有能力为社会做点事时，他觉得教育是最好的慈善。

透过学校大门，以他名字命名的“李鼎君图书馆”分列学校中轴线两边。他依稀记得，当时他把投资从国外延伸到广州，滨海中学的校长来到广州找他，希望他能出资帮助学校建一个图书馆，给家乡孩子一个知识殿堂。只要乡亲开口，他二话不说，在企业资金尚紧张的情况下，让周筱恩转拨出去一百万元款项。图书馆后期建设，李鼎君还资助过几次。如今两座图书馆大楼矗立在校门口，像一座醒目的文化地标。

李鼎君看得出神，正想继续往里走，保安拦住了他：“先生，你不能往里走！”

他停住了脚步，张了张嘴，似乎要寻找一个更合适的方式介绍自己。不等他开口，助手周筱恩抢先一步介绍道：“你好！这位是李鼎君先生，就是这座图书馆的捐助者，想来贵校参观一下。”

“这——”保安犹疑着，再次上下打量着这位衣着平常、其貌不扬的老者，他不像有钱人，但眉宇间透出一股贵气。他方音好像滨海土著，可举止又不像一般村民。

保安举着对讲机左右为难。

周筱恩看出了保安的犹疑，脱口而出：“校长在吗？”

李鼎君用眼神制止住了周筱恩，那意思是不要打扰校长日常工作。

但还是迟了，保安已经把这一切报告给了校长。校长闻讯出来，慌忙握住了李鼎君的手：“李先生，贵客到哇，快，快里边请。”

校长热情地请李鼎君进了图书馆。

图书管理员奉上热气腾腾的乌牛早茶。

不一会儿，附近小学的校长闻讯也赶来了。李鼎君的周围聚集了一群老师，目光殷切，一脸恭敬。校长请他讲几句。对于教育，李鼎君并不陌生，他有很多自己的想法，要不然怎么会抽出资金和精力在西班牙马德里办了两所规模不小的华商中文学校呢？他把几年来带孩子回国寻根的感受讲给众人听。滨海多华侨，许多人如他那般，早年漂洋过海打拼，在国外生根发芽，繁衍后代。如今许多侨商二代或三代正逐渐远离中华传统文化，直至完全西化不知道根在哪里。他担心老一辈如若有一天入土为安，这些生在国外、长在国外的孩子能否找到自己的血脉根源。他希望滨海能率先开办侨商子女寻根夏令营，开启寻根之旅。

这样的说法不是危言耸听，周筱恩的同学阿平在海外打拼，儿子出生在意大利，讲着一口流利的意大利语和英语，唯有中文半生不熟。每逢假期，阿平好说歹说带孩子上中文学校学习，这孩子不是逃学就是上课睡大觉，学中文如同听天书，云里雾里不知所云。阿平没有办法，放出狠话："如果再不好好学中文，把你送到中国去，看你怎么办。"孩子一听老妈发威要把他送回国内，果然收敛许多。部分华侨子女惧怕中国文字如洪水猛兽。

浙江教育政策其实是向华侨子女倾斜的，旨在鼓励华侨子女回乡就读，学习传统文化。

李鼎君侃侃而谈，虽只是随便聊聊，但他一开口就刹不住车，不知不觉时间过去了两个小时。他的话，总是让人熨帖和舒心。哪怕你并没有注意他的眼神，你的身体，也能够感受话里的力量和温暖。爱国发自心底，只有去过异国他乡的游子才能真切感受，祖国就是生养的根。一位六十岁老人的激情，经过生活的磨砺、岁月的沉淀，变得更加丰厚坚实。这种激情通过他的每一句话、每一个手势肆意挥洒，并感染着周围的人。

……

"董事长，一起吃个饭吧。"校长提议。

"老兄好意心领了，只是今日我还有要事处理，先告辞了。"李鼎君站起身子，和众人一一握过手。

"那么请董事长和大家合个影吧。"校长提议。

"没问题，大家一起来。"李鼎君颔首笑道，亲切地招呼大家一起来。

众人站在"李鼎君图书馆"前，学校领导分列李鼎君左右。校长掏出手机，递给保安："小张，帮我们拍张照。"

唤作小张的保安早已惊呆，他在这门口站了两年多，迎来送往的领导也见过不少，何时见过附近学校的中小学校长赶来簇拥着这位差点被自己赶出校门的大人物，忙不迭地"咔嚓咔嚓"按快门。

李鼎君谢绝了宴请，走出校园，思绪万千。对于乡情乡音，只有离开生养的地方，才会有刻骨的思念。梦里重逢多少次的故乡，当真正切切实实地踏上土地时，他却沉默了。此刻他闭上眼睛，闻闻花香，听听鸟鸣，静静回味生命最原始的状态时，那些高楼大厦，车水马龙，渐渐离他而去……他贪婪地吮吸着塘河的空气。在他的行程安排中，只在滨海待一天，第二天就要飞往吉林处理一个新投资开发的楼盘项目，因此倍加珍惜这个午后的行程。

李鼎君的双眼像一架摄像机，精准地录下家乡的山山水水。和记忆中的影像重叠在一起，很多东西随时间淹没在岁月的风尘中，他不时地用手机拍下路边的景物。也许下一次来，这些再也看不见了，只能在照片中寻找往日的踪迹。眼前多枯枝败叶，断壁残垣……与西班牙的干净整洁，红墙穹顶形成强烈的反差。他没有掩面而去。于他，这些景致，没有在最美的时间里相遇，并不意味着美不曾存在。就像植物的拔节、吐穗、扬花、结实、败落一样，只是他恰好经过了某个令人不堪的阶段而已。当遇见枯萎时，想象一下与自己失之交臂的繁华吧——物如此，人亦然。

周筱恩跟在他身边，默默无言。她知道先生在想些什么。周筱恩家三代和李鼎君都有交情，祖父和母亲都是李鼎君曾经的工友，而她自己则是李鼎君国内业务的得力助手，二十三岁时，她从普通员工做起，凭着自己的努力和能力一步步走上主管之位，李鼎君把东莞大型企业交给了她。年纪轻轻就掌管着八百多名工人的命运，何等风光。李鼎君和周筱恩早已超越上下级的情感，他当她是女儿一般看待，不是亲人胜似亲人。他认为他的企业不应只生产利润，他更希望每一个进厂的员工能被企业培养成独当一面的人才，他们的未来应该有更好的施展舞台。他经常挂在嘴边的话是“我不是一个好运动员，但我是一个好教练”。他希望他的员工能以在鼎君集团工作为荣！

李鼎君在一片二十世纪八十年代的建筑物前停住了脚步。门口剽悍的大狗朝着他狂吠，也许他的低调衬托了狗的嚣张，看门狗见狂吠吓不退这位平和沉稳的老人，越发猖狂，张牙舞爪，腾空而起猛扑过来。不过，它的嚣张没能得逞，拴在脖子上的链条把它拉回去。它疼得“汪汪汪”狂吠，似乎把这一切都归罪于李鼎君。

李鼎君动了恻隐之心，绕过看门狗，从侧门进了这间还在生产的旧车间。正在冲零件的工人诧异地看着李鼎君，尽管他什么话都还未说，工人却感受到眉宇之间的威严。

“你好，我可以进来看看吗？”李鼎君问。

工人点点头，算是默许，接着埋头干自己手中的活。

这是他曾经洒过青春汗水的排灌站旧址。他的屈辱、他的荣光都曾在这里上演。

李鼎君避开地上散落的零部件，穿过前堂走到后间。房子已经破旧不堪，部分屋椽断裂，阳光从碎瓦片中钻进来，空气中的扬尘随着阳光舞蹈，颇似一条时光隧道，李鼎君的目光被吸进了时光隧道中，不停地旋转——旋转——

贫家小屋

世界上富有的家族是什么样的？或者显赫或者平凡。也许一个人的成功与他的家庭会有些渊源，但最重要的是他不甘平庸的信念和努力向上奋斗的意志。

时光如照片，从斑斓绚丽的彩色时代倒带回到了黑白年代。

温州市滨海镇李家村的后山上，丰盈的青草覆盖着后山，滋养着一代代的李家人。三千多年前，这里就活动着东瓯人，他们在这里生息繁衍，传递人类的文明。后山出土的西周瓷器讲述着这里曾经辉煌的历史。

这是一块肥沃的土地，这里生存着智慧又勤劳的子孙。

明朝万历年间，一李姓人家从漳州迁移到滨海李家村，过着日出而作日落而息的农耕生活，繁衍生息，历经二十几代。五百多年来，这支居住在李家乡村的李氏家族没有出过达官贵人。然而，时代正在悄悄变更着，一个光辉的人物将从这支姓氏中悄然出生。

沿着幽幽的苔藓行走，李家的贫寒小屋独立在山脚下。

小屋的主人叫李祥瑞，是个头脑灵光的米厂经营者，他已育有一子一女。李祥瑞的妻子陈阿花是个善良的农村妇女，在家相夫教子任劳任怨。这是一个不容置疑的勤劳家族，这个家族虽没有天才的智商基因遗传给李鼎君，但勤劳耐苦的血液却在李鼎君的身上日夜奔流。

李祥瑞日子过得比一般人富足，虽算不上大富大贵，可也衣食无忧。然月有阴晴圆缺，人有旦夕祸福。1945 年，日本战败投降后，解放战争开始，罗阳县亦在战区。受战争影响，李祥瑞的米厂难以为继，关门歇业，以破产告终。

李家村保长田有贵，每天到处抓壮丁，借机敛财。抓到的壮丁，有钱的交钱赎人，没钱的被拉到前线当炮灰。可怜有些壮丁甚至连敌人的影子都没看到，就被流弹击中一命呜呼。百姓活在恐慌中，轻易不出门。早上出去晚上没有回来的人，肯定是被抓走了。

李祥瑞哥哥李祥木一家的生活更悲惨，已经三天没米下锅，再熬下去，一家人非活活饿死不可。李祥木决计到弟弟家看看，借点米度荒年。

“阿木，不要去啊！外面到处抓壮丁，去不得，要死一块死……”李祥木的老婆抱着他的腿苦苦哀求。

李祥木犹豫了一下，呆立门口，肚子里排山倒海地啸叫折磨着他，饥饿使他忘了外头的兵荒马乱。他狠狠心抽出脚走出家门。身后传来婆娘嘤嘤的哭声，断断续续，有气无力。

李祥木疾步行走在空无一人的乡间，嘴里不停念叨着：阿弥陀佛，菩萨保佑。不会有事的，不会有事的。

“哈哈，今天运气不错，终于捞到一个。”田有贵带着俩爪牙挡住了李祥木的路，面露凶相，“要钱要命？有钱可以饶你一命，没钱抓去当炮灰。”

两个爪牙正想上前搜身，李祥木见势不对拔腿就跑。

啪——子弹从李祥木头顶呼啸而过，落在他前方的泥墙上，把泥墙戳出一个大洞。李祥木腿一软，扑通摔倒在地。爪牙像拎小鸡一样把他拎起来。几乎没有停留，李祥木被塞进新编的队伍开赴前线。

失去李祥木音信的李祥瑞一边打听大哥下落，一边为生计忙碌着，艰难地熬过最黑暗的时光，迎来了解放。此时，李祥瑞改行学起了机械技术。

1953年12月27日，浙南大地，寒风凛冽，天寒地冻。夜的帷幕下，自然界悄悄重组装扮大地。树挂在低温中结着冰心；捣年糕的磨盘上结了一层厚厚的冰盘；远处的稻草垛上挂着一串串冰凌，通体透明。

一声嘹亮的啼哭声划破夜空，李家第三个孩子用他洪亮的哭声向世界报到，他就是日后成为一代侨领的李鼎君（李鼎君前头已经有一哥一姐）。

面对着嗷嗷待哺的李鼎君，李祥瑞身上的担子更重了，为了赚钱养家糊口，他必须在技术上更加精益求精。他没日没夜地钻研技术，很快在同行中脱颖而出，成为当地技术精湛的“老师头”，后被调入罗阳水利局。

童年的李鼎君很快享受到父亲的荣光。他跟随李祥瑞，无论走到哪里都会受到艳羡的目光。

“这是李祥瑞的儿子，啧啧啧，长得多灵光，瞧他那一双乌溜溜的眼睛，会说话呢！”

“这孩子恁有胚（温州方言，有模有样），长大后肯定了不得。”

……

幼年的李鼎君懵懵懂懂，父亲就是他的天，他是如此崇拜父亲。父亲在罗阳水利局工作，来来往往都是有身份的人物。子凭父贵，李鼎君享受着上天赐予的这份恩宠。

一个阳光温暖的午后，罗阳县长来看李祥瑞，他们志向相投，谈论中忘了身边李鼎君的存在。

不知多久，他们结束了谈话。县长蓦地一回头，只见李鼎君在沙堆上堆了一座雄伟的城堡。

县长走到李鼎君身边，摸摸李鼎君的头，开始逗他。

“婢（温州方言：孩子），跟伯伯说说，你哪些地方长得像妈妈？”

李鼎君指了指眼睛，稚气的声音脆脆的：“大眼睛、双眼皮像妈妈，因为爸爸是单眼皮小眼睛。”

“那哪里长得像爸爸？”

李鼎君环顾全身，最后用手指了指自己的平头说：“头发厚，像爸爸……”

县长被李鼎君的话逗笑了，“真是虎儿，虎虎生威。”

县长看看李鼎君的“宏伟建筑”，又问：“婢，你搭的是什么？”

“城堡，我的城堡叫鼎君城堡！”李鼎君露出两颗虎牙，清澈的眸子荡漾着县长的影子，明亮而清晰。幼年的李鼎君当然不知道，有朝一日他真的在大洋彼岸造出了一个鼎君帝国，命运的宏愿藏在小小的誓言里。

“好！胸怀大志，有志气。”县长回头对李祥瑞说。“都说三岁看老，你家二小子不简单啊，贼聪明！”

“李县长见笑了，小孩儿随便闹着玩的，哪能当真呢！”

“不，这孩子虎头虎脑，口齿伶俐，将来必定大有出息。”

似懂非懂的李鼎君咯咯笑着跑开了，幼小的他还不知道“出息”是什么意思？

他爱极了父亲，父亲也爱极了他。他们说话打着别人听不懂的暗号。默契度之高令陈阿花这个当妈的也瞠目结舌。

李鼎君游玩回来，看见李祥瑞在院子里鼓捣机器，轻手轻脚的走到他身后，用小手蒙住父亲的眼睛：“p–i–pi， d–an–dan!（屁蛋）”

李祥瑞反手捏着李鼎君肉嘟嘟的屁股：“q–i–an–qian， z–ou–zou!（欠揍）”

李鼎君双手“忽”的一声打开。伴随着哈哈大笑声，两父子在对视的一刹那相拥嬉戏，闹成一团。

欢快的笑声洒遍门前的小路。

李祥瑞因为手上技术活过硬，被罗阳县列入技术人员培养对象，和一位叫蔡瑞的同事竞争去杭州大学培训的名额。二十世纪还未恢复高考之前，上大学是靠组织推荐的。面对这个机会，李祥瑞和蔡瑞铆足了劲争夺这珍贵的名额，蔡瑞的技术在行业内也是数一数二，和李祥瑞不分伯仲。只是蔡瑞的富农身份导致政审通不过，失去了上大学深造的机会，最后李祥瑞胜出。蔡瑞把嫉妒的怒火埋在了心底，若干年后发泄在李家儿子身上，让李鼎君吃尽苦头，这是后话。

李祥瑞被罗阳县委组织部敲锣打鼓地送往车站。他胸带大红花，身背被子，手拎网兜，网兜里是脸盆之类的洗漱用品，在人群簇拥下走到县车站。陈阿花领着三男三女六个孩子挥手告别（在生下李鼎君之后，陈阿花又生下三个孩子）。李祥瑞转身，快步走向一个小摊前，给六个孩子买了三节甘蔗，切成六段分给他们。

“姆，听阿妈的话。阿爸学到本领后会很快回来的。”李祥瑞把甘蔗递给他们。这节甘蔗一直甜了李鼎君大半生，每当他觉得快熬不下去时，想想甘蔗的甘甜，咬咬牙又往前走下去。

李祥瑞在杭州深造两年后，机械技术达到了炉火纯青的程度，罗阳县无人能敌。让人羡慕嫉妒的同时，也埋下被恨的祸根。

甘蔗没有两头甜，生活刚刚有了盼头，日子转到了1958年，人民公社，大跃进，大炼钢铁。李祥瑞的水稻田和村里的大多数人一样被村里收了回去归集体所有。谁也没有自己的田地，田地都归了国家所有，要种庄稼得向国家租田，到了收成的时候，各家各户划着水泥船到粮库交粮。李祥瑞的机械厂也不再生产机械，而是开始炼上钢了。别人也不叫李祥瑞为李师傅，而是李炼钢。

李鼎君跟着父亲到街上，看见很多戴红袖套的人挨家挨户进进出出，在进进出出之间，手里多了锅啊，面啊，米啊，甚至酱油和醋。

“爸，这些人的锅被端走以后，吃什么呀？”

“不用自己煮啦，咱们已经进入共产主义了，任何东西都共产了，大家都吃食堂啦。”不待李祥瑞回答，红袖套早已宣传起大锅饭的好处来。

第二天，李鼎君就跟着父母去吃大食堂。他们出发晚了一点。食堂里早就人山人海，吃一顿饭就像打仗似的，把李鼎君挤坏了。他人小，挤在密不透风的人群里浑身是汗，有人在人群里放了个屁，熏得他差点晕过去。

李祥瑞担心李鼎君会被挤扁，把他抱起来骑在自己的肩头。

这顿饭虽然吃得累，然李鼎君吃得可欢了。所有人吃得肚皮圆滚滚的，马上要撑破了，还在吃，仿佛吃少点都会吃亏似的。直到大锅底朝天，连锅巴都被刮了个干净，大伙儿才打着饱嗝意犹未尽地离去。

这样的吃法没能坚持多久，大食堂全关闭了，从今以后谁也不会管他们吃饭了。老百姓家里的锅米都上缴了，连一双筷子也没有了，这时解散食堂，大家的日子都回到了解放前。

陈阿花对李祥瑞叹息着："原以为食堂是要吃一辈子的，家里的碗啊、米啊什么的都叫他们收去了，家里的灶也被他们砸了。现在可如何是好？食堂只吃了一年，现在又要回家吃。重新起个灶要用钱，重新买锅碗瓢盆要花钱，重新买米和油盐酱醋要用钱，这些年你一分一厘做老师头攒的钱一下子可全都花出去了的。"

"钱花出去倒不怕，只要一家人平安在一起，花出去的钱还会攒起来。熬过灾荒，日子总会往好里过。"

"我计算过了，家里的钱只够买四个月的米，到明年开春还有六个月，剩下还有两个月的灾荒怎么过。趁天气还没有冷起来，我们到田里挖些野菜回来，多腌些野菜，以备不时之需。"

李鼎君正处在长身体的年龄，接连喝了一个月的薄粥，饿得前胸贴后背。他的脸上没有一点血色，身上的肉越来越少。他变得什么话都不会说了，只会说饿，饿，饿。米饭吃完了，喝粥；粥没了，吃番薯丝；番薯丝也没有了，只能吃母亲腌制的野菜；后来连野菜都没有了，只好到滨海寺前的池塘里捞水葫芦吃。水葫芦原本是打碎喂猪的饲料，却成了李鼎君一家的粮食。

饿到后来，李鼎君的脸上不瘦反而胖起来，一个指头摁进去，陷进去的肉窝半天都反弹不出来。李祥瑞知道儿子这不是胖，儿子是吃多了野菜浮肿得厉害。但是他也没什么办法，只叫儿子喝饱了水躺在床上别动，这样能顶住一阵饿。但是陈阿花受不了了，她哆哆嗦嗦地抱着米桶出去，希望借到一点点米帮儿子补补身体。然而，回来时只有空空的米桶和沉重的叹息。

稻子泛青的时候，终于熬过了最艰难的日子。那一串串还未转黄的青谷，还来不及沉淀到谦虚地低下头，早就滋润了人们的口欲。

陈阿花把新米炒成了糯米饭，撒上自己种的葱花，一屋子的糯米香在空气中弥漫开来。馋得李家六个孩子口水啪嗒啪嗒直往下流。

李鼎君连吃三碗还不过瘾，当他再次将手伸进锅里时，李祥瑞呵斥住了他。

李祥瑞怕他的肚子会撑破掉。

后来，富裕起来的李鼎君吃过很多次糯米饭，从来没有像这一次这样香。香，香得流油！香得魂牵梦萦！香得溢出泪水！

李鼎君活在严父的慈爱中，生活虽清苦但他倍感恩宠。只不过，他不知道这份恩宠有效期是那么短暂，只有十五年。他还来不及长大成人，上天就把这份恩宠收了回去。

父死子悲

转眼间，李鼎君 12 岁了。

一家机械厂邀请李祥瑞过去做技术指导，彼时，李祥瑞的工资挂靠在滨海综合商店，他任经理，每月六十七元。到机械厂做技术指导用如今的行话讲就是走穴赚外快，但在二十世纪七十年代如果赚外快被发现后果很严重，是要割资本主义尾巴的。李祥瑞虽然一人顶两个人的工作量，却只能拿滨海综合商店的一份工资。机械厂如何名正言顺发放李祥瑞的技术指导费呢？这是个问题。

很快，李鼎君作为工程师李祥瑞之子，被带进了永久机械厂。从年龄来说，他还是童工，但是他很好学，父亲传授的技术一学就会，在机械方面表现出非凡的天赋，深得厂长喜欢。李鼎君的到来解决了李祥瑞工资发放的难题，他每月领到三十多元的工资其实就是父亲帮机械厂的技术指导费变相分到了他身上——作为童工学徒，他还不具备拿工资的资格。

少年李鼎君在混杂的碎裂声中，听见身体拔节的脆响，“咯嘣”一声，学生时代结束，进车间，入厂房，到广阔的生产线上实现工人的价值，正式成为一名工人，在铁沫飞溅中挥洒少年的汗水。他身手敏捷地在各个工种前打转，淬炼。

李祥瑞对儿子很严厉，他经常告诫儿子：“鼎君，这世界什么都不是你的，什么都可能失去，唯有技术才是自己的，任何人都偷不走夺不去。记住，技多不压身！”

李鼎君默默点头，一心立志学技术。他的少年时代，没有接受完整的教育，但这并不妨碍他读书。滨海寺的禅房里锁了一些书。禅房门贴了封条，他不能撕，于是他偷偷地爬进窗户，寻找喜欢的书本。在精神贫乏的年代，阅读给了李鼎君一些乐趣。读书，让他可以无法回避自己内心的怯懦与猥琐，知耻而后勇，重拾良知与勇气；读书，让他体会到前人在探索真理道路上的艰辛与坚持，也让他明白，唯有对真理的坚持，才是对生命的尊重；读书，也为他迷茫的心灵点亮心灯。

李鼎君读过的书很多，大多都忘了，唯有对杨沫的《青春之歌》念念不忘，主人公林道静给了他许多浮想联翩的幻象，这是一个怎样的女子，身上燃烧着火一样的革命热情，她百折不挠，在经受一次次打击后，终于迎来凤凰涅槃后的重生，做人当以林道静为榜样也！

一本书可以影响一个人的一生。年少时播下的阅读种子，想不到在花甲之年开出花来。李鼎君在北京大学的礼堂上，再一次相遇话剧《青春之歌》，百感交集。和“林道静”面对面，这是少年李鼎君做梦都想不到的。更想不到的是四十年后，他作为受邀的海外华人领袖，在北大这所最高文化学府听教授讲授国际形势。这令只有高小文化程度的李鼎君做梦都不敢想啊。人生有无数种可能，每个人都是自己的作者。

生活，十之八九不如意。少年李鼎君的打击接踵而来。

毫无征兆，一切改变来得那么突然。

正是壮劳力的李祥瑞在生活的重压下，一觉睡过去再也没有醒来——突发脑梗死去世。这个一身技艺的乡间工程师，来不及给妻儿留下半句遗言，悄悄去了。

那晚，李鼎君留宿朋友家，第二天刚起床就往回家的方向走。一路上，他觉得气氛很不一样。穿过菜市场，他听见乡邻都在讨论李家村。他隐隐约约感到李家村有人去世了。及至到了村口，路上的行人越来越多，似乎朝着同一个方向赶去。其中一个乡邻看了他一眼，眼神满含悲悯，李鼎君深感意外和不安。

皇天啊，你这一走啊再也不会回来……阿瑞啊，你怎么忍心丢下我们孤儿寡母啊……

肝肠寸断的哭声从斑驳泥墙的熟悉小屋里涌出，李鼎君怔住了——父亲死了。他抬头仰望天空，试图把汹涌的泪水憋回眼眶里去，而那泪水却像决堤的河，不受控制地顺着脸颊、鼻翼倾泻而下。聚集着的村民，他们眼圈红红的。陈阿花的一声声咏叹调催逼着大家的泪腺……得过李祥瑞生前帮助的村民，红着眼，回忆着李祥瑞的种种好处和善意；有几个心肠慈悲的婶子用力抱住陈阿花，使她不至于悲伤过度瘫倒在地。

李鼎君拨开人群，麻木地走到李祥瑞遗体前站住。李祥瑞安详地闭着眼，像熟睡了的样子，没有悲伤，没有痛苦。当李鼎君最后一次用手触摸父亲的脸颊时，有泪沉沉地滴在那红红的真丝被面上，也滴在李祥瑞的脸上，李祥瑞是感觉不到了，他永远合上了那慈祥而温和的眼睛。

李鼎君把父亲的手放在自己的脸颊上，他多希望父亲的手能再次抚摸他的脸，对他说：姆，相能啊（罗阳方言：孩子，乖啊）！

可任凭他如何揉搓，父亲的手始终冰凉。一切都回不去了，生活在这一刻改变航道，李鼎君似一叶孤舟，在风雨中飘摇……

两日后，当铺天盖地的哭声再次涌来，当棺材的板子被钉子钉牢，陈阿花的哭声因为长时间的哀号而沙哑，红肿的眼睛像断流的河床干涸得再也挤不出半点泪水，但边哭边怨的咏叹调却再一次像催泪弹，击中在场的所有人。李鼎君的意识飘散了……

好像就在昨天，父亲还和他一直说笑。忘不了那炊烟袅袅的日子，父亲在暮色中唤他吃饭；忘不了许多个风清月冷的夜里，父亲为他掖好被角；更忘不了母亲不在家的日子，父亲为他擦洗身子……父亲，多想绕在您的膝下，听您一声亲切的呼唤，可这一切从今后竟成了奢望。隔着生和死的界限，父亲，只有梦里和您相见了……

有些人，以为可以再见面的；有些事，以为可以一直继续的。然而，当太阳落下，第二天又升起来的时候，一切都变了。

没有了李祥瑞，李家一落千丈，李鼎君尝尽世态炎凉，他仿佛一夜之间长大成人，不再是那个淘气顽皮、在滨海寺前的池塘扑腾游泳的无忧少年，他必须为自己的将来闯出一条路来。

尽管少年的李鼎君在工厂里挥汗如雨，日夜加班，可还是换不来一家的温饱。他经常看见母亲抱着米桶出去借米，又抱着空米桶回来，李鼎君偷偷地躲开了。他不愿意看见母亲落寞的神情，那神情硌得他生疼。李鼎君饿得实在受不了时，只好大口大口地喝水，填饱肚子，减弱饥饿感。

他寄身在滨海寺的破禅房里。李祥瑞的丧事掏空了这个家的家底，父债子还，背着一身债务的李鼎君每一步的行走都是如此艰难。怜悯的目光，嘲笑的目光，如一把把利剑，撕扯着他的内心。

人生需要勇敢前行，不要太在意成败。其实很多时候，迈不开脚步都是因为顾虑太多，担心失败，害怕被嘲笑。只有不畏艰难，敢于探索，才能找到一条更宽阔的道路。

“无论多少人嘲笑你的梦想，你都要明白，你一定要为自己的目标去坚守梦想。”李鼎君暗暗给并不光明的生活注入心灵鸡汤，他怕一松懈，从此就翻不了身。

穷人的孩子早当家，为了及早还上债务，李鼎君除了做工，还得起早贪黑下地干活。

晨曦几缕，李鼎君背着锄头到水稻田里翻土。他往双手啐了一口唾沫，两手对搓，抡起锄头凿在泥里。泥土翻转跳跃，一垄垄排着整齐的队伍。日上三竿时，黧黑的泥土已经被他松了一遍。他一边想着自己的心事，一边在田间劳作。一不小心锄头割到脚趾，豁出一道口子，鲜血汩汩地流出来，很快染红了黑色的泥土。

李鼎君叹了口气，扛起锄头往回家的路上走去，每走一步，钻心的疼痛从脚底直达大脑神经。他好像和鲜血赌气："流吧，流吧，看你流到什么时候？有本事别停，流光吧，流光吧，反正贱命一条。"他什么也没做，不包扎，不处理，任鲜血洒了一路。

他悲哀地想：难道我的一生就这样面朝黄土背朝天的重复着？不，我不甘心！父亲在名字中寄予我振兴家族的期望，我一定要闯出去！

成长的过程经常遭遇迷茫，特别是遇到挫折时，会找不到未来的方向，李鼎君发誓要从贫穷的旋涡中跳脱出来。

随着青春期到来，李鼎君长成帅气的青年，挺拔的身材，浓密的头发，高挺的鼻子，轮廓刚毅。虽是一身破衣烂衫，他却每天把自己收拾得干净整洁。

李鼎君开始注重打扮自己，但在物资贫乏的年代，实在没有什么东西可以打扮的。

一天，李鼎君和工友阿三一起洗澡，看中阿三一件的确良平角内裤，羡慕极了。李鼎君长这么大，还没穿过内裤呢！他对阿三说："阿三，你的裤头能不能借我穿几天？"

阿三平时得到李鼎君不少照顾，爽快答应："如你喜欢，只管拿去，爱穿多久穿多久！"

"好兄弟！"李鼎君拍拍阿三的肩，无比幸福地接过平角内裤。人靠衣装，佛靠金装，自从有了平角内裤，李鼎君顿觉精神多了，仿佛自己变成高贵的王子，显得更加英俊挺拔了。

他一路欢快地跑回了宿舍，忍不住又褪下长裤，仔细抚摸光滑的平角裤，在它的包裹下，青春的身体更加健美！

一阵尖锐的叫骂声打破了滨海寺的平静。

"李鼎君！李鼎君！给老娘死出来。"一个黝黑的农妇双手叉腰出现在滨海寺大院，跳着脚骂。栖息在各间禅房的贫下中农纷纷探出头来。

李鼎君赶紧穿上打了无数补丁的长裤。刚想开门，"咚"的一声，门被一脚踹开。黝黑农妇一手叉着腰一手指着李鼎君骂："短命儿，快把阿三的裤子脱下来！抢我儿子的裤头穿，不要脸！"

李鼎君的脸蓦地从脖子红到了耳根："阿……阿婶，不是这样的……"

"不是这样？裤头怎么穿在你身上？"

李鼎君到底青涩，又惊又气，结结巴巴竟然说不出话。

围观的人里三层外三层包围了他。黝黑农妇见人越聚越多，越发兴奋，陡然提高声调，飘着破锣似的颤音。围观人群真替她捏了一把汗，担心这声音随时架不住主人的凶悍而破碎。

"我不管怎样，还不给老娘脱下来！"黝黑农妇咄咄逼人。

附近的村民闻讯赶来，看热闹的人把滨海寺围了个密不透风，有同情李鼎君的，有看李鼎君笑话的，各种表情不一而足。李鼎君窘得红透了脸，更要命的是暗恋的对象——他的徒弟苏任秀勤居然也在人群中。她疑惑的目光和李鼎君的目光相撞，李鼎君迅速把视线移开。

如果有地缝，李鼎君真想马上钻进地缝里去。被人追债居然追到家里，而这所谓的债仅仅是一件半旧的平角内裤，还有什么比这更丢脸的吗？

"阿婶，你……你……出去一下，我脱下来还给你……"

"哟，有脸穿还怕没脸脱！老娘什么没见过，害什么臊？"

"大伙儿看看，短命儿有脸借裤头却没脸脱。现在知道害臊了，知道害臊就不要借，没钱穿什么内裤？一辈子穷鬼的命！呸——"

"你——你——"

"你什么你？天生穷鬼的命，一辈子穿不起裤头！"

哈哈哈……排山倒海的哄笑声将李鼎君淹没。他背转身，眼泪从眼眶里滚落。贫穷，真的可耻吗？把人仅有的尊严踏进尘埃，还要用脚使劲踩几下。

闻讯赶来的阿三，尴尬地瞅瞅李鼎君，得不到李鼎君的回应，又扯扯母亲的手。哪想到被黝黑农妇用力一挥："短命儿，胳膊肘尽往外拐，以后少跟穷鬼交朋友，小心沾染霉运……"

李鼎君不再犹豫，一把褪下短裤，塞进阿三手里。

"鼎君——"阿三痛苦地望着李鼎君。在这场闹剧中，他受到的伤害并不比李鼎君轻。

黝黑农妇拿着短裤，嘴巴依然不饶人："没钱就不要装大爷，裤头是你这种穷鬼穿得起的吗？"

李鼎君推出阿三，"哐"的一声关上门。

"鼎君——李鼎君——"阿三死命地拍打着门窗，试图解释什么。

"走，给我死回去！"黝黑农妇揪着阿三的耳朵，骂骂咧咧地拖着儿子走了。

李鼎君躺在床上，眼神呆滞地停留在结着蜘蛛网的横梁上。刚才的一幕在脑中回放着，想到当着黝黑农妇的面脱下裤子那一刻，满肚的耻辱感再次袭上心头，泪水像开闸的水坝倾泻而下。他怀念父亲在世时的温暖，他憎恨自己无能，买不起一件裤头……

到底年轻，一夜的修复，李鼎君已经慢慢平静下来。太阳照样升起时，李鼎君调整心态仿佛什么也没发生过，面无表情，径直去了排灌站。彼时，李鼎君的工作单位已从机械厂转到排灌站。

很多亲眼看到李鼎君出丑的工友聚在一起悄悄地打量着他，不时窃窃私语，李鼎君却视而不见。昨天的风暴在他脸上看不出丝毫痕迹。其实，他的内心早就变了。划破的伤口，结痂后形成坚硬的茧。他不能表露半点怯弱和不幸，他用伪装的坚强把自己包裹起来。

“老师——你没事吧？”徒弟苏任秀勤关切地问。苏是父姓，任是母姓，苏任秀勤的名字在小镇独一无二。

李鼎君烦躁地挥挥手，仿佛刚刚结痂的伤疤又被人撕开了一样生疼。他闷声闷气地走进车间，抛下苏任秀勤愣在那里。

“姐，离他远点。这人怪怪的。”妹妹苏任秀兰看到姐姐受冷落，对杵在那里的苏任秀勤说。

“别瞎说，他人好着呢！”

“姐，再好也是穷鬼，离他远点，小心沾上穷运。”

“不许你这样说我师傅。去去去，干活去！”苏任秀勤懒得搭理妹妹，径直进入了车间。

李鼎君正满头大汗地挥动扳钳鼓捣水泵。

排灌站站长黑沉着脸走进车间，面部似挂着一层冰霜，拒人于千里之外。眼尖的工人瞧见了，小心翼翼地问：“站长，你不是要去罗阳吗？怎么还在这里啊？”

“唉，别提了。”站长抹了一把额头的汗，提起衣襟扇着风，“车子坏了，去不了了。蔡瑞，过来修一下。这个排灌站数你技术最好。”

名叫蔡瑞的中年男子神气地走上前去，拆开电机。

“站长，你的车是哪个头毛儿（罗阳方言：意同“婊子”）修的？事情干成这样，补锅一样！”蔡瑞说。他挑衅地提高声音，故意把“头毛儿”说得很重，斜眼看着李鼎君的背影。

原来这部车子是李祥瑞生前修的，当时李祥瑞的手艺可以说是在温州地区首屈一指，修理方法也正确。但是过了这么多年，车子再次损坏也是在所难免。而蔡瑞却借题发挥，指桑骂槐。意在激怒血气方刚的李鼎君。

哐当——李鼎君的扳钳掉落在地。苏任秀勤伸手去捡，一手按住李鼎君，朝他使了个眼神。她知道师傅的脾气，怕他冲动干傻事。然而，李鼎君对苏任秀勤的暗示不予理睬，他腾地站起来，怒视着蔡瑞：“你他妈的说谁呢？”

“说的就是你这个头毛儿！”蔡瑞眼睛逼视着李鼎君，挑衅道，“怎么样，你爹就是个烂技术，生的儿子也是个孬种。……瞪什么眼，你犟得起吗？”

蔡瑞骂谁都可以，哪怕把李鼎君踩在脚下，他也认了。但他绝对不能容忍别人辱骂自己死去的父亲。李鼎君被一股热血冲昏了脑袋，举起拳头就想挥过去。

“老师——”苏任秀勤一把抱住他，拼命朝他摇头。

“想打架吗？来呀！”蔡瑞提高声线。

不用招呼，蔡瑞的徒弟们从各个车间飞奔而出，团团把李鼎君围住。

李鼎君像一头被激怒的牛，再也控制不住愤怒的情绪，一拳挥过去，蔡瑞一个趔趄，差点摔倒。他恼羞成怒，“徒弟们，给我狠狠打！”

四五个年轻的后生如饿虎下山，恨不得生吞了李鼎君，李鼎君虽然跟村里老人学过南拳，毕竟寡不敌众，一阵混战之后，体力渐渐不支，不久便落了下风。但是不认输的倔强劲驱使他挣扎着向前，拍着胸脯：“来呀，今天要么把老子打死，要么老子一辈子缠着你们不放！”

蔡瑞听此言越发恼怒，仗着人多势众，抬起一脚踢中李鼎君腹部。李鼎君倒退几步，他刚想站定，涌上来的后生像狂风一样把他刮倒在地，雨点般的拳头落在他身上，鼻子、嘴巴马上鲜血淋漓。苏任秀勤扑上去，用身体挡住李鼎君，雨点般的拳头飞溅在她柔弱的身上。

“住手，再打就出人命了！”站长怒喝道。旁边的工友再也看不下去了，纷纷出来拉架。

李鼎君已是血肉模糊，浑身湿透了，分不清是血还是汗。他鼻青脸肿，袖子被扯烂了，像豁了牙的老太太颤颤巍巍。他已顾不了那么多，悲愤心酸交加，挣扎着从地上爬起来，推开众人，麻木地向前走去。

头上的血汩汩地流出来，挂在脸上，他视而不见。

一个满目含悲的人看什么都觉凄凉，李鼎君走到李家村后山坡，在一棵高大的樟树底下停住了。为什么别人的人生从零或正数起步，而我李鼎君的人生却从负数开始？无立足之地又受尽凌辱……苍天哪，不爱我李鼎君，你就把我收回去吧。为何让我十五岁就没了父亲？

他想到了死。自杀的原因或许很多，可归结到一点，是再也看不到照耀前行的那束光。一束光，倏地灭了，路也就走不下去了。

在人生的坎坷旅途中，死亡永远都是最简单最省事的做法。死去的方式有千万种，而活下去的路对一个绝望的人来说竟找不出一条。李鼎君生命的火光风雨飘摇，随时要熄灭，他看不到未来，只有恐惧和忧伤。他靠在樟树上，伪装的坚强在无人的时刻终于土崩瓦解了。他一屁股瘫坐下来，再也抑制不住心中的悲伤。他需要发泄，悲愤地仰天长啸，哭声如雷滚动，在旷野里听来特别凄惨。远处的白鹭被这哭声惊得扑棱棱地飞起来。都说男儿有泪不轻弹，只是未到伤心处。头上的血，经这阵哭喊撕裂，又汩汩地流出来。他的白衬衫被鲜血染红，不知过了多久，高亢的哭声转为压抑的呜咽声。

一个人无论在什么时候哭，都是哭给自己看的。一些野花在风里摇曳，它们开的时候，人们总是不够热心，视而不见，等到快凋谢的时候，才想起它们那样灿烂过。好在，它们还会盛开，他会有盛开的时候吗？

爹，难道人活着就这么艰难吗？带我走吧，接二连三的羞辱，让我承受不住了。死的念头主宰了他。

风吹树叶簌簌响。这苍老的树啊，曾有多少生活绝望的村民用一根麻绳把身体吊在它的身上，结束了潦倒的一生。此刻，李鼎君眼睛直直地盯着这些粗壮的枝干，它们少了往日的恐怖，就像父亲张开的怀抱召唤着他。“在这棵树上了却此生吧。”他打定主意，有了赴死的决心后，便是麻木惯性行事了。他的心轻松起来，开始去找石头，山坡上有的是石块，等他垒好石块，伸手解裤带时，才颓然地发现，自己穷得连一根稻草绳都没有，哪有裤带可系？

李鼎君啊，你太穷了，连老天都不肯收你。微风一吹，李鼎君头脑清醒了几分。罢罢罢，既然阎王不要我，我就活给世人看，我李鼎君不是孬种！阿爸，赐予我生的力量吧！

穷人自有穷人的活法。挣扎活过去，无论是好是坏，活一天赚一天。

清醒之后，他才想到要把头上的血给止住。李鼎君环顾四周，寻找草地上一种叫田头草的植物，这种植物止血效果很好。以前他跟李祥瑞割稻时，锋利的镰刀经常不小心划破脚指头，李祥瑞总是摘几朵田头草，放在嘴里嚼碎，敷在李鼎君伤口上，然后吹一口气，再挖一把泥巴堵住田头草，血很快就被止住了。

想起父亲，李鼎君的心柔软了下来，父亲是李鼎君崇拜的偶像——儒雅的气质，突出的手艺，生前是方圆几十里村民交口称赞的风云人物。可惜父亲英年早逝，走得太快了。父亲去世后，李鼎君的日子里只剩下母亲抱着米桶到处找米下锅的酸楚。想到这些，李鼎君止住的泪又一次涌出眼眶，一时之间竟忘了寻田头草。

冰冰的、凉凉的感觉从头顶降落，刺醒李鼎君麻木的神经。他回过神来，擦一把泪眼，抬头望去，苏任秀勤站在他跟前。她的眼圈红红的，显然刚才冰凉的“雨滴”来自苏任秀勤这朵云彩。她手上捏着一把田头草，把一片片草往嘴里塞，牙齿被田头草汁染得绿绿的。李鼎君被她的这副滑稽模样逗得暂时忘记了疼痛。直到苏任秀勤轻轻把嚼碎的汁液敷在李鼎君的伤口上，李鼎君才“咝”的一声收紧牙根。

“老师，还疼吗？”苏任秀勤轻轻往伤口上吹气。清新的青草味儿瞬间让李鼎君有种异样的悸动。

熟悉的感觉，久违的温暖传遍全身。父亲去世后，他的生活被冰冷、坚硬、煎熬包围，此刻苏任秀勤的轻柔举动融化了他内心的冰冻。

他第一次仔细打量眼前眉清目秀的徒弟，她瘦瘦的、弱弱的，仿佛风一吹就倒，然而想不到她的内心竟如此强大，在打斗中以自己单薄的身体护住了他。他的脸忽然红了，心底荡漾起莫名的情愫，为掩饰，他慌乱地转过头去。

诺贝尔文学奖得主萧伯纳说：此时此刻在地球上，约有两万个人适合当你的人生伴侣，就看你先遇到哪一个。然而，不管先来还是后到，未必能遇到一个真心爱你的人，有时候，一见钟情不是魔法，是命运。而李鼎君却在这一刻坠入一种叫作命运的玄机中！

“苏任秀勤有一颗坚韧的心。她是上天给我派来的福星，我一定要追到她！”李鼎君暗想道。天上的云彩突然开了，阳光倾泻一地温柔。

当然，这一切，苏任秀勤都不知道。李鼎君身上有股倔强不服输的气质吸引着她。他高大英俊，性格随和，说话幽默，苏任秀勤愿意和他在一起聊天。聊到兴奋处，李鼎君总会率先大笑，他爽朗的笑声让周围的一切都变得明亮起来。虽然她现在不知道李鼎君的未来会怎样，但她笃定李鼎君不会窝窝囊囊过一辈子的。

李鼎君看苏任秀勤的时候眼睛发着亮光，这使他看起来既自信又富有魅力。在和苏任秀勤说话时，他的目光总是信赖地看着她，使她觉得放松舒服。但苏任秀勤怎么也没有想到，就是这双明亮的眼睛后面，竟然潜藏着令她措手不及的尴尬。

“我一定在这世间闯出一点名堂，让那些曾经看轻我的人重新看看，我李鼎君不是窝囊废！”

李鼎君在日记本上写道：李鼎君，要记住今日的奇耻大辱。君子报仇，十年不晚，一定要在技术上超过蔡瑞，超过他，成为滨海最大的“老师头”……

赢得对手的重点不在于如何攻击对方的弱点，只要你自己变得更强，对手自然无形中变得弱小了，如何使自己更强，才是你需要真正苦练的。挫折并不可怕，相反，应该学会反思。挫折能让人冷静下来，头脑清楚，从而能够静心修炼，提升自身素质，为未来的爆发积蓄足够的力量。

多年后，李鼎君在台北街头听到一首歌，突然泪流满面，他相信这首歌就是为他写的。

……

海阔天空，在勇敢以后
要拿执着，将命运的锁打破
冷漠的人
谢谢你们曾经看轻我
让我不低头，更精彩地活
海阔天空，狂风暴雨以后
转过头，对旧心酸一笑而过
最懂我的人
谢谢一路默默地陪着我
让我拥有好故事可以说
看未来，一步步来了
不需要复仇，大家或早或晚，都得为自己的蹉跎岁月埋单

痴心苦恋

李鼎君家有兄妹六人，个个饿得皮包骨头。陈阿花眼见一个个孩子拔节长高的当口儿，却被饥饿所伤，与其这样大家都得饿死，不如各奔前程，自求多福，活下去一个算一个。

清明刚过，冷空气卷土重来，密密交织的雨丝似乎下到骨髓里，让人如同掉进了冰窖中。

这注定是一个冰冷的夜晚。大家围坐在煤油灯下，心事重重。

陈阿花说："咱们分家吧。分家了各过各的，也许有活路，捆在一起大家都不好过。唉——"

陈阿花这声长长的叹息，如磐石般压在李鼎君的心口。

李鼎君没有任何准备，全盘接受分家的恐惧和心酸。分家？他还没结婚。在滨海，大部分青年是成家了以后，长辈才考虑分家单过。他最不愿意面对的就是分家。虽然他的家庭很穷，可是在家里毕竟可以享受兄弟姐妹的亲情，感受母亲的慈爱。分家，意味着心理情感的断乳。从今以后，一切只能靠自己了。

李祥瑞突然辞世令这个贫寒的家更是雪上加霜。说好听是分家，说难听是让老大老二承担父债子还的责任。分家，有什么好分的呢？家徒四壁，穷得叮当响。穷人分家，无非是分债务罢了。

陈阿花说，家里的破桌烂碗虽不值钱也得分。

李鼎君除分到一个旧式隔橱（放碗用的橱子），还分到 170 元的债务。在 10 元是最大流通币值的二十世纪七十年代，170 元无疑是压得人喘不过气来的巨债。

当他把破隔橱背回滨海寺禅房时，李鼎君望着破瓦缝隙漏下的光不知所措。上无片瓦，下无立锥之地是他生活的常态。他怨恨老天的不公，别人的人生从零开始，为什么他的人生从负数开始？

分家后，在相当长一段时间里，李鼎君大多时候在干活，默默地。他不管别人怎么看，他干起活儿总是显得很平静。这种心态为他很快掌握各种技艺提供了帮助。面对挑剔的验收者，他的活儿总是令他们无话可说而又不得不说些什么，说什么呢？他们说，瞧人家这活儿，就是帅！

这样的评语，是李鼎君这段排灌站经历中的一道亮光，它很快使郁郁寡欢的李鼎君找到了一种倾注激情的方式——操练技艺。此前的厂情是，青工们热的不是手艺，而是热文凭，热走关系。处处能得好处的，是那种八面玲珑会搞关系的人，这种人不会干活却大多能占显眼的位置，还能被提干。在这样的厂情下，愤青的李鼎君居然逆水而行，安静干活，引起了许多猜测，说什么的都有——有人笑他傻，有人笑他痴，有人笑他这辈子就那样了，如闷驴一样干活。

其实，只有李鼎君自己知道，他这也是被动而为，是一种逃避的方式罢了。摸索各个工种就如同学习画画，色彩、线条、明暗、轻重，可以任由他组成各种图案，他以一种孤芳自赏的态度读着自己的作品，不期然间，就入迷了。

李鼎君的最高成绩，是得过一次全市技术比赛状元。对此，工友们既惊讶，又觉得理所当然。惊讶的是，在这样一个浮躁的时代，一个全厂最年轻的人居然能在全市的技术比赛中夺魁，怎么说这也该算是一件新鲜事。但想一想李鼎君毕竟是李祥瑞的儿子，对手艺的悟性是遗传，是与生俱来的，就又觉得不奇怪了，是件情理之中的事了。

对于李鼎君的这种变化，排灌站站长自然是欣喜。他知道，这与打架事件有关，要是没有头破血流，要是不受一些打击，桀骜不驯的李鼎君是断然不会对手艺入迷的。这样一想，站长倒有些感激曾令他恼怒的事件了。

田头草疗伤之后，李鼎君很快意识到苏任秀勤再也没给过他另外的照顾了。倒是有几个女工的目光总是追随着李鼎君，有一个长相不错的女工甚至半认真半调侃地说这辈子非李鼎君不嫁。

李鼎君闻之赶紧避开，那女工白白净净，像个城里人，可李鼎君看上了苏任秀勤这一款，他的眼里再也容纳不进别人。他的目光痴痴地追随着苏任秀勤的身影。可苏任秀勤呢，不温不火，若即若离，让李鼎君捉摸不透。

苏任秀勤的家庭条件好，人也长得俊俏，号称“滨海第一美女”，追的人多着呢，她是滨海镇里所有男人深夜里的美梦。其中机械厂有个叫宋义的后生整天围着她转。原先李鼎君觉得苏任秀勤就像是天上的月亮和星星一样可望而不可即，自从“田头草交情”后，李鼎君觉得有必要主动出击了。他突然声称苏任秀勤对自己有意思了，同厂对他照顾颇多的工友徐小芬惊愕得说不出话来。徐小芬性格爽朗，跟李鼎君从小一块儿长大，一块儿进排灌站上班，关系特铁。

苏任秀勤家庭条件这么好，父母会同意她嫁给穷光蛋李鼎君？徐小芬一点把握都没有，她问李鼎君："苏任秀勤为什么对你有意思？"

"因为我是老师头啊！"李鼎君拍着胸脯，对徐小芬说，"你想，这排灌站上上下下前前后后二十多个男人里面，只有我一个人是全市技术状元。"

"是啊！"徐小芬听了连连点头，她对李鼎君说，"常言道，郎才女貌，你手艺这么好，苏任秀勤那么漂亮，你们就该是天生的一对。"

"对啊！"李鼎君兴奋地拍了一下小芬的肩膀，他的眼睛发出明亮的光泽，对他来说，徐小芬的话让他找到了和苏任秀勤相爱的理论基础。他说，"我要说的就是郎才女貌。"

排灌站的很多年轻男子都曾经或者正在追求苏任秀勤，这些没出息的男人后来都一个个知难而退，只有李鼎君在频频碰壁中依然锲而不舍，痴心不改。

李鼎君大刀阔斧地追求苏任秀勤，弄出的动静可不小。他欲组建追爱智囊团，让徐小芬做他的狗头军师，徐小芬读过几本破烂古书，平时又喜欢听罗阳鼓词，熟记鼓词里红叶题诗的才子佳人故事，她认为要打动苏任秀勤，应该要写封情意绵绵的锦书。她把自己的想法和盘托出："不知道求爱前是不是也要派个信使过去？"

"当然要派！"李鼎君说，"让苏任秀勤做好准备，要不然太突然了，她激动得晕倒了怎么办？小芬，你和她是同学，你先打前站，把消息先透露透露。"

"我和苏任秀勤是同学，万一让苏任秀勤知道了我为你出馊主意，我俩连同学都做不成了，不行不行。"徐小芬的头摇得像拨浪鼓。

李鼎君想想也对，军师是不能亲自上阵的，交给小喽啰去吧。

但是找了一圈没有找到合适的人选，李鼎君决定亲自上阵了。整个下午，李鼎君都是在焦躁不安中度过的。

第二天中午吃罢午饭，他鼓足勇气，去苏任秀勤家找她。当走到那个熟悉的街口，就见苏任秀勤匆匆地从家里出来，问她干什么去，她只说有事，头也不回就走了。弄得李鼎君根本没有开口的机会。

好不容易挨到下了班，勉强吃了点饭，他买了两条"大前门"和一瓶糟烧，借了盟兄弟的一件中山装，梳洗一番，就再一次奔苏任秀勤家去了。

李鼎君想找苏任秀勤坦率地谈一谈，不管成功还是失败，他觉得这都是必要的。

然而在她家楼口，他看见苏任秀勤被一个骑自行车的小伙子接走了，那个小伙子不是别人，正是隔壁厂的宋义。宋义长得白白净净，架着一副眼镜，玉树临风，在外形上就把李鼎君比下去。

难道苏任秀勤已经有意中人？可怕的预感似乎已经成为现实，李鼎君想掉转方向回家，但双脚不受控制似的来到苏任秀勤家。

他茫然地敲开苏任秀勤家的门，脸色非常难看。苏任秀勤的父亲苏老六问他怎么了。他没有回答，而是明知故问："苏任秀勤呢？"苏老六似有所悟，笑道："被宋义接走去罗阳看电影了。"

想到苏任秀勤将被宋义搂在怀里，在黑灯瞎火的影院肩并肩头靠头看电影，李鼎君就不禁打了个寒战。

李鼎君坐下后，失魂落魄地和苏老六对酌，苏老六一个劲儿劝他喝酒。他苦着脸喝，一句话也不说。整个晚上几乎都是苏老六一个人在说话，他埋怨现在的年轻人懒惰，学手艺不刻苦，还说现在的领导浮夸、虚荣。他越说越激动，把李鼎君失常的情绪完全给忽略了。

好不容易有个空隙让李鼎君插进话来，借着酒劲，李鼎君把对苏任秀勤的一腔爱慕之心和盘托出，表示要和宋义公平竞争追求苏任秀勤。

苏老六呷了一口酒，叹息道："李鼎君，你来迟了，秀勤已经许了人家，订婚了。"

"订婚了？这怎么可以？今生我非苏任秀勤不娶啊！"李鼎君情绪失控叫道。

"天涯何处无芳草，何必单恋一枝花，村里好姑娘有的是，秀勤有什么好的？不要惦记她了。来，喝酒。"苏老六嘴上这样说，心里却是另一种想法："李鼎君，你人是不错，手艺也没的说，可惜家里太穷了，村里别说是黄花闺女，估计连寡妇都不肯嫁你。嫁你，喝西北风去？你怎么能跟人家宋义比呢？"

宋义出身于知识分子家庭，父母都是老师，可谓和苏任秀勤门当户对。苏老六原是银行职员，因响应国家号召到广阔的农村接受再锻炼，成了滨海插队知青，后来爱上了镇上的姑娘，就在滨海成家立业，生了六个女儿后，最后才得一子。

气氛就这样滞涩了，李鼎君失魂落魄起身告辞。

只是一天时间，李鼎君仿佛觉得隔了千年，浑身没劲。没人知道，他经历了人生中颇为灰暗的时光。初恋的失败是难以承受的，更令他窝心的是，对他来说，这也许还称不上初恋，充其量只是暗恋而已，还没来得及表白，事情就已经明朗了，也就是说他基本没机会了。

上班的时候，他拼命干活，累得抬不起手臂了，还是干活，带着心塞的痛苦。下班后，他先不回宿舍，总会在乡间泥路上疾走一阵，实在走不动了才掉头往回走。

对着满天星空，他是用自虐的方式排遣心中的痛苦呀！有时候他也会坐在桥头，拿出口琴，吹一曲《十五的月亮》，曲声哀怨凄凉，像极了他的心境。

其实，李鼎君还是挺有才气的，只不过苏任秀勤没有好好深入了解他。除了口琴吹出心绪外，他的书法也写得潇洒自如。这得益于他老爹的教化和远见。

早年，村子里住着一户地主，地主每天请私塾的老师给儿子上课。1949年之后，地主的地都被分给了农民，地主也被枪毙了，地主的儿子虽住的比一般农民还破烂，但村子里的人们并没有看轻他，而是恭恭敬敬的尊称他为“先生”。因为他写有一手遒劲的毛笔字，还会篆刻，只要给他一柄破牙刷，他就能给你刻出名字，村民拿着免费的私章领粮食就方便多了。李祥瑞从中受到启发，所以很注重对孩子才艺的培养。这世界，什么东西都可能是别人的，唯有才艺别人拿不走。

人在失落时，总会找一种恰当的艺术方式表达自己的情绪，这口琴就是李鼎君的心声出口。

只要见到苏任秀勤婷婷袅袅地走来，李鼎君就满身热血上涌，缠绵的曲子诉说心声：苏任秀勤，你就是我今生要找的爱人，无论多大的困难，我一定要追到你！

李鼎君想，只要搞定苏任秀勤，就能搞定苏老六，毕竟跟他过日子的是苏任秀勤而不是苏老六。苏老六是势利了点，可苏任秀勤人不错。

问题是苏任秀勤已经订婚了，名花有主了，李鼎君如何横刀夺爱，搬走追爱路上的绊脚石。

每日，李鼎君的脑子时刻像放电影，各种镜头叠放，私奔？苏任秀勤同意吗？和情敌公开竞争，身无分文，拿什么竞争，不是自取其辱吗？

……

唯一的方法是让情敌自动退婚。什么情况才会自动退婚呢？搞臭苏任秀勤，只有搞臭苏任秀勤了，别的男人不敢要了，他才能追到手。

想到这个点子，李鼎君激动得一夜没睡，在床上就像烙饼，翻过来转过去，好不容易熬到鸡叫头遍，他打滚从床上跃起，就着煤油灯写了一张纸条塞到宋义的屋内。

宋义收到这封信有点莫名其妙。

“苏任秀勤男人很多，小心做了王八！”眼镜宋义看完这句没头没脑的话血气上涌，大怒。哪个王八蛋竟敢这样诋毁苏任秀勤？他想揪出这个造谣者，但是又不知道是何人。他气冲冲地跑到排灌站，正巧看到李鼎君手把手地教苏任秀勤冲车床。

宋义觉得自己受到了苏任秀勤的愚弄，就在厂里和苏任秀勤吵起来。

“苏任秀勤，你给我出来！”宋义阴沉着脸。

“苏任秀勤，你啥意思呢？快成人家老婆了，还跟别的男人勾三搭四。没想到纸条上写的都是真的，亏我还想为你出气。”

苏任秀勤莫名其妙，她被宋义一脸凶相弄哭了：“你什么意思？”

“什么意思？我他妈的还没结婚就做了王八，这世上还有哪个王八蛋比我更倒霉的吗？”

苏任秀勤此刻变成了呜呜地哭。

“你还有脸哭？这些破事还不都是你平时不检点惹来的。”宋义涨红脸拂袖而去。

周围聚了不少人，指指点点，各种猜测各种难听的流言传遍了一条街。

“真看不出，苏任秀勤是这种人，平时看着挺清纯的，居然还没结婚就搞破鞋。”

“装，越纯越会装，骨子里还是个骚货。”

嫉妒苏任秀勤被众多男人追的女工们趁机大吐口水，流言不堪入耳。

……

后面的话越说越脏，李鼎君听不下去了。他本想用这招吓退“眼镜”，没想到事情闹成这样。看着苏任秀勤瘦弱的身躯在寒风中瑟瑟发抖，李鼎君后悔当初不该用这种下三滥的方法逼退情敌，毁了苏任秀勤的清誉。

这件事情没有不在厂里传开的理由了。

苏任秀勤到宋义家去找宋义，期待解释清楚。迎接她的是宋义母亲指桑骂槐的一顿臭骂。苏任秀勤没有和她争吵，跑回家趴在床上大哭了一场。

一连三天，宋义没有来找她，这在以前是不可想象的。苏任秀勤接连失眠，直到第四夜才勉强睡着。也是熬得太久了，这一觉一直睡到翌日上午十点多钟，连班都没有上。要不是有人咚咚敲门，她不知道要睡到什么时辰。

苏任秀勤睁开眼睛看了看表，她以为来人会是宋义，故意虎着一张脸，等待宋义哄她，向她道歉。但她猜错了，来人不是宋义，而是苏老六。她揉了揉惺忪的睡眼，说：“爸，你不是去上班了吗？怎么就回来了？”

苏老六没有回答，他绕开苏任秀勤的身体走进屋来，这才气呼呼地说：“你怎么不上班？你怎么还有心思睡觉？”

“我凭什么没心思睡觉？”苏任秀勤说。

“你……你简直气死我了！”苏老六大声嚷道，“刚才宋义他妈找过我，把你干的好事都跟我讲了，人家嚷嚷要退婚了。”

不用多说什么，苏任秀勤一瞬间什么都明白了，她一屁股坐到床沿儿上，宋义他妈的为人和脾气她再清楚不过了，出了这种事，她是不会放过自己的。

“你就不怕？”苏老六说。

“怕有什么用。”苏任秀勤说。

“宋义这孩子挺好的，你怎么会……你傻了？”苏老六说。

“这事又不是我挑起来的，根本怪不得我。”苏任秀勤说。

“不管怎样，人家待咱不薄，你这样怎么收场呀？”苏老六说。

苏任秀勤不吭声了，事情明摆着，如果宋义和她吹了，她在滨海的名声就毁了。一着急，泪水就涌出了眼眶。

苏老六说，找宋义认错吧。

苏任秀勤抹了一把泪水，说：“我有什么错呀？”

苏老六说：“你有什么错你自己知道，赶紧去解释一下，总比这么闹下去好。”

苏老六说罢上班去了，苏任秀勤收拾打扮一番，也上班去了。走进车间的时候，她发现大家都用一种异样的眼神看她，这又给她的心头添了波澜。

苏任秀勤终于忍不住，跑到宋义厂里，把他约了出来。

就在宋义厂房外面的一个角落里，两个人见面了。

苏任秀勤说：“别人不相信我，难道你还不相信我吗？”

宋义阴着脸说：“这不是相信不相信的问题，我们家在滨海毕竟有头有脸的，出了这样的事，你叫我和我爸的脸往哪里放？”

苏任秀勤拖着哭腔说：“这事能怪我吗？”

宋义说：“你别演戏了，那小子把什么都告诉我了。”

苏任秀勤急着问：“他告诉你什么了？”

宋义咬牙切齿地说：“那小子说你跟两个男人有关系。”

苏任秀勤顿觉自己的脑袋像气球一样吹大了，她自然知道那小子是谁，这种事只有纠缠自己的李鼎君干得出来。

她不再和宋义辩解，掉头就走，而且越走越快，苏任秀勤就像飘起来一般。

她几乎不知道自己是怎么飘进李鼎君宿舍的。李鼎君正和几个青工在打扑克。

苏任秀勤用一双红红的眼睛盯住李鼎君，屋里其他几个人见此情景，都躲了出去。苏任秀勤气极败坏地问：“你为什么和宋义说那种话？”

“还不是因为爱你，我那么一说，他才能够放开你呀！”李鼎君倒不抵赖，实话实说。

一股热血往上涌，苏任秀勤甩手就给了李鼎君一个耳光。李鼎君捂着半边迅速肿胀起来的脸，喃喃说：“我做的一切都是为了一个爱字，我真的爱你呀！”话音未落，宋义闯了进来，他呆呆地盯着他俩看了一会儿，什么也没说，掉头离开了。

望着宋义的背影，苏任秀勤预感到一段爱情的结束，她没有再抱怨宋义，默默地也走开了。

对于这件事，工友们谈论了很长时间，免不了添油加醋，免不了节外生枝，这个故事越来越风趣了，也越来越生动了，苏任秀勤在故事里也越来越风流，越来越富有传奇性了。

眼镜宋义没过多久就正式到苏家退婚来了。苏老六丢不起这个人，躲在屋里不出来，他恨死了这个让他丢脸的大女儿，在男女作风上犯错误，这辈子就完了。真是家门不幸啊。

苏任秀勤的脸越发苍白。每次上班途中，她总感到如芒在背，怪异的眼神一直追随她一路到排灌站。她承受着无尽的忧伤。这种事搞得父母在村子里都抬不起头，父亲除了讲“家门不幸”，就是整日酗酒，母亲和姐妹稍有差错就遭他一顿臭骂。苏任秀勤觉得这一切都是因为自己，在家尽量少待着，怕一不小心就会触了地雷。

原先追随苏任秀勤左右的青年都躲到一边去了。一个女人同时和几个男人谈恋爱，名节丢了，女人就不值钱了。

始作俑者李鼎君一面心疼苏任秀勤，另一面心里偷着乐，这回没有那么多苍蝇围着苏任秀勤转了。他经常借保护苏任秀勤为名送她回家。

起先苏任秀勤十分讨厌李鼎君，觉得他像臭苍蝇一样围着自己乱转。但是她又离不开他，只有他懂她失恋的忧伤。

如果再有人嚼苏任秀勤的舌根，李鼎君只要瞪一眼，那人肯定被他眼神中的杀气吓退，乖乖闭了嘴，虽然事后可能还会嚼舌根，但是至少当着他的面，没人敢。

李鼎君每天一大早端着牙具到苏任秀勤家屋檐下刷牙，路过的邻居无不摇头：苏任秀勤彻底是堕落了，居然未婚同居。

苏任秀勤纵然跳进黄河也洗不清了。李鼎君经常对他的兄弟说：“这是你们嫂子。”尽管苏任秀勤依然清白，然被迫名花有主，谁也不敢再追她。

这话传到苏任秀勤妹妹苏任秀兰耳中，苏任秀兰劝苏任秀勤：“姐，李鼎君那人你也敢嫁？这人狠起来比谁都狠！”

苏老六很快从家庭成员中捕捉到苏任秀勤的新恋情，起先死活不同意，辛辛苦苦把女儿养大，如果嫁给穷得叮当响的李鼎君，不就等于白养了一个女儿？苏老六不同意苏任秀勤和李鼎君交往，却激起了苏任秀勤的逆反心理，她认为自己被宋义甩了父亲是有责任的，没有帮助她还一味指责她。他不想看到李鼎君，苏任秀勤偏偏跟他一块了，气死父亲。

苏任秀勤和李鼎君开始约会了。苏任秀勤想反正名声臭了，只有李鼎君不嫌弃自己，还是对她像以往那样好，约会就约会吧。

苏老六家媒婆上门倒是挺多，但都是给二女儿三女儿说媒的，大女儿无人问津。

这样拖了大半年，苏老六忧心忡忡地看着苏任秀勤，唉声叹气。这姑娘眼看要养在深闺嫁不出去了。这时，李鼎君又提着糟烧上门了。酒酣耳热之际，李鼎君壮着胆子说："看来上辈子咱们就是一家人，这辈子还是一家人，您做我岳父做定了。"

苏老六叹了一口气，心想：我女儿长得这么漂亮，要不是被退亲毁了名声，你小子就是再等十辈子也轮不到你。

苏老六闷闷地喝了一口糟烧，一股浓烈的灼烧感自喉头向下翻滚，一直到胃部还在灼烧。

"好，既然你看上我们苏任秀勤，就选个吉日，把婚定了。"苏老六像做了一笔赔本买卖，心疼得脸都抽搐起来。

李鼎君心花怒放，从苏家出来，晕晕乎乎的，事情就这样搞定了？苏任秀勤就这样成为自己的媳妇了？当他把这个好消息告诉徐小芬时，徐小芬简直觉得不可思议。当然，她没有像其他工友那样认为苏任秀勤嫁给他是一朵鲜花插在了牛粪上，而是觉得李鼎君太有本事了，她太崇拜他了，居然能把排灌站一枝花苏任秀勤搞到手。

李鼎君应允了苏任秀勤的婚事，日子一天天过去，很快到了订婚前夕。李鼎君此前是一人吃饱，全家不饿。家里一点值钱的东西都没留下。以前每到发工钱的日子，他总是呼朋引伴大吃一顿，当然大多时候是李鼎君埋单。他是个很大方的人，只要手头有余钱，无论谁向他借，他总是哗哗流水一样借出去，很多时候这些钱是肉包子打狗——有去无还。所以往往熬不到发工资那天，李鼎君就吃了上顿没下顿。后来尴尬到只能靠预支工资度日。

徐小芬是排灌站的出纳，李鼎君要求预支工资，她总是偷偷地多预支一点给他。因为她做事隐蔽，加上李鼎君又还得及时，几年来总是平安度过，没漏一点破绽。

按照温州订婚的习俗，男方要挑着箩筐，箩筐内要放上猪头肉、鱼、花生、红枣等东西作为求亲的伴手礼以及彩礼钱若干，上女方家求亲。

李鼎君订婚前夕，徐小芬着急了，箩筐至今在哪儿都不知道，还伴手礼？可看李鼎君呢，居然一副不理不管的模样，完全不知做新郎官的忧愁。真是皇帝不急太监急！

李鼎君能不急吗？可急有什么用？急能急出钱吗？既然不能，日子还得照样过，当工友约李鼎君到邻镇看露天电影时，李鼎君想都没想，抛下徐小芬，跳到水泥船上，一路“突突突”开往邻镇，急得徐小芬在岸上目瞪口呆。

“仙人鼎君啊——火烧眉毛了——”她的叹息飘散在风里。李鼎君自嘲似的笑笑，对他来说，最吸引他的事莫过于看一场露天电影。

船屁股上的黑烟迷了小芬的眼：“唉，李鼎君啊，你什么时候才能真正成熟？都这个时候了还有心情看电影。”

“船到桥头自然直！”李鼎君大声说。可惜这句话被“突突突”的马达声淹没。他李鼎君能拘小节吗？今朝有影今朝醉，走一步算一步，事情总有解决的办法。

农村没有电，更没有电视，定期到各村巡回放映的露天电影是农村最重要的一道文化生活大餐。李鼎君能错过吗？这跟订婚一样重要。可惜的是，露天电影的次数实在太少，以至于它在人们心目中的地位简直不亚于情人。自每次得知电影播放时间起，人们就把它放在心头口头，盼着它快到来，更如被相思煎熬的痴恋者，焦躁地掰着手指头计算日期。

载着放映设备，被称作“隔音机”的手扶拖拉机“突突”地喘着粗气来到放映场地——塘河公社门前，这意味着一个喜庆的节日拉开了序幕。

那时没有广播，也无人发通知，但人们总能及时得到讯息，早早地收工回家。天还没暗下来，家家户户差不多都升起了袅袅炊烟，空气中弥漫着诱人的香味。遇有不太急性还在田地里忙活的大人，那家的小孩必定急得直跺脚，脸红脖子粗地非要把他们催回家不可。一家人忙乱地进行吃饭、洗澡等准备，一般都会把压在箱底难得一见的“出客”的体面衣服取出来换上。小孩子早已找来看电影的必备器具——手电筒（因电影散场后要走好几里地），并火急火燎地催促磨磨蹭蹭的家人们，一起背着竹椅正式出了门。

停船靠岸，李鼎君和工友走在路上，呼朋唤友，比赶集还热闹。接近放映地点时，原来三三两两的散兵游勇逐渐汇成一支秩序散乱的队伍。彼此熟识的人们会走到一起放慢脚步拉起家常，早已急不可耐的小孩子们便抛开大人撒开腿向前跑。转过一片农场，突现眼底的放映场上，露天电影的标志——长方形的大荧幕已经挂起。

放映场上人头攒动，喧闹异常，人们高声呼叫着，有的举着竹椅四处睃巡，寻找熟人或是搜索更佳的位置。小孩子们三步并作两步跑到搁放映机的桌子附近的最佳位置站定，一边焦急地伸长脖子盼望着“主力部队”到达。

看电影的各路大军还在源源不断地从四面八方的小路上涌来。

人群到后坐定，便加入了放映前闲谈的大军，眉飞色舞地谈论着庄稼长势、家长里短等永远鲜活的话题。天色渐渐黑了下来，嗡嗡的说话声中不时会响起尖厉的口哨声和爽朗的笑声，间或还夹杂着黑暗中不知被谁拧了一下胳膊拽了一把头发揪了一下屁股的女性的刺耳怒骂声，和阴谋得逞者的嘎嘎怪笑声。观众里不乏拖着长烟杆的老人。他们制造的辛辣的土烟味，和青壮年制造的相对平和的纸烟味一同混杂在清凉的空气中，形成一种独特却奇怪的令人感到好闻的味道。在这一气氛无比热烈的“聚会”里，人们郁积多时的孤寂和劳累得以排解和释放，代之以对生活的满满的激情。李鼎君怀疑相当一部分人（主要是上了年纪的文化不高的，如“长烟杆”）就为享受这个而来。因为当电影开场后，他们往往也就渐渐地开始“钓鱼”，全无心思看电影。

当观众差不多占据了大半个场子的时候，刚吃完饭的放映员拎着放映机来了。早已等得不耐烦的年轻人会发出欢呼。小孩子们则会跑到置于场外屋角的发电机旁，百看不厌地盯着放映员的助手如何启动。助手每猛拉一次缠着飞轮的绳子，他们的心都要跟着一动。这台上了年纪的带动发电机的小汽油机像一个常犯伤风感冒的糟老头，任凭人使多大劲，它却往往也只是“咳咳”地干咳几声，看得人眼里直冒火。

被折磨得不耐烦了，或许是意识到挨不过去，糟老头机器最终一般也会极不情愿地开始工作。随着细密均匀的“噗噗噗”声持续响起，放映场上“嚯”地一亮，人们会不约而同地发出一声欢呼。放映员娴熟地装好胶片，随着眼前一黑，一道光柱打到荧幕上，电影便正式开始放映了。

李鼎君最喜欢的是由八一电影制片厂摄制的战争题材影片。当片头出现“八一电影制片厂”的字样，李鼎君情不自禁地欢呼。

刚才还喧闹不已的放映场安静下来，耳旁只听到电影的配音，和着放映机若有若无的“咔咔咔”的细微的“背景音乐”。荧幕上开始上演或悲欢离合，或惊心动魄的剧情。渐渐进入角色的人们一个个瞪大眼睛，随着电影中人物的际遇喜怒哀乐。看到入神处，有的张大嘴巴忘了合拢，甚至于掉下哈喇子；有的烟头快烧到手指也浑然不觉。

当荧幕上映出“剧终”字样，放映场上高挑着的照明灯再度亮起，人群一阵骚动，人们纷纷把椅子提到肩上扛着，呼唤着家人朋友，一道回家。手电筒先后亮了起来，细长的光柱到处乱晃。有野野的男青年故意捣蛋，把乱晃的光柱定格到一张姣好的美女脸上，刺得对方紧闭双眼伸手遮挡，招来一串恶声咒骂。渐渐地，从发源地游出几条手电筒队伍形成的游龙，向着各自归家的方向移动。

路上，洒满了兴奋的人们的说笑声。

夏夜，路边盛开的豌豆花、栀子花们热情地把它们浓郁的醉人的芳香塞进人们的鼻孔；草丛里的虫子不知疲倦地合奏着一曲亘古不变的奏鸣曲。这时，逞能的孩子们会抢得操持手电筒的权利，走在家庭队伍的前头。兴奋劲过后，年纪过小的孩子，这时眼皮开始打架，大人们就一伸手把他捞到背上。到家后造成的动静把他们惊醒，一时恍然不知身在何处。人们躺到床上，夫妻们还会小声交流一番刚才动人的剧情，直至不知何时伴着这次看露天电影的经历悄然进入梦乡。

李鼎君回到滨海才猛然记起，明天还有一件棘手的事情等着他。如何订婚，新郎的服装向谁借？装伴手礼的箩筐又在哪儿呢？

不管了，睡醒了再说。他一躺下就呼噜声起……

第二天，徐小芬带领一队工友挑着箩筐，里面放着猪头肉、红枣、莲子、花生、桂圆等东西，浩浩荡荡地向李鼎君家走来。

李鼎君激动得说不出话来，只叹自己命太好了，真是船到桥头自然直，这帮兄弟真不是白交的，关键时刻雪中送炭哪。

李鼎君忙不迭地派发“大前门”香烟，徐小芬学着后生把烟往耳后一夹。

“李鼎君，你也别忙了，赶快穿上阿三的衣服把箩筐担过去，误了吉时你那老丈人可又不高兴了。”徐小芬催道。

“对对对，李鼎君，快去快去！”

等我有出头日，一定要报答这帮兄弟，李鼎君在心里发誓。

举债造房

李鼎君订婚后陷入了苦恼中。

婚事是定下来了，可上无片瓦下无立锥之地，把苏任秀勤迎娶到哪里呢？苏任秀勤顶着这么大压力嫁给你，总不能让人家住天下吧。造房子，我要给苏任秀勤造一间房子，不能委屈了她。

李鼎君被自己脑中冒出的念头吓了一跳。你是疯了吗？造房子要很多很多钱，你一分钱都没有，怎么造？但是他同时被这念头激励着。只要有决心造房子，肯定会成功的。哪怕只造到一半，也总比没有的强！

李鼎君一旦决定要做一件事，十头牛都拉不回来。他也不知道怎么造房子，他想只要去做，办法总会有的。

李鼎君在纷纷扰扰的集体宿舍里想了三天三夜，反反复复数着兜里全部财产：总共一角三分钱。这点钱维持生计都不够，用来造房子真是天方夜谭。

他对朋友李树峰说："树峰，我要造房子，给苏任秀勤一个窝，她顶着这么大的压力和我订婚，我不能委屈她！"

"老家没房子了吗？"李树峰简直认为李鼎君异想天开，"身无分文，咋起屋？你没发烧吧？"

"明天下班后，你陪我去沈岙找我姐夫，他刚造好房子，也许有不要的剩余木头可以利用起来。"李鼎君沉浸在自己的设想里，根本没心思回答李树峰的问话。

"李鼎君，造房子可是大事，不是你说造就能造起来的，你可得想清楚哦。"李树峰说。

"树峰，我必须要给我心爱的女人一个家，你帮帮我吧。"

"好吧，既然你主意已定，有什么需要我帮忙的，只管说话。不过，我先给你打预防针，就你现在这样，穷得叮当响，要起屋，难度可不是一般大。"

"苦和累我都能忍受的。"李鼎君闷抽了一口烟，"我一定要把房子造出来！"

“不光是苦和累，其间你可能还会遇到各种各样的人和事，还有委屈和打击。”

“放心吧，我打小苦罐里泡大的，再多的苦我都能承受。”

……

李鼎君被起屋这个美好梦想激励着，躺在床上兴奋得翻来覆去，再也睡不着。他等不及天亮，干脆起床，套上布鞋，连夜独自前往沈岙村姐夫家。

夜幕下，星星低垂，旷野上万籁俱寂。滨海至沈岙的轮船已停开。他全然不顾更深露重，健步疾走。

李鼎君深一脚浅一脚走在田埂上，他被自己想象的愿景兴奋着，浑身像打了鸡血，亢奋有劲。不多时，李鼎君已经来到了姐夫家门口。

雄鸡还未唱白，李鼎君也搞不清到底是凌晨几点？他不好意思贸然敲门，怕惊吓到姐姐和姐夫，就坐在门前的石阶上等待天明。

经过这一路的疾走，倦意袭来，李鼎君哈欠连天，不久便迷迷糊糊睡着了。

当清晨的第一缕阳光透过窗户，溜进屋里时，金黄的光晕如田野上翻滚的稻浪，带给人无比的希望和力量。李小雪拔了门闩，“吱呀”一声开了木门，肩上挂着毛巾，手拿木勺走出家门，正准备到河埠头刷牙洗脸。她不小心被睡意正酣的李鼎君绊了一下，打了个趔趄。

“呀——什么东西？”

李小雪刚想开口大骂，这团黑乎乎的东西突然站起来。

李鼎君揉揉眼睛，搔了搔后脑勺：“姐——”

“鼎君，你个短命鬼，天光恁早，怎么坐这里？不怕被露水浸湿？出了什么事？”

“姐，没出什么事。我找姐夫商量点事。”

“快进来，快进来！”李小雪连忙把李鼎君让进屋里，便忙着去鸡窝里找鸡蛋，她要给久不见面的弟弟补补身子。李小雪最心疼这瘦得像猴子似的弟弟。

李鼎君望着李小雪在鸡窝里忙碌的身影，心头一阵感动。每次到姐姐家，姐姐总是把最好的东西留给他。

而李小雪觉得弟弟苦啊，父亲去世，弟弟分家单过，饥一顿饱一顿，受尽欺凌。但是他很有志气，从来不向姐姐伸手。

“姐，我订婚了！和苏任秀勤订婚的。”李鼎君喝了一口姐姐递过来的白开水，说。

“啊？好事，好事！你怎么不跟姐姐、姐夫说呢？姐夫也得表示表示。”李小雪老公陈小波闻声出来。

“这不，你们都忙，不好意思麻烦你们。”

“你这呆头，一家人怎么能说两家话呢？”

李鼎君搔搔后脑勺，环顾四周，一眼就望见堆在一旁的几根碗口粗的木头，说：“姐夫，我要造房子，你能借我几根水皮（横梁）吗？”

“说什么借，拿去便是！”陈小波把十几根杉木和五块钱塞给李鼎君，“姐夫只有这么多，余下的空缺只能靠你自己了。”

“姐夫，你们生活也不宽裕，这钱……这钱我不能收。”李鼎君把钱放在桌子上。

“收下吧，这是你姐夫的一片心意，赶快把房子砌起来，好迎接新娘子进门。”陈小波重又把钱塞到李鼎君口袋里。

李鼎君感动得双眼泛潮，没想到事情这么顺利，他更有信心把房子造起来了。

李小雪端上一碗点心，满满的粉干底下卧着两个荷包蛋。李鼎君刚一搅动筷子，藏在里面的鸡蛋就迫不及待地跑出来，透着诱人的光泽。

“味道怎么样？”

“好吃，好吃，只要是姐做的都好吃。”李鼎君憨笑着。

“慢点，别噎着。”

李小雪和陈小波看着李鼎君狼吞虎咽的样子，疼惜地笑了。

造房子，除了要解决杉木等材料，还得准备砖瓦。七十年代砖瓦都是手工制成的。村民利用模板，将其制成土坯，晾干后，按一定的顺序放入窑中烧制，出窑后就是现成的砌墙材料。

李鼎君没钱购买砖头，只好挨家挨户去收购砖坯。乡村里，做砖坯的人家还是很多的。农村里最不缺的就是泥土，通常哪家需要砖头，到田里挖一些黏土，放在道坦上，把黏土反复踩踏，然后截取若干，放在制砖的模具里，压出长方形的砖坯，放在太阳底下暴晒。几天后，晒干的土坯就成型了。接着就去租用砖窑烧砖。然而，一个现实的问题又摆在李鼎君眼前，烧砖要柴火，到哪里弄柴火？

李鼎君把能想的亲戚都想遍了，能借的钱都借过了。一分钱难倒英雄汉，这柴火实在是难倒李鼎君。他坐立不安，在厂里干活都没心思。

有人给他出主意：“李鼎君，你不是早年有个夭折的姐姐，后来配阴亲给柴家。算起来你和柴家也算沾亲带故。听说柴家当家人在大罗山尖山农场当领导。农场里每年都有不少修剪下来的树枝，还怕没柴烧？要不，去尖山农场借借看？”

“这——”李鼎君有点不好意思，这也算亲戚？

人走投无路时，什么办法都会去尝试。爱情是盲目的，它同时给人无穷的勇气和力量。为了给心爱的人一个家，李鼎君豁出去了，决定去农场碰碰运气，会会这个从未谋面的亲戚。

暮春时节，天气乍暖还寒，李鼎君赶到农场时，白色的确良衬衫却被汗水浸湿，粘在身上黏黏糊糊的，很不好受。

他花了很长时间跟老柴解释他们的阴亲关系，总算让老柴听懂，跟老柴攀上亲。

老柴觉得这小伙子人还是不错，答应把柴赊给他，等他有钱了再还。

李鼎君高兴得围着老柴团团转，有了柴火，就可以烧砖了。他顾不得喘气，一趟趟来回大罗山，把柴挑回去。

为了省钱，李鼎君舍不得请人，他白天上班，晚上到砖窑厂照顾他的砖疙瘩宝贝。在砖头出炉之前，他必须要反复加水冷却，防止砖烧裂掉。

红红的火焰烧出红红的希望。

连续三夜李鼎君守在砖窑前，当他把最后一桶水浇上去的时候，他累得瘫软在地。

出窑的砖头成色不错，除去砌房子的所需量，竟然多出了一半。他把这些多余的砖头卖掉，换来的钱去买水泥。

得知李鼎君砌屋，他的结拜兄弟们闻讯赶来，有钱的出钱，有力的出力。他们知道李鼎君生活困难，大清早过来干活，中午回自己家吃饭，吃了中饭再来干活。

众人拾柴火焰高，房子终于砌成了。

李鼎君不敢相信，当初只有一角三分钱的他居然有了一个像模像样的家。他喜得忘乎所以了，债务满到头颈都浑然不觉。

李鼎君是有追求的人，他尚欠着一屁股的债务，却看中了一套600多元的家具。这在农村，是奢侈品，谁都不敢想的。这套家具，凭他当时的工资，即使不吃不喝，也要积攒两年。造房子欠下的巨债都不知道何年何月还清，现在居然幻想要买600多元的家具，赤贫的他真的是疯了。

“你疯了吗？‘两头墩’（一种简易木床）睡睡就可以了，还买什么家具？”李小雪得知后极力反对。

“不行，反正欠多也是欠，欠少也是欠。包袱大一点小一点没关系，我都背着，会还清的。”

“你呀你，真是虱多不痒，债多不愁！背着这么多债，何时才能出头哟？”李小雪无奈地叹息。

房子完工后，为了给苏任秀勤一个漂亮的家，李鼎君里里外外置办下来，最后统计数字居然欠债4800元。对于这笔巨债,李鼎君真的是稀里糊涂,毫无危机感。曾在人民银行当会计的岳父苏老六，拿算盘拨了拨。他忧心忡忡地对这位准女婿说：“李鼎君啊，李鼎君，你们不吃不喝不生孩子，这笔债也要十几年才能还清，我女儿跟着你可怎么办哦？”

“爸,您放心。我肯定不需要十几年的。”李鼎君很有信心。他的自信不是盲目,而是觉得能娶到苏任秀勤，生活一定会越来越好！

1976年正月十二，李鼎君办了一场简单的婚礼。他们给亲戚朋友分了几包糖，两人便搬到了一起。

婚后，李鼎君宠爱着苏任秀勤，家里的大事小情都是他一人操心，加上苏任秀勤有了身孕，李鼎君更不会把欠债的明细账目告诉她，以免她担心。

为了还债，李鼎君节衣缩食，省吃俭用，每天只吃番薯丝填肚子。吃到后来，一打开饭盒看到番薯丝就反胃。饿肚子的苦还可以忍受，最难熬的是滴水成冰的冬天。李鼎君把春夏秋冬的衣服全都套在身上：一件的确良衬衫，一件毛线背心，一件中山装。这薄薄的中山装，还是岳母赠送新女婿的卡其布做的。

这一年冬天,老天似乎特别考验李鼎君。天较之往年更寒冷,寒气钻进骨头里,疼痛丝丝入骨。他白天还勉强将就，最受不了的是寒夜漫长，时光似乎停滞了，度日如年。

天上飘着鹅毛大雪，李鼎君被冻得瑟瑟发抖，双手插在袖管里也不顶事，他就使劲搓，搓一会儿再塞进袖筒，再搓，再塞……实在冷极了。每天只能靠不停跑步取暖。然而跑步又很消耗体力，那一碗没有一粒米饭的番薯丝吃进去后，很快被运动消耗了个精光。

好不容易熬到端午节，冰河解冻，总算解除了寒冷的危机。为了还债，他像一台上足发条的闹钟，一刻不停地运转，运转！但是他的工资相对于他的巨额债务来说，真是杯水车薪！

端午节，李鼎君和苏任秀勤双双下班回家。他们拿着刚刚领到的工资，预备晚上买点肉，打打牙祭，不知道多久没有闻到肉香了。

刚踏进家门，苏任秀勤远远地看到家里木头楼梯上坐了一排人。台阶一级连着一级，每一级都坐满了人，像音乐书上的音阶，一直延伸到楼梯最高层。他们的脸上写满哀怨和愁苦。

苏任秀勤吓了一跳，一下子蒙了。她拉拉李鼎君的衣角，小声嘀咕：“这些人来咱家干什么？”

“要债的。”李鼎君哭丧着脸。

2元、5元、10元，一叠厚厚的账单，无声摆在李鼎君面前。

李鼎君把刚发到的工资全部用于还债，那叠还未焐热的钱转眼之间就飞入别人的口袋。他内疚地看着苏任秀勤，本来他想用这些工资给身怀六甲的妻子买点肉，打打牙祭，如今这想法泡汤了。

一楼梯的债主随着李鼎君手中的钱分完，像电影剧终一样散场了。零星滞留着几个不走的，看到李鼎君实在拿不出什么值钱的东西还债，得到李鼎君口头承诺还钱日期后，也无奈地离开了。

苏任秀勤瞅瞅李鼎君，李鼎君看看苏任秀勤。刚才的一切就像一场梦，梦醒了钱没了。

李鼎君看着苏任秀勤微微凸起的肚子，勉强挤出一丝笑容：“你想吃什么？我去给你买！”

苏任秀勤环顾空空荡荡的饭桌，苦笑道：“我想吃熏鹅。”

“好，你等着。”李鼎君总是有办法的人，他生性乐观，为了苏任秀勤，哪怕上刀山下火海都愿意去做。

李鼎君大步流星地来到菜市场。菜场里人声鼎沸，一派烟火气息。羊肉“热锅”散发出扑鼻的香味。

狭窄的小街道挤得水泄不通。突然，从南边开过来一台手扶拖拉机，“嗵嗵嗵”地响着。可是“嗵”了老半天，才走了两三尺。这边喊：“借光，借光！撞啦，撞啦。”那边喊：“减价货！减价货！上等的白洋布，三角五一尺。”“要吃吗，刮啦啦五香葵花子。”“甘蔗！甘蔗！汁多又甜的甘蔗！”“好白菜，快来买哟！”

蔬菜摊位上摆着各种各样的蔬菜：白花花的花菜像一束束整齐的鲜花，红红的西红柿像小姑娘羞红的脸庞，绿油油的黄瓜浑身长满刺，它们还带着晶莹的露珠。来买蔬菜的人们，看看这个摸摸那个，它们是那么鲜嫩，让人爱不释手，买了这个又想买那个。摊主们称秤、递货之间脸上笑开了花。

水产区那边一片欢腾，盆里的鱼虾又蹦又跳，溅出许多水花，好家伙！那一条鲤鱼在欢乐地游动着，好像有什么喜事似的，突然一个网兜把它捞了起来，它奋力地挣扎着，可还是没有逃出网兜，等待着它的不知是什么命运。

肉类区也生意兴隆，摊主们忙得不亦乐乎，挥舞着刀，为顾客们斩肉、称肉、找钱。

……

钱是男人的胆，身无分文的李鼎君走进菜场，顿觉矮了三分。他里里外外逛了两圈，最后怯怯地在一家顾客稀落的熏鹅摊前站定。

“鼎君，买熏鹅啊！来来来，刚刚出炉，你看这熏鹅，肥着呢！”摊主见有生意上门，脸上笑得比对亲娘还殷勤。

“老板，给我来半斤。钱，等发了工资就给。”李鼎君堆满笑容。

“赊账啊！”老板的热情顿时冷了下来，收起了先前殷勤的笑容。他剁下几截鹅脖子，往秤盘上一扔，把秤锤定在半斤的秤花上，秤锤一溜烟地往下掉，他便随意抓起一个正打算丢掉的鹅头放进秤盘，秤杆马上翘起了老高。

“喏，半斤。”

“老板，别人半斤熏鹅怎么有腿有翅膀，我的却尽是脖子和头，都是骨头没有肉。”

“想吃肉是吧？吃肉拿现钱来！赊账能有这等货色已经不错了，你哪，没钱就不要吃什么肉了！”老板斜着眼，掩饰不住嘲笑的眼神。

“你——”

士可杀不可辱。

李鼎君真想摔下熏鹅马上走人，但是想到苏任秀勤和她肚子里的儿子，正眼巴巴地等着他的熏鹅打牙祭呢，他只能英雄气短，忍气吞声地接过这包满是骨头的熏鹅。

李鼎君啊，人穷气短！转身刹那，屈辱已天涯。

出现在苏任秀勤面前时，李鼎君调整好情绪，努力挤出笑容。

“呀！鼎君，你怎么回事？别人买的熏鹅都是肉，你买的熏鹅都是骨头。你会不会买菜啊？”苏任秀勤的不悦神色表露无遗。

“嘻嘻，骨头比较好吃，骨头营养好，补钙！”李鼎君强装笑容，有意化解难堪。

“好吃个头！要吃你吃！被诓了还乐。呆鹅，我当初怎么瞎了眼，找了你这么个窝囊废。不会赚钱不说，连买菜都不会。以前追我的人一大把，居然猪油蒙心嫁给你，现在瞧瞧真不值得！”苏任秀勤开始絮絮叨叨。

李鼎君耐着性子哄了老半天，如果不是看在苏任秀勤怀孕的分上，他那火暴脾气早就针尖对麦芒啦。

“你的意思是我没用是吧？现在后悔还来得及，你去找有钱男人啊。”李鼎君最不能容忍老婆说他是窝囊废，那比一巴掌刮在脸上更让人屈辱。

“你穷，我又没嫌你。干吗这么大声嚷嚷？”苏任秀勤呜呜地哭。

“我就这样子了，你觉得跟着我吃苦，我走行了吧！”

李鼎君在外面已经窝了一肚子火，现在回到家又不得清净，胸闷气急，他摔门而去。

这是他们结婚以来第一次激烈的争吵，贫贱夫妻百事哀。

塘河的风一吹，李鼎君清醒了，他暗暗后悔刚才不应那样对待苏任秀勤。“李鼎君啊，李鼎君，苏任秀勤既然嫁给了你，就希望两个人把日子过好。她有抱怨或有唠叨，一定要耐心地听。”

“怀孕的女人话很多，因为她缺乏安全感，听听也就算了。”想到这里，李鼎君心情平复了下来。他思索着怎样赚钱还债？最好是快速致富，尽快把压在心头的“大山”搬掉。

海上走私

不知何时，滨海镇突然刮起了一股走私风。

那时候走私以“以货易货”为主，浙江的走私风紧跟时代潮流盛行，温州地区海上走私货有两种东西：一个是袁大头；另一个就是黄酒。换回来的是电子表和计算器，还有就是摩托车。汽车呢，忒贵，私人消费不起，公家另有渠道。像电子表这种东西（就是现在地摊上十块钱两个的那种），简直是穷孩子眼中的超级奢侈品！当时你手里要是有块电子表，那些漂亮的女生蝴蝶般跟在你屁股后面转，不夸张地说，一块电子表搞定很多事情！

李鼎君欠了4800元的巨债，如果靠工资，把青春卖了都不够还。他开始利用业余时间悄悄去上海进货。

他借了一些钱跟着邻居闯上海。从温州到上海要坐一天一夜的轮船。为了省钱，李鼎君买的是散客票，没有位置。他带了一张草席见缝插针铺开，蜷缩着身子躺下，来来往往的脚散发出奇异的臭味，熏得他快晕过去，他只能硬憋着。

翌日，轮船一靠岸，他飞奔上岸，不停地跑。之所以跑，因为上海的货物特别畅销，如果跑得慢，货都被人抢光了。走私贩更多的是抢香烟，牡丹、中华、大前门，见什么拿什么，最畅销的是电子表，当然李鼎君是新手，一般都抢不到。

一天的工夫，李鼎君已满载而归，驮着两个大网袋，胸前一个网兜，胸后一个网兜，远远看去像个罗锅，趔趔趄趄地往轮船上奔。如果错过了这趟船，他要在上海留一夜，旅馆费是一笔不少的开销，所以他必须箭步如飞。

靠计划供应的年代，李鼎君从上海带回的东西很多是滨海村民未曾见过的稀罕物，很快在滨海畅销一空。这一趟下来赚的钱顶他一个月的工资。李鼎君把钱放在饭盒里，藏在床底下，躺在床上展开美好的想象：如果这样下去，身上背负的债务很快就要还清啦。

还债还债，他的心轻快起来了。

他也知道这种生意很冒险，抓住是要坐牢的。这种异地买卖赚取差价的行为在二十世纪八十年代有个恐怖的名字——走私，轻则坐牢，重则枪毙。

“那时候，走私的怎么数钱？一张张数能累死你，要用卡尺一摞一摞地量。海陆空参与走私汽车那叫一个壮观。汽车飞机自然不消说，用船的更狠，上岸后遇到海关警察联合办案被截住，端起冲锋枪打过去，几十辆车从头到尾都是弹孔，没收了也卖不出去了。”

“当然利润更是可观，要不然怎么有那么多人不顾坐牢的风险前赴后继扑上去。”

李鼎君把这些从轮船上听来的消息告诉苏任秀勤时，苏任秀勤眼睛瞪得像铜铃，她既惊奇又为李鼎君担心，钱是赚得比工资多，可这风险也太大了吧。

“上海是怎样的？是传说中的花花绿绿大世界吗？”苏任秀勤问。

李鼎君只顾着抢货，还真不知道上海是什么样子的。

他开始进入冥想状态：上海，它有一种特别的味道。上海的味道，湿润而慵懒，有傍晚巷口睡衣的味道，也有干净利落的钱味。

若干年后，李鼎君到上海建了大厦，买了别墅，却依然无法真正深入了解上海，也许，对一个生意人来说，它就是一座魔都，一夜暴富或一瞬赤贫都是正常的。

走私终是危险的，广播里轰轰烈烈的批斗开始了。

没多久，温州在全国出名了，有八位很有名的个体户，“目录大王”（信息专业户）、“旧货大王”（旧货购销、再加工专业户）、“机电大王”“汽配大王”“螺丝大王”“线圈大王”“供销大王”七个“大王”被以投机倒把的罪名关押、判刑。有一人在逃，全国通缉。

如此风紧，李鼎君发家致富快速还债的美梦彻底泡汤了。他只得收起心思安安稳稳地在机械厂上班。

李鼎君着急得嘴角冒泡，奶奶的，再干下去也不会有什么起色，不如去干点私活。

那时干私活叫“自留工”，得偷偷摸摸地干。虽不光彩，可一趟活下来，顶一个月的工资。撑死胆大的，饿死胆小的。手艺出众的李鼎君和自己的师傅被生活所迫决定铤而走险。

李鼎君接的第一单任务是到茶山机械厂做帮工。

天黑前，他先把工具悄悄转移藏在塘河米厂。天黑后，他和师傅偷偷摸摸划船过去。

师傅说，他娘的，咱们像是做贼。

为了打发寂寞，师傅讲起了笑话。前几年，全乡不准养鹅，村中阿忠养鹅被批斗，要割资本主义尾巴。

干部问：阿忠，你还养不养鹅?

阿忠赶紧检讨：再不养鹅，再不养鹅……

看批斗的烂头起哄：阿忠，养“鹅”（儿）没用，还是养“囡儿”（女儿）好……

阿忠尴尬地笑，村民哄堂大笑。

李鼎君眼中笑出了泪花。那些不堪的往事齐聚眼前，在他心中走来走去，最后走成了一道伤疤。世道在变，现在可以养鹅了，可是李鼎君还是吃不起鹅肉。

师傅，听说鹅肉香着哩!

是啊是啊，最香的是鹅腿上的肉，真肥!

“咕嘟咕嘟”，李鼎君吞咽口水的声音在伸手不见五指的夜里格外响亮。

傻徒弟想吃鹅肉喽。师傅在黑夜中划亮旱烟，火光一明一暗，“吧嗒吧嗒”，吐出一圈圈烟雾。

师傅，等有钱了咱天天吃鹅肉。

嗯，天天吃。

师傅，如果帮别人做工不用偷偷摸摸就好了。

世道会变的，鼎君，等下去，事情会有转机的。鹅肉会天天吃上的。

嗯，等有钱了，我要对张屠户说：给我十只鹅，不赊账，要肉不要骨头。然后甩给他一沓钞票，“啪”地拍在案板上，忒解气。

你这呆鹅，想撑破肚子啊……

哈哈哈哈……

船桨“哗啦哗啦”起落，犁开一道道水花。

因为增加了业余收入，李鼎君的生活有了很大的改善。

乡村的生活缓慢又无规则地向前运动着，乏味单调到急需要刺激，惊醒一下麻木的神经。兄弟打架、邻里吵闹都会成为乡村生活的兴奋点。

下班的铃声刚过，哗啦，排灌站里涌出一大群工人。李鼎君夹杂在这群队伍中，和被唤作洪兴伯的老者有说有笑，谈论一天的见闻。走着走着，不知不觉就到了滨海供销社。

李鼎君的父亲李祥瑞原是这家供销社的经理，去世后，李鼎君的大哥李鼎富顶职进去上班。后来李鼎富被部队招了去，以为当了兵就不回来了，把组织关系从供销社转了出去。哪知道两年后服役期满，退伍回来，早已物是人非事事休，他的岗位已有人代替，他再也回不去了。李鼎富回不到原单位，意味着没有工作；没有工作，生存就成了问题。

李鼎君帮大哥找组织，跑关系，能使的劲都使出来了，李鼎富的工作还是没有着落。

李鼎富入职无望，李鼎君先礼后兵，结果跑到供销社撒起泼来。

“呼啦”，供销社里一阵惊动……

“不好了！皇天，孬命！打死人了！出人命啦！供销社被人砸了！”

空气中扩散着嘈杂的声音，哭喊声、脚步声、劝架声、玻璃碎裂声混杂在一起，像世界大战，乒乒乓乓，场面混乱不堪。

“走，鼎君，咱也看看去！”洪兴伯转回头说。咦？李鼎君呢？

“李鼎君——李鼎君——”洪兴伯预感到供销社的混乱跟李鼎君有关，加快步伐奔进供销社。

果然，李鼎君站在那堆碎柜台中央，怒目圆睁，咬牙切齿喝道：“明天胆敢不让我哥来上班，小心另外的柜台！供销社以后不要开张了！”

供销社员工望着一地碎玻璃，面面相觑，噤若寒蝉，谁也不敢惹了这个村中头号“魔头”，生怕一不小心就会惹祸上身。经理更是躲着不肯出来。洪兴伯拉着得胜的李鼎君离开了供销社。

这场风波就像温州的台风，来得凶猛去得也快。在大家还不明白一向靠技术吃饭的李鼎君为何无故发飙时，供销社经理第二天就亲自到排灌站给李鼎君说好话，“鼎君，明天让你哥来供销社上班！明天你不能再去供销社闹了。”

众工友纷纷围过来，询问李鼎君发生什么事？李鼎君只顾埋头做自己的活，闷声闷气地说：“我啥时候去闹了？你看错人了吧？”

经理愣了一下：“是是是，我们看走眼了，不是你，不是你，你是好小伙，明天让你哥来上班吧。”

“散了散了。什么事也没有。”李鼎君依然埋头做他的钳工，一片落叶飘在他的身边，无声无息，谁也不知道李鼎君在想什么。

只有洪兴伯在偷偷地笑：李鼎君这“猛人”有两下子，别人搞不定的事情，他却能搞定，不按常理出牌，有自己的解决方式，脑筋灵活。

李鼎君这种解决问题的方式放在现在法治社会肯定是行不通的，只因当时时代特殊。当许多事情靠正常渠道行不通时，只有剑走偏锋，出奇招，连他自己也没想到，这招居然管用。

席卷全国的企业改革，给滨海排灌站带来了新的生机，一度平静的厂区呈现出了紧张气氛。对此，李鼎君的嗅觉异常灵敏，他隐隐感到，一场翻天覆地的变化即将来临。尽管他对此也存有疑虑，但内心深处，却升腾起一股火焰般压制不住的渴望。

他渴望风暴，渴望改革，渴望创新。

罗山公社并入滨海镇，李鼎君作为技术顶尖人才，从滨海农机厂（原排灌站）被借用到罗山农机厂。

李鼎君带着公社介绍信到罗山农机厂走马上任，农机厂书记刘日裕亲自领着大伙儿出来迎接。李鼎君是刘日裕看上的人才，虽然上头没有正式红头文件任命李鼎君为农机厂厂长，但刘日裕还是以“厂长”的规格接待了他。以致日后空降过来的正式任命的厂长杜德秋，都对这个没有任命状却实际掌管着农机厂生死大权的李鼎君莫名敬畏。杜德秋空降到农机厂第一句话就对李鼎君说：“鼎君师傅，你不要把我当领导，厂里的事情不用问我，就当我‘卖肉搭骨头’，被上面搭过来在农机厂安身的。”

李鼎君的办公室设在二楼。刘日裕命人在技术科一侧朝阳面，倒腾出一个单间，门牌上写着“生产厂长”。

推门进去，浅蓝色的落地窗帘把整个办公室映衬得清爽别致；米黄色的书橱里摆满了刚刚从书店里买来的有关机械以及销售等书籍；红皮革包裹的电镀座椅尽显老板气派；崭新的实木办公桌上办公用具应有尽有；左面墙壁上镶衬着大幅彩色行政区划图。

李鼎君没有被眼前的豪华气派吸引。

如果不把农机厂生产搞上去，一切摆设都是扯淡。是龙是虫？大家都在等着看热闹呢。

“新官上任三把火，鼎君，你打算先烧哪把火？”刘日裕问。

“准备挖地三尺。”李鼎君神秘地说。

“哟，何为挖地三尺？”看稀罕的人不知道李鼎君葫芦里到底卖的是什么药。

李鼎君进厂时就看到了农机厂的顽疾：车间没人管理，东西摆放杂乱无章。车间乱则生产乱，他命人把这些东西该固定的固定，该撤走的撤走，消除生产隐患，整出一片秩序井然的生产车间。

李鼎君到农机厂第二个举措是向刘日裕提议人事更换。人事调整历来比较敏感，所谓一朝皇帝一朝臣，触及很多人的利益。拿任何人开刀都是抓把虱子在头上搔——自找麻烦。

苏永是第一个被刘日裕和李鼎君共同商定换下的采购员。苏永原在采购科，采购科是个肥差，工作轻松不用说，外出采购，各供货商就像对菩萨一样对待采购员，吃好喝好，还有回扣可拿。

采购员官不大权力可不小。过惯了好日子的苏永一下子被下放车间劳动，收入缩减了一大半，心理落差可想而知，他对刘日裕恨得牙痒痒，可刘日裕上面有人，他动不得刘日裕，只有处处为难李鼎君。

自李鼎君调任农机厂后，他意识到农机厂不会长久，他像老牛拖破车一样，拖着日渐衰弱的农机厂惨淡经营。

如今又加上苏永处处使坏，李鼎君好几次想出来单干，可看到刘日裕那张沧桑的脸，以及刘日裕以厂为家、想尽办法希望农机厂起死回生的拼命劲儿，李鼎君写好的辞职信只好悄悄地藏起来。他实在不愿伤老书记的心，在他最困难的时候，被别人诬陷诋毁时，都是刘书记站出来维护，给他撑腰。哪怕工厂最后走到只剩他李鼎君一个人的地步，他也要顶着，以报答刘书记的知遇之恩。

后来，已经另谋他就的苏永最后一次挖了农机厂的墙脚——把一个大订单挖走。压死农机厂的最后一根稻草终于落下来，奄奄一息的刘日裕书记直接被压垮，很快去世。

风水轮流转，三十年河东，三十年河西。凭着后台有人，苏永当上了人民公社书记，成了苏书记。苏书记新官上任三把火，他要弄出来的动静可绝非李鼎君挖地三尺那么简单。

这一次，李鼎君成了倒霉蛋。

苏永先是憎恨李鼎君撤了他采购的肥差，后憎恨李鼎君不把他这个公社书记放在眼里，不听他的领导。刘日裕见鬼去了，苏永把气全部撒在李鼎君身上。

哈哈，李鼎君，你也有今天！他带人横冲直撞进厂房抓人，以莫须有的罪名拉李鼎君上批斗台，让他在几千人面前丢丑。

李鼎君因莫须有罪名被拉上台。他的牌子上写着“贪污罪”。以苏永在农机厂的经历看来，想必李鼎君常在河边走，哪有不湿鞋？李鼎君生产、销售一把抓，随便沾沾手指头就能中饱私囊，贪污受贿肯定少不了。

台上摆着一排长条桌。身为公社书记的苏永油光满面，跷着二郎腿坐在主席台上。苏永两边，坐着公社干部、大队革委会主任、贫协主任、妇女主任、民兵连长等，一个个表情肃杀。

台下面，摆着一排条凳，供村民坐。

苏永突然挥着拳头怒吼：“打倒贪污犯李鼎君！”

人群愣了一下，他们还不适应喊口号，场面陷入了尴尬。民兵连长反应过来，赶紧站立起来："打倒贪污犯李鼎君！"他一边喊一边眨眼示意台下的民兵跟随，会意过来的民兵粗声粗气地接上："打倒贪污犯李鼎君！"

不多时，台上台下，所有人都挥着拳头放开音量吼："打倒贪污犯李鼎君！"

"打倒贪污犯李鼎君！"

"打倒贪污犯李鼎君！"

……

有些甚至不知李鼎君是何许人的村民也跟着喊。

"何以贪污，我贪污什么了？你敢让人对质吗？"李鼎君目光咄咄逼人。

苏永被那一道寒光射得心虚："你，你，你把冲床偷出去卖了，私吞公款。"

"冲床明明是借给别人，有出借手续和记录。"李鼎君振振有词。

"我证明。出借签字是我签的。""空降厂长"杜德秋挺身而出。

李鼎君感激地望了望杜德秋。

借主排灌站也出示证词，确有此事。

人证物证俱在，贪污罪名乃子虚乌有。

批斗大会冷场了，形势急转直下，这分明是诬蔑嘛！

哦——哦——苏永，滚蛋，苏永，滚蛋。

徐小芬带头喝起了倒彩。

苏永搬起石头砸自己的脚。台下早就炸开了锅，哄笑声、口哨声此起彼伏。"听说苏永和李鼎君有私怨，明摆着是公报私仇嘛。"

"你看苏永头发抹得油光油光的，苍蝇站上都要打滑，一看就不是好东西，听说专搞破鞋。"

"苏永，如今是讲法制的时代，过去批斗那套不时兴啦！"

台下哄堂大笑。

苏永的脸红一阵白一阵。

审判大会不了了之，李鼎君贪污罪名不成立被释放回家。

经此事件，李鼎君深受打击。

他不回罗山农机厂，也不回滨海农机厂（即原排灌站）了，彻底脱离了集体企业。

浸泡在苦难里的李鼎君看透了人性的悲凉，在悲凉中退出来。他决定另辟蹊径改变命运，他能改变命运吗？

万元富翁

在过去，李鼎君很难有机会选择生活，他习惯了被领导被指示被布置被教育被计划，因了苏永的批斗，他才有了冲冠一怒，放弃一切。他先前走了一条循规蹈矩的路，可是他并不快乐；打破铁饭碗后发现，社会本就没有路，一马平川，他就只需策马扬鞭，他不需要找一条马路。

李鼎君干起了卖南货的行当。这是一个新行业，对于李鼎君来说，这是一次冒险之旅。他从表姐那里借了 100 元，再加上牙缝里省出来准备还债的 60 元，踏上了丽水进货之旅。

他把这 160 元的巨款放在随身包里，背在身上寸步不离。从滨海到丽水走水路，到达安澜亭码头时将近中午，看看离渡轮起航还有一段时间，他踱进温州人饭摊，点了两个素菜，准备就餐。

饭店里进进出出的人不少，李鼎君提高警惕，找了个靠墙角的角落坐下来。

不久，饭店来了一个青年人和他拼桌。李鼎君的随身包被那人向前挪了挪，李鼎君警觉地伸手又把它挪回身边。那人借饭菜端上的间隙，又挪了挪皮包，李鼎君重新把它挪回来。如此几个来回，李鼎君没觉有什么异常。然而，他低头喝一口汤，下意识一摸桌边：不好！皮包呢?

他突然扭住那人："我的包呢？"

那人伸手一摊，一脸无辜。

糟糕，中了调虎离山之计。他顾不得纠缠，甩开双腿奔出店门："贼啊！贼啊！抓贼啊！抓抢包贼啊！"

一个黑影窜向小巷。

这边，这边——

拐进小巷啦——拐进小巷啦——

纷纷扰扰的声音在李鼎君耳旁嗡嗡作响。

李鼎君使出吃奶的力，从看不到小偷到渐渐追上小偷。小偷被追得上气不接下气，心想：他妈的，见过会跑的，没见过这么不要命奔跑的。

终于，小偷被李鼎君堵在了小巷里，大口大口地喘着粗气："哥们，你行！我他妈的跑不过你，认栽，钱包还你。"

小偷丢下钱包连滚带爬逃出小巷。李鼎君早已筋疲力尽了，小偷如果再跑几步，他是肯定追不上了。他几乎是爬过去，把钱包拥在怀中，吭哧吭哧喘着粗气，那神态像死里逃生。

丽水的物资控制得比温州还要严。李鼎君在市场上转了一圈，悲哀地发现，黄花菜彻底被控制了，按计划分配，根本贩不到。他在街上漫无目的地走着。从街东走到街西，再从街西走回来，嗡嗡的叫卖声回旋在他的耳边，甩也甩不掉。他试图用敏锐的嗅觉捕捉到商机。

"卖梨喽，卖梨，又香又甜的香梨喽。快来买哦，买到就是赚到喽！"

李鼎君的目光被黄澄澄的梨吸引，他突然脑洞大开：丽水产梨，价钱便宜，贩到温州肯定有赚头。

"老板，你的梨有多少，我全部都要。"

李鼎君的话把老实巴交的果农惊到了，没想到碰上大客户。

"兄弟，你不是开玩笑吧，全部都要？"果农将信将疑。

"哪个有工夫跟你开玩笑，只要价格便宜，全要了。"李鼎君拍拍钱包："瞧见了没有，钱都带来了。"

"哦，是是是，兄弟借一步说话。"果农酱紫色的脸堆成了一团，似经年的橘皮皱皱巴巴。

没多久就和李鼎君谈妥了价格，回家把梨装到一辆辆板车上，在李鼎君的跟随下，板车师傅一路浩浩荡荡运到码头。

一个温州人看见这支浩浩荡荡的队伍，奇怪地问李鼎君："你干吗运这么多梨？"

"贩到温州卖啊！"李鼎君急需有一人能分享他的生意经，这一路上他为自己突遇的好运气狂喜不已，急需找个人分享。

"运温州？兄弟，我劝你打消此念头，温州码头无赖多，强行搬运，搬运费比这些梨的总价还高！你肯定会亏！你还是赶紧溜吧。"

啊？李鼎君傻眼了，贸然挺进市场，却忽略了搬运费，这下糟糕了，不好交代，怎么办？还好货款未付，丢下梨，脚底抹油，溜吧。

打定主意，李鼎君对果农说："兄弟，人有三急，我去方便方便，一会儿就来。"

果农会意："去吧，兄弟，我们慢慢走，你随后跟上。"

李鼎君一钻进树林，便脚底抹油，溜之大吉。可怜的果农一伙在码头左等右等，眼巴巴翘首盼望大客户的回归。可惜他们永远等不到李鼎君了。

李鼎君一面溜一面骂自己：李鼎君啊李鼎君，这辈子干过最缺德的事就是这件了，真对不起卖梨人，让他拉到码头又要重新拉回去。

他能想象得到卖梨人跳着脚骂人的愤怒情景。

事实确实如此，果农跳着脚正骂着李鼎君祖宗十八代，温州人适时出现了，"老伯，啥人让你生这么大的气？"果农将自己遭戏弄的事说了一遍。

"他妈的，这样缺德的事都干得出来，真是畜生。这样，老伯，你拉到这里不容易，我也是做生意的，我帮你买下。"温州人说。

"此话当真？"

"一手交钱一手交货。"

"爽快，低于刚才价的两成卖与你。"

"哎呀，老伯，使不得呀。"

"遇到你这样的好人，送给你也愿意。"

这边的交易顺利成交，那边初入商海的李鼎君无比内疚。

李鼎君重新回到市场，漫无目的地游荡着，他不死心就这么空手回去，无论如何要把路费赚回来。最后，他挑了十只番鸭回程。

哒哒哒的马达声响起，船屁股冒出一股青烟。船像喝醉了酒的醉汉摇摇晃晃离开河埠头。嘎——嘎——受了惊吓的番鸭集体抗议，上蹿下跳，屁股底下不时冒出一摊摊热气腾腾的鸭屎，把一船人熏得皱眉的皱眉，掩鼻的掩鼻，嫌弃的目光直射李鼎君。

李鼎君垂下眼帘，躲闪着那厌恶的目光，低头把袋口紧了紧："祖宗啊，不要叫了，马上就到家了，再熬熬吧。"

他低眉顺眼地朝人家讪笑着，满脸的赔罪之色："对不住大家了，让大家难受了。"

见他如此，起先厌恶他的人反倒不好意思了，纷纷安慰他："谁不进城捎点东西的呢，无妨，无妨，你也不要太在意了。"

李鼎君又一次不好意思地笑了，赔着小心，和大家天南地北地闲聊。

由于路途遥远，番鸭被闷死了一只，他心疼不已。

苏任秀勤说："反正番鸭已死，不如煮了给孩子打牙祭。"

“好哇好哇！有鸭子吃喽！”李存萜拍手叫好。他不知有多久没开荤了，早已忘了鸭子是什么滋味了。

“那怎么行？钱还是借的呢，我盼望着这几只番鸭卖个好价钱还债呢。其他几只养些天再卖，闷死的这只熏好了低价卖出。”李鼎君脸一沉说道。他看看苏任秀勤和孩子一脸失望，不忍心把和谐的家庭气氛搞坏，随机又补充道：“爸爸把鸭子卖掉，买一只猪崽儿回来，养到过年再杀了给你们吃好不好？”

一听有猪肉吃，李存萜的口水哗哗地流出来：“我要吃前蹄。”

“我要吃后蹄。”李鼎君调侃着儿子，吞咽着口水。

“我要吃猪肝。”

“我要吃猪肺。”

“我要吃猪大肠。”

“我要吃猪小肠。”

“我要吃猪耳朵。”

“我要吃猪脑子。”

……

他们越说越兴奋，把鸭子的事早就抛在脑后，仿佛面前摆着的是全猪席。

“爸，你说最幸福的事情是什么？”李存萜托着腮帮问李鼎君。

“最幸福嘛？”李鼎君扫了一眼对面的衣柜，衣柜上雕刻着栩栩如生的小鸟，站在逼真的枝叶间仿佛要啼叫，“最幸福的事就是打开衣柜，有一柜子的苹果滚出来，红通通的，捡也捡不完。”

“咕嘟”，李存萜吞咽了一下口水，他被父亲的描述吸引，屁颠屁颠地跑到衣柜前拉开柜门。柜子里倒是滚落一团东西，可惜那不是红通通的苹果，那是李存萜小时候戴过的外婆送的虎头帽。李存萜往头上一扣，“嗷——我是森林之王，我有很多苹果树，很多很多，树上的苹果摘也摘不完。爸爸，来摘啊。”

摘啊，摘啊……父子两个滚作一团。

李存萜做着吃货的梦，殊不知他没出生时，在他母亲的肚子里早就馋得不行。

“存萜跟我一样，是缺吃害的。”苏任秀勤说。李鼎君的目光湿湿的，那些并未走远的苦难又齐聚在眼前：

他在本地开始提篮叫卖，不敢大手笔进货。逢上运气好，可以在别人门口摆摊。生意好不好，看赚钱的多少。黄花菜两三元一斤，别人通常只买一两，他一天的营业额也只有几毛钱，日子过得惨兮兮的。

一日，滨海永久村一位少年朋友得知李鼎君卖南货，以为他有钱，一路寻到市场，到处见人就问："李鼎君在哪里？"见到李鼎君也不寒暄，直接借钱。李鼎君碍于面子，把身边仅有的九毛钱全给了他。

"这么点钱，打发乞丐呢？"朋友拂袖而去。

他不知道这么点钱已是李鼎君的全部家当。

李鼎君的思绪收了回来。

"卖了番鸭就有目标了，去买只猪崽儿，儿子，咱们的生活会越过越好的。"他的心中升起甜蜜的希望。

番鸭养了几天，就有收购鸭子的人来到李鼎君家里。李鼎君和收鸭人忙乎了一阵子，把九只鸭子捆绑起来过秤。

"共二十一斤六两，每斤八元八，让我合计合计。"收鸭人说。

"慢着。"李鼎君走过去，一脸肃然。

"怎么？你要反悔？"收鸭人疑惑。

"不，是这样的。我家的鸭子刚喂了不久，再除去绳子，你就按20斤算吧。"

收鸭人愣了一下，天下竟有这样的傻帽，白得的便宜不占。

事后，苏任秀勤埋怨说："真是个怪人，也不知哪根神经被电搭了（脑神经短路）。"

李鼎君坐在灯下算盘子一拨，丽水这趟买卖一来一回，卖力赚吆喝，仅仅保本了。

李鼎君没有对儿子食言，卖完番鸭没几天就抱回来一只猪崽儿。

每天南货店收摊，李鼎君会把塘河的水葫芦捞取一些，捣成液浆，拌着谷糠做成泔水，提到猪栏喂猪。小猪围着他哼哼哼地叫，嘴巴咂得一个村都能听到。李鼎君蹲在猪栏旁边，从耳朵上取下别着的烟，衔在嘴里。他看着小猪，就像看情人，越看越美，小猪的一举一动都是那么憨态可掬。猪啊猪，年冬的美食就靠你了，多吃点，长肉快。

猪崽儿果然懂李鼎君的心思，一日日使劲长膘，腊月时，已是一头肥美的猎物。

李鼎君请好了杀猪的屠夫过来，谈好价钱，把猪许给了人家。杀猪屠夫是凌晨到达李鼎君家的，据说，猪在凌晨四时屠宰最为肥美。

屠夫和帮手把肥头大猪按在木板上，那猪仿佛知道自己大难临头似的"吼吼"直叫，趁屠夫一时松懈竟挣脱案板跳了下来。

"抓住它，抓住它！"

屠夫和帮手绕着道坦满场跑，猪呢，这回如一头西班牙斗牛见谁顶谁。

屠户们张开双臂，拦住猪的去路，猪一见势头不对，掉转身子往另一个方向跑，撞翻了鸡笼，一群母鸡公鸡趁势逃出，“咯咯咯”“喔喔喔”地乱叫。人的喘气声，猪的“吼吼吼”声，鸡鸭的啼叫声，野狗的“汪汪汪”声，组成了乡村黎明的大合唱，喧嚣而骚动。那头矫捷的猪最终寡不敌众，被抓住尾巴和四蹄重新按倒在案板上，“呜呜呜”地挣扎着，尖利的刀子刺进猪的喉管，汹涌的鲜血如泄洪的闸门喷涌而出，倾倒在撒了盐的大盆子里。尖锐的猪吼划破了黎明，高亢的叫喊不一会儿变成了低低的呻吟，最后连这呻吟声都听不见了，一大坨粪从猪的肛门喷出，猪的四蹄一挣，攒着的劲彻底泄完了。

屠夫熟练地将猪开膛破肚，围拢的村民早把猪的各部位瓜分殆尽。李鼎君接过一大把花花绿绿的钞票，手指头沾了一下口水，一张张数着毛票，大半年的喂养除了换来了这几张毛票和几片人家不要的猪头爿，连个猪蹄都吃不到。

苏任秀勤把猪头爿放在锅里煮，不一会儿，屋子里弥漫着浓浓的肉香，馋得李存萜直流口水。他不时围着灶膛帮母亲添加柴火，火光把他们的脸映得红红的。

猪头爿肉质鲜嫩，它们是覆盖在猪头牙龈上的肉，咬一口，满嘴流油，李存萜的手指都是油脂，他舍不得洗掉，一个个指头吮吸起来。

李鼎君一天中最惬意的时光是端着饭碗蹲在桥头的广播下听温州鼓词，鼓词开场前，总会出现一个甜美的女中音：听众朋友们，大家好，接下来介绍养鹌鹑技术……

听说养鹌鹑钞票飞飞来，李鼎君心动了。那时候已经是春节过后了，鹌鹑养殖进入淡季，李鼎君却对行情一无所知。他跑到台州，买了 200 只种鸟回来。他用煤油灯在铁板下加温，再放上加水的盒子，一层层叠起来，把鹌鹑蛋放上去人工孵化。一周能孵 170 只小鹌鹑。到五月时，家里到处是鹌鹑，有四五千只，这些鹌鹑倒也不偷懒，积极给李鼎君下蛋。正当李鼎君陶醉在丰收的喜悦中时，市场的冷清给他泼了一盆冷水。5 月是鹌鹑蛋销售淡季，堆积如山的蛋根本销售不出去，大家习惯吃鸡蛋鸭蛋，吃鹌鹑蛋的人不多。

因为人们对鹌鹑蛋营养价值不了解，导致鹌鹑蛋不如鸡蛋鸭蛋畅销。没有销路，再好的东西都是白搭。

李鼎君想到了做广告。酒好还需勤吆喝，何况新事物鹌鹑蛋。他用红纸替鹌鹑蛋做了广告，借了一把梯子，爬上城底八角桥钟楼旁电灯柱上，打算把广告纸贴上去。正在刷糨糊的时候，岳父苏老六路过看到了他：“李鼎君，你丢不丢人啊？曾经的老师头现在却干这种不入流的生意。”苏老六对李鼎君放弃铁饭碗一事耿耿于怀，肚里有气，话里夹枪带棒的。

“为别人送去健康，有什么不好？”李鼎君解释道。

“放着好好的工厂不干，跑到城底丢人现眼。”

“靠劳动发家致富，有什么错？”

“省省吧，还发家致富，把肚子填填饱已经不错了，还奢望发家致富，做梦吧。”苏老六揶揄道。

“亲爷（温州方言：岳父）若嫌丢人现眼，没人留你在这里。”

“你……”

苏老六气得翻白眼，又不敢久留跟女婿辩论，他怕碰到熟人丢脸，他恨这个不争气的女婿放着集体企业铁饭碗不端，非要干这些杂七杂八有失身份的事。

李鼎君可不管这些，他一心走在快速致富的路上。

第一次鹌鹑养殖的失败，给了李鼎君很大教训：做生意不能仅凭头脑发热做事，如果不摸清市场行情和掌握养殖技术，赚钱就无从谈起。

李鼎君开始买来专业书籍在家钻研，跑到慈溪、石家庄等地学习养殖技术，他开了眼界。鹌鹑成活率很难把握，对温度要求尤其高，必须室温保持在 37 摄氏度左右，稍冷一点小鹌鹑就会生病，甚至冻死。小鹌鹑孵化出来后，他在鹌鹑笼里安上一排排灯泡，用来加热。每天晚上还要起来几次察看鹌鹑的情况，生怕冻坏它们。幼崽体形小巧，还没一般的水槽高，他在笼子里安了自动喂水槽，小鹌鹑可以随时喝到清水，又不至于掉到水槽里淹死。就这样摸索着，他的养殖场规模越来越大，鹌鹑的成活率在 98% 左右。慢慢地，李鼎君的鹌鹑养殖场开始盈利了。附近村民看养鹌鹑有利可图，纷纷上门向他请教技术。李鼎君摇身一变恢复了在厂里做老师头时前呼后拥的风光劲儿。

这一年鹌鹑养下来，李鼎君不仅还清了欠款，还大有结余。李鼎君沾着口水，一张张数着钞票：一、二、三、……

“秀勤，你知道咱这鹌鹑赚了多少？”

“多少？”

李鼎君伸出九个手指头。

“九百？”苏任秀勤抑制不住狂喜的心态。

李鼎君摇摇头：“再猜。”

“多了还是少了？”

“少了。”

啊！苏任秀勤双手按住胸口，仿佛心随时要从身体里跳出来，她颤抖着声音问：“九千？”

李鼎君重重地点了点头。

“哎呀，妈呀，这辈子还没见过这么多钱哪！”苏任秀勤一把拉过李鼎君的手，“李鼎君，你掐我。”

“干吗？”

“叫你掐你就掐！”

“哎哟，疼！干吗掐这么重？”

“不是你叫我掐的吗？”

“你个死人，我有让你掐这么重吗？”

“嘻嘻。”

“李鼎君，我们不是在做梦吧？我们真的赚了这么多钱？”

“千真万确，我们是有钱人啦！你要吃熏鹅吗？”

“讨厌。”

“我们得把钱藏起来，千万不能露富。”

“对对对，藏哪儿呢？”

九千元！这九千元藏在哪里却是个难题。李鼎君先把钱藏在饼干盒里，想想不放心，又把它拿出来。柴仓、米缸都不合适，这两个地方招老鼠，万一被老鼠咬了，纸币可就变废票了。他们也不敢存银行，历史曾给他深刻教训——露富就要割资本主义尾巴。最后找来找去，他们的眼睛不约而同地落在谷仓上。在谷仓底打洞，把钱放进饼干盒，埋在谷仓底洞里。

“李鼎君，这种办法只有老鼠才会想得出来，你他妈比老鼠还狡猾。”

“不狡猾能取得到苏任秀勤你吗？”李鼎君捏了一把苏任秀勤的屁股。

这一年李鼎君成了村里的第一个万元户。1985 年的万元户是什么概念？全县的风云人物，大概相当于现在的老总、人大代表、政协委员什么的。李鼎君到了县里开表彰会，和各乡镇选出的万元户一道，胸戴大红花，接受着人们艳羡的目光。

李鼎君还代表万元户们发了言，领回一张大奖状，还和主管经济的副县长握手合影。他第一次觉得飘飘然了，有出息了。

回到村中，路遇法国回来的朋友叶卫国。“李鼎君，你现在怎样啊？想不想去国外啊？”

“我现在很好啊！养鹌鹑赚了钱，还当上了万元户，这日子过得……外国有什么好的呀？”他扬了扬手中的奖状。

“啊？你就这点出息呀，这辈子就这样了啊？”

刚才还沉浸在喜悦和飘飘然中的李鼎君听出了叶卫国的揶揄，万元户在全县可是典型，然而在叶卫国的眼中，一万块根本不算钱。

这到底是怎么回事呢？难道还有比这更好赚的钱吗？那么生意经到底在哪里呢？

李鼎君陷入了沉思，他不满足养鹌鹑的小打小闹，他要第二次创业。

办厂发迹

时光像一帧无声电影，向前缓缓划过，社会在悄无声息地变革着。不知何时，街上喇叭裤蛤蟆镜大卷发大行其道，邓丽君和黄家驹的歌，小巷里的迪斯科音乐，《冬天里的一把火》，霹雳舞……每天总有几帮小孩在道坦杀来杀去，提着双卡录音机的小青年穿着喇叭裤招摇过市，后来就是吊裆裤，钢环穿的腰带。这些潮流的元素，像前推后涌的浪花，匆匆来了又消失了。

接着是严打，体育场的公审大会，偷看妇女上厕所的，枪毙；诈骗数额大的枪毙；偷盗的也可能够上枪毙。天天有热闹可看，天天像过节。在没有建立信仰之前，追逐流行似乎是个不错的选择。

《少林寺》上映后，滨海镇好多小伙子都偷偷跑去河南嵩山少林寺学艺，结果真正到少林寺的没几个，有个后生走错了路，竟然跑去了内蒙古，后来乞讨回来，成为当地的笑话。

《妈妈的吻》成了背景音乐：在那遥远的小山村，小呀小山村，我那亲爱的妈妈已白发鬓鬓。过去的时光难忘怀，难忘怀，妈妈曾给我多少吻，多少吻……

春风吹过，小雨淋过，泥土里冒出青青的小草，苏醒在温暖的土壤里。三月，万象更新，桃红了，柳绿了，农业包产到户了。农民劳动积极性空前高涨，粮食数量有了惊人的腾飞。

李鼎君创业的念头如春天发芽的种子在泥土底下蠢蠢欲动，勃发的创造力急需一阵春风吹醒。

1985 年，私营企业迅速发展。1988 年，国家宪法修正案的第一条明确指出：“国家允许私营经济在法律规定的范围内存在和发展。私营经济是社会主义公有制经济的补充。国家保护私营经济的合法权利和利益，对私营经济实行引导、监督和管理。”

李鼎君的春天来了。

政策变化调动了更多人的积极性，干多干少很不一样。伴随着个体工商户可以请帮手带学徒的政策，全国各地的雇工经营现象不断出现。

李鼎君的手艺真正有了用武之地，他开始从事阀门加工生产，机械设备放在塘河造船厂。那是一段累并快乐着的日子，他和苏任秀勤每天工作到深夜，然后手扶手，摸着石头路爬回家。虽然条件艰苦，但是他们还是乐呵呵的，日子总算有了盼头。

曾为罗阳人民银行职员的李鼎君岳父苏老六，由于历史原因被下放到塘西织带厂任厂长。在生产过程中，苏老六碰到了鞋带头难买的难题，全国只有海宁、西安等地才有。他不止一次地向李鼎君抱怨鞋带头稀缺，看着岳父牙疼般托着腮帮子，李鼎君有心帮忙解决难题，鞋带头是个稀缺行业，如果能在鞋带头方面做出成绩，岳父应该不会后悔把女儿嫁给他这个“无赖汉”。

李鼎君停止了阀门加工业务，到海宁、西安考察市场，四处取经，懂技术的他很快学会技艺，开办第一家工厂——滨海现代配件厂，这在罗阳县还是第一家。这会儿，不需要别人任命，李鼎君自己刻了个印，草拟了滨海现代配件厂一号文件，盖上红印，他给自己颁发滨海现代配件厂厂长任命书。妈的，这回，谁也指挥不了老子了。

苏任秀勤瞟了一眼那张任命书，牙缝里哼了一声。李鼎君刷刷几笔，拿起印一盖，“苏任秀勤同志，现在我任命你为滨海现代配件厂财务部长。”

苏任秀勤抢过盖了红章的纸片，扑哧一笑，“这还差不多。”

李鼎君的办厂过程并非易事，就比如简单的申请装电话一事，放在八十年代的乡村，也是天大的事情，其审批复杂，烦琐程度无异于盖个厂房。一部电话是工厂连接外面世界的通道。在计划供应年代，靠正常程序，装上电话估计要等到猴年马月，李鼎君有自己的一套方式，这种方式放到现在不管用，用到特殊年代，这种特殊方法就起了作用。

他到通信审批部门先礼后兵，当合理的诉求得不到满足时，李鼎君说：你不让我方便，我也不会让你好过的，一定跟你死磕到底！

最终，李鼎君的无赖手段又起了作用。

“李鼎君，你电话能装起来，我就晓得你用这种办法装起来的。”洪兴伯未迈进办公室，声音首先传过来。

李鼎君嘿嘿一笑，从烟壳里弹出两支烟，一支递给洪兴伯，一支衔在嘴里。他拔出一根火柴，“哧”的一声擦亮火柴，先帮洪兴伯点上，再给自己点上。他深吸一口，吐出烟雾，一圈一圈在眼前弥漫，“知我者，洪兴伯也！”两人相视一笑。

很多人不知道李鼎君的内心在想什么。

王群青刚调任滨海财务所当所长，李鼎君当时的机械厂已上规模。李鼎君到所里拿账本，王群青称账本拿回家开发票是不行的。李鼎君拍着胸脯说：我是绝对不会拿发票回家做坏事的。

王群青不了解李鼎君的为人，坚决不同意。李鼎君直视王群青眼睛："你是哪里来的孙猴子？在滨海这个地盘，谁敢不给老子发票？你到底是哪路神仙？"

王群青新官上任吃不准情况，被李鼎君的霸气给震住了，最后把发票给了他。此后王群青有意无意关注李鼎君的生产状况，见他守法经营，为人耿直，技术在当地还是响当当的，为塘河汽配行业发展和地方税收贡献出了不少力量，对他的成见才慢慢消除。

办厂并不好玩，李鼎君要订单，就得不断地出去找业务。他出差 17 天，马不停蹄地跑遍了 42 个城市，无论是京广线，还是龙广线，每到一处，他刚住进酒店就开始翻黄页，发业务信。

天道酬勤，在李鼎君广撒网的策略下，订单像雪片一样飞来，产品供不应求，但是他从不提价。良好的声誉为他赢得了稳定的客户群。

后来他乘势创办了第二家工厂——滨海环球电机厂，交给弟弟李鼎金打理。他的业务全面开花，除这两家在当地很有影响力的企业外，他还在湖南长沙开了家规模不小的汽车配件经营部，在二十世纪八十年代年产值达到 80 万元，不能不说是个奇迹。

初到湖南长沙做汽配时，李鼎君和政府部门领导蒋和平认识了。

李鼎君这一生，和蒋和平的交集，是命运的转折点，可谓成也萧何败萧何。恩恩怨怨都与蒋和平有关。

彼时，蒋和平 30 岁出头，已任长沙某局科长，年轻有为。他讲义气，正是这一点跟李鼎君脾性相投，才成为至交。

李鼎君每到长沙，必请蒋和平吃饭，不知不觉间两人成了好朋友。后来李鼎君要出国，在温州办不了护照，还是蒋和平帮忙从湖南省办出来的。李鼎君与蒋和平的关系保持了几十年。

李鼎君在国外赚得第一桶金后，九十年代从海外回国办厂，创立的东莞企业长达二十年之久，该企业历经三任总经理，第二任总经理就是蒋和平。这些命运遭际，李鼎君想不到，老蒋也想不到——这个温州跑出来的小老板竟然和自己打了一辈子的交道。两人曾好得一个人似的，后来交恶，反目成仇，这是后话。

二十世纪八十年代以来，随着国家的对外开放，很多人萌生了出国淘金的愿望，并为此积极奔走。滨海是华侨之乡，一拨拨的农民出去了，然后一拨拨的商人衣锦还乡。

起初，李鼎君埋头苦干着自己的事业，压根没想到出国。他开办的两家工厂运营良好，他的生活水涨船高，好像为了弥补备受无房煎熬的童年苦日子，李鼎君早早为两个年幼的儿子造好了房子——两间装饰豪华的三层半落地房，房内选用当时最豪华的家具，成为富甲一方的土财主。

李鼎君做梦都笑出声来，每当喝了点白酒，李鼎君就会眉飞色舞地对苏任秀勤讲："我他妈真是命太好了。"

"别整天他妈他妈的，没素质。"苏任秀勤抢白道，"命好还不是因为娶了我。"

李鼎君确实承认是苏任秀勤这个女人让他转了运，从穷光蛋变成土财主，但嘴里死不承认，没有老子在外面拼死拼活地打天下，你哪里来的富贵？

"老子给你买熏鹅去。"

"不稀罕。"

"你不稀罕，老子稀罕。"李鼎君有点膨胀了，钱让他得意忘形。

"你就嘚瑟吧。"

李鼎君不理苏任秀勤的唠叨，走出家门，迎面碰上滨海信用社主任杜阿金。

"阿金，哪里去啊？"

"找个小饭馆吃饭去。"

"这个点还吃什么饭啊，走，我请你喝酒去。"

李鼎君和杜阿金称兄道弟，拐进好再来小饭馆，点了花生米、盘菜生、猪头爿、熏鹅四个小菜，喝酒聊天。酒喝多了，话也多起来。李鼎君开玩笑似的问："阿金，我们滨海这么多储户，谁存你那里的钞票最多？"他眯着眼睛，扬扬自得，不用说这个最多非他李鼎君莫属。他静待着阿金说出"当然是你最多"这句话，没想到阿金说出去的话让李鼎君"噗"的一声把含在口中的酒全部喷了出来。

"鼻涕塌。他整整存了……"阿金伸出大拇指和食指。

"八万？"李鼎君睁大眼睛，他不相信，鼻涕塌怎么有恁多钞票？

阿金摇摇头，端起酒杯，一饮而尽。他"啪"的一声放下酒杯，神秘地说："再加一个零。"

"什么？八……八十万？"李鼎君瞪圆了眼，这么大数额，恐怕全镇储户的总额都没有这么多。

李鼎君倒吸一口气，他使劲掐了一把大腿，痛的感觉袭来，并非做梦。

眼前浮现出他的邻居鼻涕塌的样子：常年挂着一条鼻涕，当鼻涕流到嘴边时，哧溜一声用力吸进了鼻腔。不知什么时候，这两条“面条”趁主人不注意又滑了下来。故此外人送一雅号“鼻涕塌”。

鼻涕塌以前穷得叮当响，什么时候变得这么有钱了？

你还不知道吧？鼻涕塌在法国刷盘子，哗哗的钞票都是刷盘子刷进来的。

外国的钞票恁好赚？不会是骗人的吧。

咳——不信拉倒！人家是真金白银存在这里。咱俩因为交情好，我才告诉你，你可不能出去瞎说哦。

那是当然，要不然，为什么我们滨海这么多人出国淘金。李鼎君见阿金面有不快，马上赞同表示自己信阿金的话。

阿金的话只是一场小小地震，震过之后，李鼎君该干吗，干吗去。对他来说，出国根本和他的生活挨不到边，他没有一个海外亲戚，出去干啥？他满足于当前的小老板生活，老酒喝喝，钞票摸摸。闯南洋，只有无路可走才去闯南洋。就像鼻涕塌，在村子里谁都看不上他，连个老婆都捞不着，他才会出去。

奶奶的鼻涕塌，真他妈会赚。李鼎君来了一句国骂，倒头睡去。

树欲静而风不止。

随之而来的某些政治形态上的变化很快就影响了私营经济的发展。私营经济在八十年代末期出现一献、二靠、三减、四停的现象，即主动把自己的企业献给集体；主动挂靠公有制企业、集体或单位；减少雇工并缩小规模；有意退照停业……

养大的厂子很快要充公了，李鼎君第一次失眠了，今后的路该怎么走，他的脑子里乱纷纷的，各种人物走来走去，最后鼻涕塌清晰起来。真想不到，以前一无所长的鼻涕塌却成了滨海巨富。外国的钱真他妈好赚哪。是否要步鼻涕塌的后尘，李鼎君认真思考起来。

不多久，又一个归国华侨回乡探亲，见到李鼎君，吃了一惊：“李鼎君，怎么还没出去啊？”不用说，他说的“还没出去”就是还未到国外淘金。他的心对国外有了些许悸动，似乎外国的月亮都比中国圆。

二十世纪九十年代，出国蔚然成风，各路明星，凡是有点背景的都出去了，滨海作为侨乡，受到的影响是不言而喻的。几乎家家户户都有亲人在国外淘金。

街上回荡着：那故乡的风，那故乡的云……好像专门唱给这些漂泊在外的华侨听的。

李鼎君体味不了歌词中饱含的沧桑，他哼着这首歌，打着自己的小算盘。

当李鼎君面前有了很多条道路可以选择时，他想得很清楚，他不但想要钱，更渴望实现自己的人生梦想——不光有财富，还要有社会地位。

巴黎谋生

二十世纪九十年代初期，出国对普通国人来说还绝非易事。申请护照，办理前往国签证，在居住地公安部门领取第一次出国的出境卡。哪一个环节都要经过漫长的过程。就拿办护照来说吧，那是要经过层层政审的。历史有污点的、有犯罪记录的、被劳教过的，统统被拒签。申请出国签证要到北京的外国驻华使馆（各国设在其他城市的总领馆还比较少）。有时需要半夜起来去排队递材料，接受询问。

正规出国之路有多难可想而知。于是偷渡成了出国梦首选，虽有搭上身家性命的风险，但还是有很多人前仆后继。

关于偷渡的种种只有经历过才懂得其中的后怕。

由于信息不发达，李鼎君的心早已飞到了异国他乡。

他和苏任秀勤怀揣全部家当，跟着蛇头，走上了模糊的偷渡之路。

李鼎君不知道自己的方向在何方，他更料不到有一天也会走投无路枕着冲锋枪干上蛇头的生意。

出国让他的前途充满变数。最初，李鼎君办的签证是东德。当时东西两德正处于合并之际，两者之间有地铁相通，同时也通往法国。

飞机，轮船，火车，一路辗转。

罗马，匈牙利，捷克，东德，西德，边境线穿梭。

历尽千辛万苦，李鼎君和苏任秀勤终于抵达了法国巴黎。他永远忘不了这个日子——1990 年 7 月 21 日，他的人生以此为分界线分成了两半，一半留在了中国；另一半驻扎在陌生的法国。

巴黎，在李鼎君的印象中一直是香艳和浪漫的代名词，也是购物天堂。他一直期待着能够踏上这片梦想中的沃土，亲身感受巴黎的风土人情。

当他真切地踏上这片土地，头上的蓝天水洗般干净，阳光晃得人睁不开眼。梦想中的天堂，辗转一周之后终于落地。是激动？是狂欢？都不是。他只有长长的惆怅，背井离乡的愁绪涌上心头。

巴黎是“浪漫之都”。连接塞纳河两岸的桥梁有十几座之多，其中比较著名的有两座，其中之一就是爱心锁桥，有情人把承诺和誓言用铁锁挂在栏杆上，把钥匙丢进塞纳河，任由流淌的塞纳河做证，爱情天荒地老。

李鼎君和苏任秀勤够不着浪漫，他们恍恍惚惚行走在街头，来不及欣赏梦幻巴黎，就像牲畜一样被扔进了一户华人家庭。这户华人家庭偷渡到法国已经有好几年了，依然没有取得居留证，多年来一直打着黑工。有居留证的华人是不敢收留李鼎君和苏任秀勤的，万一被人告发，他们已经取得的居留证也会被连累撤销，遣送回国。

短暂的兴奋过后，李鼎君和苏任秀勤掉入了无边的寂寞之中。巴黎不属于他们，除了所有的服务需要他们付钱外，这里的一切声响都弃他们而去，奔赴它们既定的目的，与李鼎君、苏任秀勤没有任何关系。李鼎君拿起电话不知道要打向哪里，拿着门钥匙不知道出门后能去哪里。电视广播以及行人的谈话全是法语、法语、法语，他们被囚禁在一座法语的无形监狱里无处可逃。

他们第一次感受到了人情的冷漠，说话不能太大声，容易招来警察；洗澡时间不能太长，房东会以浪费水为由驱逐他们。他们处处受管制。巴黎，只讲金钱不讲感情的城市。压抑的日子能让人发疯。

为了节约电费，晚饭后是不能开灯的。一次，李鼎君跟男房东开着灯聊天，女主人回来看见了，粗暴地关掉电灯，留下李鼎君尴尬地坐在黑暗里。

在朋友的建议下，李鼎君希望像大多数初来乍到的华人那样，找份洗盘子的工作渡过难关。

朋友给李鼎君介绍了一个法国人开的餐馆，他穿戴整齐去餐馆见老板。

法国老板上上下下打量着李鼎君，耸耸肩，揶揄道：“先生，我的厨房太小了，请您还是另谋高就吧。”

李鼎君堆满笑容的脸一下子僵住了。

“鼎君啊，你怎么穿得这样整齐，一脸富态，哪像个打工仔，倒更像一个老板。”朋友事后责怪道。

“在这里可不比国内，你快收起你那老板派头吧，你早就不是厂长了，你是个没有身份的打工仔。”

李鼎君想反驳，穿得干净有错吗？长得富态有错吗？只要能干活就行。然而他张了张嘴，什么也没说。

灰蒙蒙的天空不知何时飘起淅淅沥沥的小雨，李鼎君的心情一如雨中的地面湿湿嗒嗒的。原以为外国的钱很好赚，没想到出国后才知道，连找份刷盘子的工作都那么困难。

李鼎君从国内带出来的钱越来越少，他陷入了恐慌中，在语言不通、地貌不熟的国度，只有握着真金白银才有点滴安全感。此刻，这点滴安全感正如瓶中的沙子那般一点点漏下去。

他陷进朋友那张乌黑的沙发上，双手捧着头，不安地思考明天的路在何方。

朋友扔给李鼎君一支烟后，自己先点上。他猛吸一口，吐出长长的烟，看着萎靡不振的李鼎君，说：“给你讲个故事吧。”

战国时期，有个鲁国人很擅长编草鞋，而他的妻子则十分擅长织白绢。可是，由于鲁国是一个小国，且做这一行的人比较多，他们的生意并不怎么样，只能勉强维持生计。

这样的日子，让这个鲁国人很不满，他心想：以自己做鞋的技艺，如果到其他国家去，一定大有所为。一天，他对妻子说：“咱们待在鲁国也不是个办法，长期下去，估计会饿肚子，倒不如趁现在还有些盘缠，去越国那边发展。”他的妻子听后，觉得很有道理。于是，夫妻俩收拾行装，准备出发。就在这时，一位友人前来拜访，见他们整装待发，便好奇地问：“你们夫妇这是准备去哪儿？”

“在鲁国混不下去了，我们准备去越国看看。”他无可奈何地回答说。

“越国？你们去那儿能做什么？只会更加贫穷。”朋友劝道。

“为什么呢？难道以我们的技艺在越国会没有饭吃？”他有些生气地说。

朋友没有直接回答他，而是反问他们最擅长做什么。

“这还用问，当然是编草鞋和织白绢了！”他淡淡地说。

“草鞋是用来穿着走路的，而越国人习惯光脚行走，根本不需要鞋子；白绢是用来做帽子的，而越国人习惯披头散发。帽子对他们来说毫无用处。如今，凭借你们的长处，到用不着你们的地方去，你们认为会有所为吗？”

后来，这个鲁国人听从了朋友的建议，去了齐国。在那里，他们夫妻充分发挥自己的特长，草鞋和帽子都十分畅销。随后，他们又不断地将自己的生意做大做强。没过几年，这对鲁国夫妇就过上了富裕的生活。

“李鼎君，你已经三十九岁了，你的事业不能从刷盘子起步。你要从你擅长的事做起。”牙科医生叶卫国说。

“擅长的事？”李鼎君陷入了沉思。

“对。你在国内最擅长技术活，你得从这个方向起步。”

李鼎君如梦初醒，瞬间开窍。如果他从刷盘子开始，恐怕干一辈子也攒不了几个钱。

“鼎君啊，入职很重要，平台更重要。有个樵夫砍到一棵沉香，挑到集市上无人问津，而那些比沉香低廉得多的木炭生意却奇好。樵夫返回家中，把沉香烧成木炭到集市上卖了它。后人叹道，他即使卖一辈子木炭得来的钱也比不上这棵沉香的钱。樵夫压根没找对平台，集市上根本没有识货的主。”

叶卫国说起道理一套一套的，李鼎君都听进去了。

“那现在怎么办？打工都没人要。”

“你的手艺不是很好嘛，搞个小作坊生产皮包，既能谋生，又能开拓一个新的产业。你看我，就靠着国内学的一点牙科知识在这残酷的巴黎活了下来。自己做，远比打工强。”

李鼎君听从叶卫国的建议，他像个间谍一样潜入一家小作坊学习。

这皮包小作坊是一对华人夫妻开的地下作坊，规模很小，只有几个工人。李鼎君走进这个作坊时，正是闷热的午后。简陋的厂房里，摆放着几台缝纫机。几个工人如同木头人，机械地踩踏着缝纫机踏板。在他们工作台的上方头顶悬挂着几盏日光灯，照得他们的脸惨白，大概久未晒到太阳的缘故吧。机器轰鸣，大家的手一刻也不停地操作着，对李鼎君这个新人懒得瞟一眼，他们早已司空见惯，每天有人到来，有人离开，离开的工人因为吃不了一天工作十八小时的苦，顾不上领工资就逃离。

大排量的电风扇呼呼地转动着，这种只有在国内农村扬谷时才搬出来的大型电风扇，在巴黎的地下工场随处可见。

空气中凝聚着难闻的汗味儿，令人憋闷得慌。尽管风力开到最大挡，李鼎君还是汗流浃背。密不透风的生产车间，炽热的灯光，强烈持久的劳动量，都是催发汗液不断分泌的诱因。李鼎君怔了怔，努力让自己适应工作环境。

“别愣了，从分拣皮料开始吧。”老板娘说完这话，就兀自忙去了。她也是一个主要劳动力，在巴黎这个劳动力奇贵的地方，她除了自己顶着外，只能找李鼎君这种没有身份的黑户，只有这种人的工资可以任他们盘剥。另一个好处是，黑户们没有合法身份，哪儿也去不了，只能躲在地下工坊没日没夜、超负荷地干活。

李鼎君像蛰居冬眠的昆虫，潜伏在这家工厂，他和其他工人不一样，他的胸中有个小小的梦想，梦想有一天，自己在巴黎有一项谋生本事，拥有一台机器，生产这些小包。因此别人不想干的活他都包揽下来，每一个工种都抢着干。他不怕苦不怕累，学习了十几天之后，终于掌握了所有技术。他连工资都没拿，找了个借口辞职了。

叶卫国帮他租了个单间，尽管房子破得不成样子，他还是很高兴，终于可以不用仰人鼻息，搬出来独住。为了充分利用每一寸空间，他在单间里面搭建了一个小阁楼，这个小阁楼不到一米高，放置一台缝纫机刚刚好。苏任秀勤蜗居在阁楼上面制作皮包，一天工作十六小时以上，除了吃饭，她几乎不下阁楼，终日见不到阳光。但和别人相比，他们还是幸运的。

“有些人偷渡过来，五年不见阳光也是常有的事。每一个偷渡客背后都是一部血泪史，能活着已经是奇迹，这点苦算什么！”叶卫国说。

绝大多数的中国非法移民都在制衣厂、餐馆或建筑工地工作，一个月收入为三百到五百欧元，而每天的工作时间则长达十八个小时。这些人为了还偷渡出来的债务，像签下卖身契一样出卖血汗，由于日夜担心非法居留的身份被警方发现，他们从不敢离开住处外出溜达。他们是处境非常恶劣的弱势群体，普遍受到雇主的虐待。

更悲惨的是，有些中国非法移民还清债务后，奸诈的雇主还恫吓他们，要向警方揭发他们的身份，恐吓他们不许离开，以便继续剥削。由于绝大部分偷渡客都存在严重的语言障碍，他们既无法轻易求生，也很难向外界寻求帮助。语言障碍导致他们无法向人求助，也不能和劳工组织取得联系。而当地的官员和警察，很少接到中国非法移民的举报投诉。

李鼎君在国内就是从最底层的技工开始做起的，他的手艺似乎是天生的，天赋异禀，任何工种学得都挺快，所以做起皮包来并不算困难，自己设计式样，自己生产。

皮包制成的第一天，李鼎君开始了提篮叫卖的生涯。只是这次在语言不通的法国，还有随时被驱逐出境的危险。他战战兢兢前往批发市场——巴黎十一区。它是巴黎的 20 个分区中的其中一个，位于巴黎塞纳河右岸。巴黎十一区是巴黎人口密度最高的一个区域。这个区域集中着 华人、印度人等各种肤色的人等，他们在居住的区域很快形成一个市场。

李鼎君提着篮子，像卖花姑娘，昔日老板，落魄至此，他有点不好意思。街上人来人往，各色皮肤穿梭，并没有人认识他。他鼓励自己：李鼎君，你行的！李鼎君，你要撑起这个家，加油！

他一家一家进店询问，希望店主看上他的小皮包。第一个店主摇摇头，拒绝了他。他又迈向下一家，如此一家家地跑下去，终于有一家看上了——因为他的包做工精细，款式新颖，最重要的是价格低廉。但是，他们没有答应马上付钱，只愿付一半的钱，余款等皮包卖出去以后才给他。李鼎君虽然很缺钱，然而一想到自己没有资格跟人家谈条件，人家能帮你卖已经算不错了，他咬咬牙答应了。

回到家中，苏任秀勤急切地问："怎么样？卖出去了吗？"

李鼎君举了举空空的篮子。苏任秀勤的眼睛和眉毛都漾开笑意："鼎君，我们成功了，我们可以在巴黎赚到饭吃了。"

"不要盲目乐观，人家只给了我一半的钱，其余的一半还欠着呢。"

"不管怎样，货物没有带回来就不错了，证明我们的包是有市场的，你想那些店主有多精明，他们什么包没见过，有没有利润，他们早就盘算好了。我们就踏踏实实干下去吧。"

苏任秀勤说对了，因为制作手艺精良，加上价格低廉，他们做的皮包销售一空。客户结清了余款，又向李鼎君订了一批货。

李鼎君还去了唐人街，那里是中国人聚集的地方。每周二定时定期有跳蚤市场，类似国内的赶集。李鼎君正好赶上跳蚤市场，包包销售一空，出奇顺利。

李鼎君的生意渐渐打开了市场，订单源源不断地飞来。他和苏任秀勤加班加点赶制，一天工作时间超过了十八个小时，几乎是玩命了。

一天，李鼎君连轴工作了十七个小时，实在困得不行了，他对苏任秀勤说："秀勤，我先眯十五分钟，十五分钟后你叫醒我。"说完就靠在工作台上沉沉睡去。

十五分钟很快过去了，苏任秀勤望着沉浸在梦乡中的丈夫，实在不忍心叫醒他，只顾埋头踩着缝纫机。"哒哒哒"机器的声响，和着李鼎君震天的呼噜声，勾出了苏任秀勤的瞌睡虫，她也哈欠连天，真想马上扑倒在工作台上睡去！可是，理智告诉她不能睡去，她要赚很多很多钱，要还清两个人偷渡出来的债务！要给两个儿子攒钱，把他们也接到巴黎。

李鼎君正在做梦，梦见他的订单源源不断飞向案头，他和苏任秀勤忙着数钱，数呀数呀，怎么数都数不清……忽然，那些钱变成一张张客户的脸，他们不停地催他："李鼎君，我的货呢？"

"李鼎君，我的货先给我。"

"李鼎君，我的货好了没有？"

……

李鼎君猛然惊醒，麻麻的刺痛从上臂传向大脑神经。他把双手垂下来，那刺痛颤抖着、密密麻麻地向指尖跑去。瞌睡虫却还贪恋着他的身体，不肯马上抽离，缠绕着、追逐着他的意识，好一会儿，清醒终于战胜了混沌，他一个激灵弹开了双眼。"哒哒哒"的机器声响还在持续，苏任秀勤佝偻着背，在工作台上不停忙碌着。

“秀勤，我睡了多久？”

“半小时。”苏任秀勤瞄了一下墙上的挂钟。

“你怎么不叫醒我呀？”

得知自己竟然奢侈地多睡了十五分钟，李鼎君一面责怪苏任秀勤不叫醒他，一面飞速地拿起皮料开始制作，那只麻麻的手还不听使唤，拿着碎皮抖得厉害。哎呀，剧烈的疼痛彻底把瞌睡虫赶得无形无踪，殷红的血珠滚了出来，李鼎君用嘴吸了一下伤口，吐出一口血迹，抬头望望四角的天空，除了一爿屋檐，什么也望不到。他简单包扎了一下，重新埋头忙活手中的活计。

李鼎君躲过警察，把这些制作好的皮包用手推车一趟趟运往市场。有一天，李鼎君推着推车往前走，那是一段极其难走的上坡路，李鼎君负重前行，累得气喘吁吁，推车就像卡住了一样，无论如何都推不上去。正在此时，前方来了两个警察。李鼎君脸上煞白，吓坏了，没有居留证被警察抓住是要被遣送回国的。他想转身逃跑，可舍不得丢弃苏任秀勤辛辛苦苦赶制出来的货，只好硬着头皮迎上去。

两个巴黎警察用法语对着李鼎君说了几句，李鼎君根本听不懂是什么意思，只是傻笑。

巴黎警察相视一笑，耸耸肩。其中一个指指李鼎君，示意他在前面拉住推车，他们在后面一起用力。推车缓缓挪动，爬上坡后就是一段平地。两个巡警朝李鼎君挥挥手走了。李鼎君怔住了，眼睛一酸，差点落下泪来，几个月来的遭遇曾让他对巴黎心寒，他以为巴黎是一个只认钱不认人的社会，他像一只狗一样躲在巴黎的某个角落努力生存下去。这两个警察的举手相助让他对巴黎又充满了信心。

这就是巴黎，一边凉薄，一边温暖！

“啊，皇天孬解！救命啊……”苏任秀勤尖厉的叫声划破夜空。

李鼎君惊醒过来，惊骇不已。他窸窸窣窣拉亮电灯，见苏任秀勤披头散发，不停摇晃脑袋，脸上布满狰狞，表情痛苦极了。

“秀勤，怎么啦？发生什么事啦？”

“鼎君，快……快……蟑螂爬进我耳朵了。”苏任秀勤痛苦得话不成句。

“走，秀勤，我背你去医院吧。”

“你疯了，我们没有合法身份，去医院岂不是自投罗网？抓住可是要遣送回国的。”

“那……那怎么办？”

苏任秀勤环顾一贫如洗的家，实在找不出像样的东西，她的目光落在案头的一瓶烧菜的绍兴老酒上。

李鼎君顺着苏任秀勤的目光，也把视线落在老酒上。

他很快懂得苏任秀勤的意思，别无办法，只能寄希望于这瓶老酒，希望它能救命。他拔开瓶盖，犹豫了一下。

“鼎君，快，灌下去！”苏任秀勤见不得李鼎君的犹豫，催促道。

李鼎君举起酒瓶，往苏任秀勤的耳朵灌老酒，逼蟑螂爬出来。可没想到蟑螂突受酒水冲刷，非但没爬出来，反而越往耳朵深处钻。

“啊——啊——”苏任秀勤难受得嗷嗷直叫，满地打滚。

李鼎君惊慌得不知所措。他抱着苏任秀勤，捂着她的嘴，怕半夜叫声引来警察。苏任秀勤一口咬在李鼎君手上，李鼎君痛得“呜呜呜”发出闷声，他不敢喊叫，这个时候如果招来警察只怕祸不单行。他的额头上冒出冷汗，手上湿淋淋的，分不出是汗液还是眼泪……

仿佛过了一个世纪，苏任秀勤的身子瘫软下来，不再挣扎，凄厉的号叫变成低低的呻吟，咬紧的牙关慢慢松开。夜是那么漫长，李鼎君期盼着黎明快来，又害怕着黎明到来，他就这样傻坐着，紧抱着苏任秀勤。他在心里把上帝、菩萨、真主、各路神仙祈求了个遍，保佑苏任秀勤度过这炼狱般的一晚，哪怕让他减掉阳寿也在所不惜！只要他的苏任秀勤没事就好。

许是蟑螂被灌进去的老酒弄晕了、熏死了，它终于不闹腾了。李鼎君放平苏任秀勤，抽出手来，顾不得疼痛，他环顾四周，没有镊子之类的东西可以把蟑螂夹出来。寻思良久，他把目光落在了矿泉水瓶上。李鼎君拧开盖子，用剪刀一瓣瓣把瓶子剪开，用塑料条子做成长长的镊子，小心翼翼地从苏任秀勤耳朵里把蟑螂夹出。

“勤，等咱有钱了，一定给你租一间明亮干净的房子。”

苏任秀勤长长地叹了一口气，泪水在暗夜里唰唰流淌，对她而言，生活中的苦算得了什么，最难熬的是对国内两个儿子的思念。它像疯长的野草一样占据着苏任秀勤的心房。

李鼎君抱着苏任秀勤，再也不敢睡去。无边的黑暗终于过去了，天边露出了鱼肚白。

巴黎清早的晨风，带来无边凉意，让苏任秀勤清楚地意识到，秋天已经来了，肃杀的冬天不远了，危机很快来临。她往李鼎君的怀里蹭了蹭，重新裹紧了薄被，思绪拉到了远方，当初出国不是为了下一代嘛。

“鼎君，我们得快快赚钱，赚到钱就把国内的两个孩子接过来。”

“好，赚钱。”李鼎君是个行动派，简单洗漱后就坐在了工作台上。

这对夫妻迎来忙碌的一天。好像昨晚的插曲就是做了一场梦。梦醒后，生活的重心是赚钱，赚钱，再赚钱！

一年以后，李鼎君靠着效益还不错的皮包生意还清了偷渡出来的债务，还攒了二十万法郎。他的作坊也由一家变成了两家，算是在法国站稳了脚跟。

本来，趁此机会在巴黎发展下去，李鼎君的事业会越做越大，但由于李鼎君在法国没有合法身份，这就注定了他不可能有太大的发展空间。这个时候，李鼎君不得不为自己的未来考虑。

后来听说西班牙大赦，居留证比法国好办多了，李鼎君只身去了西班牙。

他没有合法身份，不能坐飞机，只能选择很少有人查票的火车，蜷缩着身子，斜躺在椅子上。整节车厢只有他一人，显得空旷而寂寥。

铁轨发出咣当咣当的声响，李鼎君无心欣赏窗外的景色，为了办西班牙居留证，他要和来自北京的留学生会面了。他不知道就是这一面，等待他的将是灭顶的灾难。

马德里一家露天咖啡馆。李鼎君紧张不安，他点了一杯卡布奇诺，却一口没喝，眼睛不时四处环顾，他要等的人还没来。

树荫下，一个黑瘦的年轻男子也正朝他这边张望，当视线碰在一起时，李鼎君站了起来，那男子快速闪到他跟前，在对面的椅子上坐下。

“你是李鼎君？”

“没错，是我。”

“东西带来了吗？”

“带来了。”李鼎君从档案袋里抽出一叠申请资料。

“几个人？”

李鼎君刚想说两个人，突然改口说：“就我一个人。”

“嗯，是这样，像你这种情况需要在西班牙找到一个挂靠的单位才有资格申请长期居留证。”

“那怎么办？我的工作还在巴黎。”

“这个嘛？交给我，我就是办这个的，只是费用比较高。”

“交给你可以，只是你得带我去你工作的地方看看。”

留学生迟疑着，最后还是说：“跟我来吧。”

李鼎君跟在留学生屁股后面，穿过几条街，来到了一条破旧的小巷，巷弄里布满广告牌，全是西班牙语。凭猜测，这些店都是代办居留证的。

留学生走进一家小店，和几个黑人打了声招呼，他们看看留学生屁股后面的李鼎君，叽里咕噜说了一些话。

填表，交钱，走人，李鼎君像做梦一样。

“一个月后过来拿证。”留学生说。

走不多远，李鼎君才想起苏任秀勤的那份还没办，他又折回来，发现留学生已经走了。他走出巷口，遇到一个华人模样的厚嘴唇女人。一交流，厚嘴唇女人果然会讲中文。

李鼎君请厚嘴唇女人帮自己翻译一下，没想到厚嘴唇女人爽快地答应了。李鼎君留了一个心眼，他把苏任秀勤的居留证放在另一个代办点，收费比留学生便宜一半。李鼎君大呼上当。

令李鼎君想不到的是留学生卷走了他在巴黎辛苦攒下的积蓄，从此消失不见。

多年后，李鼎君回忆起办居留证的过程，悲喜交加。

为了分散办证风险，李鼎君和苏任秀勤分开在两个代办点办理居留证。然而理想很丰满，现实很骨感。

李鼎君悔不当初，如果和苏任秀勤一起办居留证，那么现在两人都有合法身份了；李鼎君同时很庆幸，幸亏苏任秀勤没和他一起办，否则两人都被骗了。

李鼎君在等待居留证的同时，已经获得居留证的苏任秀勤有了自由身，她风风火火地回到国内。

刚到李家村村口，苏任秀勤看到两个儿子立在风中，眼泪涌出眼眶。一年不见，老大李存萜高了瘦了，一副玩世不恭的样子，冷冷地看着她。倒是老二李存哲，扑过来，缠着苏任秀勤亲昵。

“阿妈，我很想你。”李存哲带着哭腔说。

苏任秀勤和李鼎君在巴黎辛苦打拼，早练就了铁石心肠，轻易不为外界所动，如今李存哲一声“阿妈”，把她僵硬的心瞬间融化了。

她揽过两个孩子，泪水如开闸的水龙头哗哗往外流淌。

母子三人亲热够了，才手拉手往村里走。

一路上，苏任秀勤迎着许多艳羡的目光，乡邻不断地和她打招呼。有些家庭的子女也如苏任秀勤一样偷渡到国外，他们因为没有居留证，出去十几年了没回过家，有些甚至音信全无，他们的父母从青丝等到白发，见不到孩子一面。他们羡慕陈阿花好福气，儿媳妇出去才两年，就可以回国。

陈阿花表面接受着乡邻的恭贺，内心却有一肚子苦水，她当然知道苏任秀勤回家不单单是探亲，她是要带两个孙子出去的，她心里万般不舍。只是这么多年风风雨雨走过，她也看开了，人生，相聚只是插曲，离别才是主题。

在家乡待不了几天，苏任秀勤就前往上海大使馆为两个孩子办签证。

不出所料，苏任秀勤吃了个闭门羹，按她目前的状况，孩子根本不符合探亲申请条件。

她在大使馆门前来回踱步，不甘心就这样空手而归。一年的海外磨炼使她变得很坚强，她不会这样轻易放弃的。为了和孩子团聚，她什么苦都能吃，什么困难都能克服。在法国的这一年来，她每日每夜思念孩子，想得大把大把掉头发，想得快要疯了，她一定要把他们带出去。

她不甘心被拒，转身进了大使馆。她的运气不错，经人指点，居然找到了一位温州老乡。

费了些周折，终于办出了两个孩子的出关证。

苏任秀勤一颗悬着的心放下了一半。为什么说只放下了一半？因为她只办出了两个孩子的出关证，到德国的入关证却没有，孩子算半偷渡出国。

她什么也不管了，只能走一步算一步，没有什么力量可以把她和两个孩子分开。

大洋彼岸，李鼎君也没闲着，他坐镇西班牙指挥，联系了德国的蛇头前往法兰克福机场接出他的两个儿子。

经过十三个小时的漫长飞行，飞机在法兰克福机场降落。

李存萜和李存哲睁大了眼睛，一切都是那么新鲜，一切都是那么有趣。身边的人突然没有了往日所见的黑眼睛和黑头发，取而代之的是蓝眼睛黄头发，个子高高的，鼻子挺挺的。他们觉得太不可思议了，一觉醒来，世界变了模样。周遭的警察来来往往，肃杀威猛。

“嘿，存哲，你看，那人够黑的，像水田里裹了泥似的，不过，他的牙齿可真白！”李存萜为自己这个发现兴奋不已。

“哥，你看你看——他们在干什么？”李存哲用手指指前方。

循着李存哲的手指，李存萜看见一个胖胖的番人（温州人对欧洲人的统称）坐在椅子上一副生气的样子，而他边上是个精干的白人妇女，看不出到底是母亲还是妻子。欧洲女人生了孩子后，体型变化很大，而男人在做父亲前后变化不大，所以难怪李存萜看不出来。

女番人先是叽里咕噜劝说男番人，男番人不为所动，女番人顿失耐心，开始朝男番人叽里咕噜咆哮，男番人一副死猪不怕开水烫的样子，赖在椅子上不走了。这更激怒女番人，她便去找了机场警察，试图让警察说服男番人跟她走……

李存萜和李存哲像欣赏一场哑剧，看得津津有味，全然忘了母亲这时遇到了大麻烦。

苏任秀勤接了个电话，心事重重。她望着这两个孩子，不知道该怎么办。电话是李鼎君打来的，他说："联系好接应的蛇头爽约不来了，你们只能自己想办法逃出关。"

苏任秀勤又打了一圈电话，眉头皱成"川"字形，她无计可施。电话那头，没有一个人能帮上忙，她只能自己想办法。

苏任秀勤把李存萜拉到一旁角落，拿出笔，写了一个电话号码，连同 100 法郎交到他手中，说："儿子，你想办法逃出关口去！"

"逃？妈，我害怕！你看这么多警察盯着，我出不去。"李存萜很吃惊，"你不跟我们一起走吗？"

"宝贝，妈妈还要到西班牙，你要靠自己逃出去。"

"这么多警察，怎么逃得出去？"

"儿子，听妈说，你不能把他们当警察。他们就像……就像我们田里的稻草人，吓唬人的。妈知道，你平时胆子大，一定有办法逃出去的。记住，逃出去后拨打这个号码，让出租车司机送你去。"

李存萜没有办法，只好照妈妈说的去做，他趁警察不注意，爬上闸口，"咚"的一声跳下去。

苏任秀勤看得目瞪口呆，她让儿子想办法，没想到李存萜这么明目张胆地闯关，居然在警察眼皮子底下跳下闸口，换作任何一个大人都是断然不敢的。都说初生牛犊不怕虎，正因为他是孩子，海关警察也没顾上他，以为是一个孩子的恶作剧，根本不去管他。李存萜轻易出了关，他担心警察追来，大步流星向外走去，心紧张得像打鼓，他甚至不敢回头看一眼对他无限牵念的母亲。

苏任秀勤收回目光，又开始为李存萜的前途担忧，异国他乡，李存萜语言不通，不知道他能不能安全到达巴黎？她又无限爱怜地看一眼老二李存哲，老大逃出去了，老二想办法也要逃出去。

李存哲正在四处打量机场，他不知道母亲下一个就要把他推出海关去。

"李存哲，过来。"苏任秀勤招招手。

李存哲来到母亲身边，苏任秀勤把他搂在怀里，亲吻他的额头。她的心情是矛盾的，她已经把大儿子交给了这个充满变数的世界，又将交出老二，如果他们中间任何一个环节出了岔子，将永远不能团聚，她将永远失去两个儿子。

但是，别无他法，她只有交出儿子。苏任秀勤同样在老二身上塞了100法郎。

“老二，去找哥哥，哥哥在前方等着你，找到哥哥就好了。”

“妈妈，你去哪儿？”

“乖，妈妈登机时间到了，妈和你爸在西班牙等你俩。”

“妈，我要跟你去西班牙啊！我不要你走！不要走！”

“儿子，你没有通关证，妈带不了你啊！听话，跟着那一群旅游团的游客出去。”苏任秀勤瞅准一个混杂的旅游团，把儿子推出去，她觉得一个孩子混在旅游团中，夹带出去的机会要多些。为断了儿子纠缠，她狠狠心转身就走。她知道如果不走，儿子肯定下不了决心。

“妈——”李存哲像一条流浪的小狗，被抛弃在异乡的机场，慌乱、无助，眼泪在眼眶里打转。

苏任秀勤身子一怔，停住了脚步，眼泪哗哗地流下来。这一声叫，让她肝肠寸断，老二才十岁，第一次出国，做娘的就这么狠心丢下他独自飞奔。她想转身，朝儿子奔去，搂住他，永远不离开他。但是理智告诉她不能转身不能回头，一转身，她所有的努力就白费了。

她加快脚步朝前走去。儿子的抽泣声越来越小，慢慢地，再也听不见了……

不知过了多久，她放心不下，偷偷地折返，躲在椅子背后，朝儿子的方向观望，李存哲在一群大人的包围下顺利出了闸口。苏任秀勤长吁了一口气，眼泪再次泉涌。世界啊，今天，我交给你一双儿子，请你善待他们，让他们平安相聚。一次，就这一次，保佑他们吧……

这边苏任秀勤肝肠寸断，那边李存萜像出笼的小鸟展翅高飞。他吹着口哨，打着响指，庆祝自己终于逃出关。机场外，天高地阔，阳光晃得人睁不开眼睛。八月的风带着异国的凉意，梧桐叶在风中打着卷，如蹁跹的蝴蝶眷恋枝头，最后不得不被风带向远方。

法兰克福出口很多，每个出口通向不同的道路。

一向天不怕地不怕的李存萜，站在这欧洲第三大机场外，举目茫茫，他想不到机场这么大，出口那么多，到哪里寻找弟弟的影子呢？悲凉和惊慌同时袭来，如果找不到李存哲，他就像无根的浮萍，不知漂向哪里。虽然在老家，老二经常跟他吵架，下盘象棋，还老是悔棋；整天像跟屁虫一样跟着他，甩也甩不掉。自己和同学干点捉田鼠烤洋芋的坏事，老二总会找奶奶告状，害得他免不了受一顿臭骂。现在老二不在身边，他突然无比慌张，他可不能失去这唯一的弟弟。

老二老二，你可千万不能丢！象棋还没分出胜负呢！

老二老二，你可千万不能丢！你丢了，我找谁吵架去？

老二老二，你可千万不能丢！你丢了，我欺侮谁去？

老二老二，你可千万不能丢！你丢了，没人跟我抢老菱（温州小吃），老菱要发霉了。

……

李存萜越念越心慌，两个小时过去了，老二再找不着怎么办？

老二，你到底在哪里呢？你不要吓哥哥呀，你快点出来！

老二，哥求你了，你不要跟哥捉迷藏好不好？你给我出来！

李存萜的脚步开始乱了，他像一只无头的苍蝇到处乱转。

如果时间重来，他宁愿不出国，和老二在奶奶跟前抢端午节的蛋袋，吃猪油拌饭。如果时间重来，他一定带着老二一起走，而不是像现在这样，把老二丢在机场内。

老二万一被警察抓住了怎么办？拘禁？遣送回国？

他被自己的各种念头弄得快崩溃了。几乎是潜意识地往回走，即使冒着被遣送回国的危险，他也要往里闯，找到老二。

即使是两个大人，如果失散在法兰克福的机场，要想在茫茫人海中找到彼此，也绝非易事，更何况两个不通异国语言的孩子。

不知道过了多久，也许上苍真的有好生之德，苏任秀勤平日里到佛堂虔诚的叩拜感动天地，奇迹就这么来啦。

李存萜一回头，前方传输带上站着一个熟悉的小人——个子矮小、神情落寞的弟弟。他狂喜大叫："存哲——"

这个声音太熟悉了，李存哲以为自己在做梦，揉揉眼睛向四周搜寻，当他看到李存萜那张坏坏的笑脸时，空落落的心一下子找到了方向。哇的一声哭出来："我以为再也找不到你了，坏哥哥，死哥哥……"

他的鼻涕蹭了李存萜一身，等他哭够了，撒娇够了，李存萜帮他擦干眼泪。

"你身边还有多少法郎？"李存萜摸摸李存哲的裤兜，在内裤的兜子里摸出100法郎。

他牵着弟弟的手向机场门口走去，机场大得望不到边，但他再也不害怕，他的身边有弟弟，他要带着弟弟寻找到爸妈。

李存萜举着100法郎在路边招手，一辆TAXI停在他身边。他连比带画把司机从驾驶室拉出来，直奔电话亭，拨通了那个母亲临走前留下的电话号码。谢天谢地，电话终于有人接了，那是李鼎君的一个朋友，接到李存萜的电话真是又惊又喜，李鼎君刚刚去过电话，担心自己从此失去两个儿子，没想到两个小子居然打电话来了，他让孩子们把电话给司机，用德文交代几句司机，让他把孩子送到巴黎。

“What？没搞错吧，法兰克福到巴黎，打的费贵得吓人哦！你确定要打的？”

“你只管送孩子过来，费用我们这边出。”

司机看看李存萜手中的百元大钞，耸耸肩，努努嘴：“走吧，小子，算你走运。”

李存萜和李存哲相视一笑，机灵地爬进车里。

苏任秀勤从西班牙赶到法国，见到儿子，哭了又笑，笑了又哭。她揉揉李存萜的头，又摸摸李存哲的脸，失而复得的心情常人难以理解。她走了一步险棋，如果时间重来，就算借她一百个胆儿，她也不会把年幼的儿子留在法兰克福机场。她差一点失去了两个儿子。假若没有儿子，赚再多的钱有什么用？他们当初出国不就是为了后代生活能过得好一点？

苏任秀勤给两个孩子办了法国难民证，每月有几百法郎的救济金。这样，两个孩子就可以申请到法国学校上学。

李存萜在国内学校差不多初中快毕业了，成绩不怎么好，却讲江湖义气。到了法国，语言不通，又没朋友，苏任秀勤只好让他再去小学读书。李存萜觉得每天这样的生活实在乏味枯燥得很。

李存萜不是迟到就是早退，上课听不懂老师讲什么，干脆趴在桌上睡大觉。苏任秀勤最心疼的是每月100法郎的午餐费，100法郎，对并不富裕的苏任秀勤来说，是一笔不小的开支。

苏任秀勤问儿子：“你每天中午在学校里吃什么啊？”

“有时一个鸡腿，有时一个汉堡。”

苏任秀勤肉疼啊，交了这么多钱，却吃不到好东西。她几次心生让儿子回家吃的念头，可最终没有说出口，她不想她的儿子跟别人不一样。她想儿子有一天能融入巴黎世界，说一口流利的法语，有一群法国朋友。可是，这只是她一厢情愿的想法。法国，这个浪漫之都，唯美和现实共存。它是有钱人的天堂，又是没钱人的地狱。没有一个地方像巴黎这么势利，它把20个区根据人种和贫富划为贫民窟、富人区、华人区、黑人区，区域之间相差很大，阶层固化，鸿沟难以逾越。

某一天，法国总统来李存葙的学校视察，李存葙睡眼惺忪，恰巧碰到总统一行。他来不及躲闪，一头撞上总统。老师和校长对他吹胡子瞪眼，碍于总统在场，没有发作。这事之后，李存葙彻底断了上学的念头。他要为父母减轻负担，可不能白吃白喝，他也要赚钱。

积蓄骗光

李存萜、李存哲的到来让李鼎君的家庭生活开支陡然增加。

李鼎君的生活过得并不好，还在西班牙苦苦挣扎。他积蓄的二十万法郎被北京留学生席卷一空，居留证没有办下来，他自然不甘心，明知道无望，李鼎君依然天天跑到那家骗走他的血汗钱的机构讨说法，但是他根本不懂西班牙语，留学生早已逃之夭夭，没有一个老外愿意帮他。李鼎君又去找先前的厚嘴唇女人翻译。

“先生，你怎么又来了？我不是告诉你留学生不在这里做事了？”高鼻梁老外对这个中国人显出不耐烦的情绪。

“你们收了我二十万法郎，为什么不给我办证？”李鼎君快歇斯底里了。

“先生，对不起，钱不是我们收的，谁收的你找谁去，请不要在这里胡闹。如果你再胡闹，我只好报警了。”西班牙人耸耸肩，做出很遗憾的样子。

这不知是李鼎君第几次和代办机构交涉，明知无果，偏要讨说法。

“走吧，走吧。”厚嘴唇女人劝道，“在国外，哪个人没被骗过，你就当交了学费，下次学得精明点。”

“千防万防，防不了自己的同胞。”李鼎君恶狠狠地说。

“你只是碰到不好的中国人，我也是中国人，我从来不曾骗过谁，想开点。”厚嘴唇女人说。

李鼎君看了一眼厚嘴唇女人，没有接话。他摸摸口袋，把仅有的一张零钱给了厚嘴唇女人。

李鼎君从办证处出来，身上的力气像被抽走了似的，步履蹒跚，仿佛老了十岁。西班牙的景色非常漂亮，两边古建筑如一幅幅精美的油画，带着中世纪皇宫的味道，穹庐恢宏圆润。不光是街道漂亮，连西班牙的火车站都修建得像皇宫，精雕细琢，无不透露文艺复兴时期的艺术风格。李鼎君却无心欣赏这些。他唯一的念头，就是在这座城市能有合法的身份，能光明正大的走在街上，而不是战战兢兢东躲西藏，随时提防警察的盘问。他路过堂吉诃德广场，停住脚步，茫然地靠在堂吉诃德身上，这个中世纪的武士，一路坎坷一路大战，拿着矛戟大战风车，多么好笑。堂吉诃德还有假想的对手可以对战，而他却连找谁算账都不知道。

李鼎君靠在堂吉诃德身上，脱掉鞋子，揉了揉脚，脚上不知何时起了血泡。他用手一挤，脓水冒出来，他疼得龇牙咧嘴。身体的疼痛可以忍受，心里的疼痛折磨着他。他辛辛苦苦挣来的钱化为乌有，这钱不是外国人骗走的，而是中国同胞骗走的，多么心寒。他第一次见到留学生的时候，是那么欣喜，就像见到了家乡的亲人，熟悉的普通话，来自祖国的亲切感，他信任留学生，把他当作同胞，那么信赖他，并交出自己所有的积蓄，只为有个合法的身份，在西班牙能生存下去。如今，什么都没有了，他的梦想，他的身份。他真的不想去回忆巴黎400多个日日夜夜超负荷的劳作是怎样熬过来的。一夜之间，他又成了穷光蛋。

天不语。马德里的天空明媚依然，它平静迎接过往的各色人等。它以一贯的沉默包容俯视着这片大地上发生的一切。

没人在意堂吉诃德画像前的中国人为何自怨自艾。

李鼎君身无分文，步行回家。没有比这次走过的路更为漫长的了。十几千米的路，缠绕着他，困惑着他，像一生一世都走不完，逃避很容易，坚持走下去却很难。他真想躺在地上永远不再醒来。

人走了霉运，连老天都要欺负他。

西班牙的夏天，像是热恋中的少女，酝酿了太多的不可捉摸。走过一段长长的山坡，便可能穿越几个晴天和雨天，如是一段浪漫的旅程，倒算是意外惊喜。但裸露在豆大的雨点之下，奔波忙于生计的摊贩们，便只有恼怒和狼狈了。

李鼎君被淋成了落汤鸡。

他深一脚浅一脚回到家，推开木门，迎上苏任秀勤殷切的目光，“怎么样，办下来了没有？”

他一声不吭，颓然躺在小床上。见此情景，苏任秀勤知道事情不顺利，不敢再问。

半夜，一向不做梦的李鼎君突然说起了胡话：“还我钱，还我血汗钱，求求你还我血汗钱……”

苏任秀勤从睡梦中被吵醒，推推李鼎君：“鼎君，醒醒，你怎么啦……”

李鼎君睁开双眼看到苏任秀勤憔悴的身影，一阵自责袭上心头。半生颠沛流离，他不仅没给她带来幸福，反而让她跟着自己担惊受怕。

“你做梦了？”

“嗯。”

“钱拿不回来吗？”

“嗯。”

“你别只‘嗯’啊，房东来催租了，怎么办？我们已身无分文，在西班牙又找不到事做，要么我们再回巴黎，从头开始？”

“嗯。”

李鼎君别无他法，收拾行李和苏任秀勤重新回到巴黎。然而机会转瞬即逝，等待他的巴黎再也不是以前那个温情的巴黎了。一年的离开，做包的工坊如雨后春笋冒出来，市场再也没有李鼎君的一席之地。

李鼎君因为纠结西班牙的居留证事件丧失做包良机，两个孩子和小姨子的到来，使得这个简陋的小屋更加拥挤不堪。他们一家五口只能蜗居在巴黎九平方米的房间里，压抑沉闷，让李鼎君喘不过气来。唯一的安慰是两个儿子在身边，一家人终于团聚了。

生活的窘迫压弯了他的腰，不知从何时起，李鼎君的头发开始大把大把往下掉，额头的发际线越来越往上，原本浓密的头发变稀疏了。人穷志短，他开始外出借钱，期待东山再起。可是朋友们见着他就像见了瘟神，要么一脸冷漠，要么视而不见，唯恐躲避不及。他又一次尝够世态炎凉。

老板是做不成了，他们只能退而求其次，替法国人没日没夜赶制衣服赚取一点劳务费。浸满血汗的劳动成果，终于在无数个日夜的赶工后迎来交付。然而老天似乎跟李鼎君过不去。衣服交货后，法国老板却逃走了。他们拿不到一分工资，这令他们的生活雪上加霜，直接面临断炊。

巴黎的冬天来得有点早，不过十月，风吹梧桐，叶子簌簌飘下，满地都是，枯黄的落叶铺满李鼎君落寞的心房。连续几天，他找工作无果，心烦得要命。

苏任秀勤说：“李鼎君，你无论如何要找份工作，家里实在坚持不下去了。”

李鼎君不知道该怎样面对苏任秀勤期待的目光，他坐在门前的台阶上一支接一支地抽烟，脚边是一圈的烟蒂。他饱吸了一口，扔掉烟蒂，用脚把火光踩灭，站起身来，拍了拍屁股，拖着挂了铅似的双脚往楼上迈去。

螺旋似的台阶，红色的扶手，熟悉的住家如今变得无比陌生，陌生到他都不敢踏入。以前他做完事归来，几乎一口气奔上楼去，和苏任秀勤分享一天的收获，现在因他的失业、不顺，家里好久没有笑声了。

因为孩子和小姨子的到来，他和苏任秀勤已经好久没有肌肤之亲了。尽管作为一个正常的男人，他也有需要，可是根本没条件让他……他的脾气变得越来越暴躁。很多时候，他是对自己不满，他觉得自己窝囊，没能给老婆孩子一个温馨富足的家。

他的压抑如累积的火山，终于迸发出来。

那天开门进来，他见苏任秀勤埋头洗刷，而不懂事的老二却在床上蹦蹦跳跳，把被子枕头弄得满地都是。

“你给我下来！”李鼎君虎下脸来。

“不下来，就不下来。”李存哲在床上蹦得更欢，稚气的声音透着脆生生的甜味，如果是往常，李鼎君定会抓住他，摸摸他的头，亲亲他。而现在，在失业的当口儿，他根本没兴致欣赏儿子的可爱，相反，他心烦意乱，像一座随时要爆发的火山，喷出的岩浆会毁了这温馨美好的时刻。

李存哲丝毫没有觉察到父亲脸色的变化。他转过身，咯咯地笑，跟李鼎君玩起了捉迷藏。李鼎君往东，他往西跳，李鼎君往西，他又往东蹦。弹丸之地转身都难，搞得李鼎君火冒三丈，火山终于爆发。他抓过李存哲的脚，从床上直接拖过来，啪啪两个巴掌就落在屁股上。

“哇——爸，你打我？”

从小没挨过父亲巴掌的李存哲不知道李鼎君的火气从何而来，捂着屁股，泪珠滚落在地。

“滚，给老子滚远点！”

“滚就滚，暴君！”

李存哲跳下床，夺门而出，“哐”的一声，紫红色的木门受了惊似的瑟瑟发抖，随时有塌掉的危险。

“吃火药啦？你跟孩子治什么气啊？这日子真是没法过了！快把儿子找回来。”苏任秀勤说。

“不去。最好别死回来。”

“李鼎君，儿子如果丢了，我跟你没完！”又是“砰”的一声。苏任秀勤抛下正在洗的衣服，出门追儿子去了。

“暴君？在儿子眼中老子居然成了暴君？李鼎君啊，当初你他妈昏了头，干吗鬼迷心窍跟风出国，家里的好日子不过，干吗跑到这鬼地方受苦受累？还被儿子视为暴君！”

房间里死一般的寂静，九平方米的空间突然都归李鼎君一个人享用，他可以安静地躺在床上想心事，可是，他没有感到安静，反而是纷纷攘攘的嘈杂淹没了他。

滚，滚，滚……满脑子都是“滚”字，其实最应该滚的是他。孩子没有错，他有童年的欢喜，自己的不顺为什么迁怒到孩子身上，不允许孩子放声大笑呢？“滚”字，多伤人哪！苏任秀勤颇费周折，看尽脸色，好不容易把孩子从国内接过来，才不过半年，就嫌他烦了？

夜幕降临，街灯依次点亮，家家户户透出温馨的亮光，唯有他的房子黑洞洞的，无边的黑暗淹没了他，让人觉得可怕。苏任秀勤和李存哲还没有回来。

李鼎君啊，你他妈与人相处不好，只是自己与自己未能相处好哇。想到这里，李鼎君在屋里再也待不下去了，他掩上门，咚咚咚地下楼去了。顺着巷子左拐就是塞纳河。塞纳河畔是一家咖啡馆，他一眼看到儿子坐在咖啡馆的台阶上，低垂着头，神情落寞。

李存哲的眼泪“吧嗒吧嗒”淌下来，他觉得委屈，觉得孤独，周围的霓虹与他无关，色彩缤纷的画面与他无关，醇香的咖啡与他无关，他只是一个流浪者，一个刚刚挨了父亲揍的流浪者。他无处可去，语言的障碍，身无分文让他像蝼蚁般生活。他低头想念在中国的奶奶，如果奶奶在，暴君的巴掌是落不下来的，暴君怕奶奶。这种怕是带着孝顺的顺从，暴君不敢忤逆奶奶。巴黎一点都不好，没有可以撒欢的道坦，没有呼朋引伴的同龄人，只有妈妈忙不完的事业。在国内，他一次次幻想着到巴黎和父母团聚，但是现在和他们在一起了，他倒像个弃儿了，他们谁也没时间管他。

妈妈在巴黎活得不快乐，一点都不快乐！

远处的李鼎君，望着灯光下孤独的小小影子，眼泪夺眶而出。他深深后悔，因为自己的失意，儿子竟成了他的出气筒。孩子是无辜的，该打的是他自己啊！

他走上前去，把手搭在李存哲肩上，轻轻说：“儿子，跟爸爸回家吧。爸爸错了。”

“哇……暴君……”李存哲大声哭出来，明明想用手推开暴君，却一头栽到暴君的怀里。

如果说刚才的哭是委屈，是害怕，那么现在的哭是撒娇，是和父亲的和解。

“爸爸，我们回家吧，回中国吧，我一点也不喜欢巴黎，这里什么都没有，没有奶奶，没有朋友，这里一点也不好，房子这么小。爸爸，我们回中国吧，爸爸，我们回去吧……”

李鼎君无言以对，眼眶潮湿。远处不知哪家中国餐馆飘出熟悉的歌声——“那故乡的风，那故乡的云”，他的泪终于抑制不住滚落，都说男儿有泪不轻弹，只是未到伤心处。

寂静的夜里，月光从那小小的四角天空漏下来，清辉更寒。李鼎君辗转反侧，苏任秀勤唉声叹气。隔着帘子，是两个孩子香甜的梦乡，他们根本不知道父母已到山穷水尽。

“鼎君，这个月买菜的钱都快没有了，你想想办法吧。”

“我去借借吧。”

“借？去哪里借呢？现在已不是两年前的巴黎了。你知道自从咱们把两个孩子带出来后，有多少人嫉妒咱们吗？凭什么咱们一年就可以带出俩孩子，他们在这里待了五六年甚至十来年都带不出孩子。他们觉得咱们太顺了，老天尽是偏爱咱们。现在我们落难，他们幸灾乐祸还来不及呢，谁还肯帮助我们？我们的家庭有多少人看着眼红哪！借钱，做梦吧，谁会借给你？”苏任秀勤一言分清形势。

“唉！”李鼎君长长一声叹息，“睡吧睡吧，天无绝人之路，明天我再想想办法吧。”

“要不，咱们回国吧。中国还有一亩三分地，总有口饭吃。”苏任秀勤幽幽地说。

李鼎君动摇了。留在巴黎还是回到中国？李鼎君翻来覆去思考，一夜无眠。

第二天，太阳竟然发出万丈光芒，照进这四角天空。巴黎很少出太阳，巴黎人难得见到阳光。他们贪婪地享受着这难得的日光浴。

有了回国的念头后，李鼎君放下一切烦恼，领着两个孩子，带他们四处逛逛。这俩孩子出国半年，还从未好好体味过巴黎的味道。就连他，也何尝不是呢？

正逢欧洲的放假季，商场开始打折，街头涌现很多红男绿女，他们带着宽大的太阳镜，在太阳下懒洋洋地度假。巴黎的味道，是甜的香气，是说话时候嘟起来的嘴角，是香榭丽舍大道如春天般的脚步声。

李鼎君没有叫出租车，而是带儿子坐了地铁。国内地铁还很稀奇，只有一线城市才刚刚开通，巴黎的地铁却很古老了。

巴黎的地铁与国内的不同，国内的地铁只要到站后就会自动开门，不管是人多还是人少，不管是有没有人下车。巴黎很少有地铁是自动开门的。它的开门方式有两种：绿色按钮式和门把式。假如是门把式的地铁，只要停车时，轻轻提一下门把即可；假如是绿色按钮式，直接摁一下按钮，门就会缓缓开启。

李存萜兄弟俩高兴地跟着李鼎君看稀奇，他们首先到了凯旋门。

凯旋门上雕刻着曾经跟随拿破仑的数百名将军的名字。顺着香榭丽舍大街向前走去，即使不购物那也是一种令人愉悦的享受。李鼎君和两个孩子不觉间走到了埃菲尔铁塔前，这座铁塔历史悠久，看起来挺拔、雄壮。如果能登上铁塔，可将巴黎的美景尽收眼底。

他们坐在埃菲尔铁塔基前的地上，看游客人来人往。巴黎是旅游胜地，埃菲尔铁塔又是地标性建筑。每天，都有世界各地的游客慕名前来参观。

法国埃菲尔铁塔得名于它的设计者——桥梁工程师亚历山大·古斯塔夫·埃菲尔。古斯塔夫·埃菲尔早年以旱桥专家而闻名。他一生中杰作累累，遍布世界，但使他名扬四海的还是这座以他名字命名的铁塔。用他自己的话说：埃菲尔铁塔把我淹没了，好像我一生只是建造了她。

有中国留学生导游向游客介绍铁塔的历史，李家父子三人跟过去蹭听：如果说巴黎圣母院是古代巴黎的象征，那么，埃菲尔铁塔就是现代巴黎的标志。它和纽约的帝国大厦、东京铁塔同被誉为三大著名建筑。如今，埃菲尔铁塔上增设了广播和电视天线，它的总高已达320米。站在塔上，整个巴黎都在脚下。

1885年，法国官方开始计划于1889年举行一个大博览会，用以庆祝法国革命胜利100周年。他们希望建造一个可以代表法国荣誉的纪念碑。

1886年，法国人开始举行设计竞赛征集方案，其宗旨为“创作一件能象征19世纪技术成果的作品”。应征作品达到了700件，最后中选的是建筑师埃菲尔提交的有关建造一座1000英尺高铁塔的设计方案。当时，法国政府虽然决定在巴黎建造一座世界最高的大铁塔，但提供的资金只是所需费用的五分之一。埃菲尔为实现他的设计，曾将他的建筑工程公司和全部财产抵押给银行作为工程投资。1887年1月28日，埃菲尔铁塔正式开工，250名工人冬季每天工作8个小时，夏季每天工作13个小时。1889年3月31日，这座钢铁结构的高塔成功建成。1889年，法国大革命100周年，巴黎举办了大型国际博览会以示庆祝。博览会上最引人注目的展品便是埃菲尔铁塔，它成为当时席卷世界的工业革命的象征。1988年，有“铁娘子”之称的埃菲尔铁塔已迎接来自五大洲的游客1.23亿人次。1989年3月31日，埃菲尔铁塔整整100岁。巴黎铁塔管理公司特地主持隆重的纪念活动，重现了百年前埃菲尔率众登顶的历史场景。

这就是埃菲尔铁塔的前生今世，辉煌和荣耀。

……

李鼎君父子三人听得入迷，他们紧紧跟着导游，导游却带着游客买票登塔去了。李鼎君舍不得花钱带俩孩子登顶，只能止步。他原不是小气的人，只是生存的压力让他窘迫。

李存哲嚷着肚子饿。父子仨走进一家意大利餐馆，这家餐馆有着让人难以抗拒的脆皮比萨。因此，这里经常座无虚席。除了比萨，意大利生牛肉与意大利面包也极受欢迎。他们只吃了三个长面包当午饭，这真是一次奢侈的消费。

饭后，李鼎君带儿子去巴黎最著名的塞纳河乘坐游船，从不同角度体验时尚之都巴黎的美。船经过的第一座桥是亚历山大三世大桥，然后是协和广场和奥赛博物馆。巴黎圣母院出现在李存萜眼中，李存萜依稀记起国内老师讲过一本叫《巴黎圣母院》的小说，里面有个长得很丑的敲钟人叫卡西莫多，不过心地很善良。

李鼎君最后带两个儿子去的地方是路易十四生前的住处凡尔赛宫。凡尔赛宫内到处金碧辉煌，床、椅子、桌子等都是由纯金制成，尽显皇室奢华。镜厅是凡尔赛宫里最美丽的殿堂，它是画家夏尔·勒布朗设计的杰作。李存萜和李存哲看呆了。

这一次奢侈的游玩花光了手中仅剩的一点钱，带来了严重的后果，李鼎君以为他们会马上卷铺盖回国，没想到事情有了很大的变化，这变化导致他们在法国一时半会儿回不了国，饥荒马上就来了。

饥荒黑帮

“李鼎君，米缸空了，怎么办？”苏任秀勤眼中的痛楚让李鼎君想起母亲抱着米桶求借无门的心酸。

“别着急，我去借。”

劝苏任秀勤不着急，其实李鼎君比她更着急。饥荒的感觉伴着痛苦岁月的回忆向他袭来，曾经挨饿的滋味刻骨铭心。没想到，在法兰西浪漫帝国，李鼎君又一次被摔在了吃不上饭的悲惨境遇中。

他不知道晚餐的钱从哪里来。李鼎君带着两个儿子走下楼来，出了巷子，拐过一个电话亭和一个地铁口，一条特别宽的马路延伸到共和广场后，分成四条通向远方的辅道。李鼎君带着李存萜坐在了共和广场中央的自由女神像基座下面，望着通向远方的小路出神。路两边是住家，家家户户阳台上繁花似锦，把路点缀得明媚鲜艳，浓烈而浪漫。不知道是贫穷让李鼎君的记忆散失色彩，还是饥饿夺走了美的欣赏？他眼中的小路没有色彩。

他们仨呆坐了二十几分钟，突然，一阵风刮过，天上飘下一张 50 法郎，落在他们跟前。见到法郎，李鼎君难以置信，天上真的会掉馅饼？机灵的李存萜同时发现这巨大惊喜，他一个箭步把法郎踩在脚下。周围人群熙熙攘攘，李存萜踩住法郎，站在原地，一动不敢动。李鼎君的心跳出了嗓子眼。短短几分钟，却仿佛过了一个世纪那么漫长，天渐渐暗下来，游人慢慢散去，自由女神像前只剩下父子三人。他们狂热的心在“扑通扑通”乱跳。李鼎君望望四周，自由女神像前正是无人时刻，他和李存萜相对一视，李存萜马上读懂父亲眼里的含义，蹲下身子，假装系鞋带，飞快从脚底抽出法郎，迅速地交到李鼎君手里。李鼎君紧紧握在手里，带着孩子快速离开。

他们去了一趟菜市场，手里多出了很多袋子。

“你疯了，买这么多好吃的，还买了肉，这么奢侈，捡到钱了？你不知咱家没米了吗？”苏任秀勤见李鼎君突然提着这么多“奢侈品”进来，简直不可理喻。

“我们真的捡到钱了，妈妈。”李存萜把自由女神像前的遭遇说了一遍。

苏任秀勤还是不能相信，天下竟有这等好事？

这个晚上，他们终于吃了一顿饱饭。这张从天而降的50法郎，如果省点花，可以维持他们一个月的生活。但这点钱只能暂时渡过几天难关，李鼎君只有找到事做，才能在巴黎生存下去。

这一天，找不到事做的李鼎君来到当初帮他租房子的牙科医生叶卫国家里，俩人对酌。李鼎君抿了一口叶卫国托人从国内带过来的酒，叹道：“卫国兄弟，我现在负债累累，巴黎，是混不下去了，只能回国。”

“回国？你疯了吗？多少人想出国都出不来。你可知道如今滨海出来一个人要花多少钱吗？”

李鼎君摇摇头，不解。

叶卫国伸出两根食指，交叉叠在一起。

“10万？”

“对，10万！你一家四口人站在巴黎街头就值40万啊！李鼎君，你不能放弃啊，你放弃就等于扔了这四十万啊！以后再想出来就难喽！”

李鼎君酒醒了一大半，瞪着眼看叶卫国。

“再难再苦也要熬下去，闯出一片天地。”

叶卫国说，“再说，回国你能干什么？”

“种田。”

“种田？你那身子骨能受得了吗？李鼎君，你天生一副老板坯，这样灰溜溜地回国，你甘心吗？我敢用口中的金牙打赌，你留在这里肯定会成为大老板的，别人不知道你，我还不知道你的野心吗？”

“金牙？少他娘的恶心我。冲你看得起兄弟，干了这一杯。”

“不许再提回国。”

“不提。”

“要当大老板。”

“要当。等老子当了大老板，老子要把小红楼全部买下，去他娘的小红楼，憋屈死老子啊。”

这个晚上，他们喝了很久很久，李鼎君喝趴下了。他想明白了，人的一生，总会遇到各种坎坷，但只要不认输，就可以重整旗鼓，卷土重来。如果认输，那才是彻头彻尾的一无所有。只要有一线希望，都不能轻易放弃。对人生感到绝望、走投无路的时候，灰心丧气、甘心认输是最没志气的做法。人生在世，可怕的不是输，而是认输，跌倒之后不愿意重新站起，一生只想躲在一个角落暗自流泪、萎靡不振，从此郁郁寡欢，一事无成。那些不服输的人，屡败屡战，无论遭受多大的打击，最终都会擦干眼泪，坚强地站起来，鼓起勇气去粉碎一切障碍。在平庸人生的大孤独大寂寞之中，只要能挺住，且迎难而上，磨炼出来的，就是大智慧，大从容，大淡定。

每条生命线上都有许多分叉，每个人都在那个交叉路口面临选择让自己变好或变坏、迎向阳光或走向黑暗，那经常只是一念之间，却总是非常关键地决定了我们接下来要走的人生道路。如果不小心走到生命线的分叉上面去，要记得一直走在最直、最深的那条线上；万一走岔了，也要在下一个路口，再走回来。

因为时间是有限的，精力是有限的，只能拿来发展自己的天才。

可惜的是，并不是想成为谁，就可以成为谁的。没有天赋，成不了乔布斯，没有一辈子的苦心经营，也难以成功。况且，最悲催的是，当知道成不了乔布斯的时候，同时发现，连做普通人也不可能了。

在海外打拼的李鼎君，能像他的名字一样多金吗？生活由无数个谜组成，李鼎君永远不知道，明天和意外哪个最先到来。

“别跑，给老子站住——”

噼里啪啦，电影中的黑帮打斗在李鼎君眼前真实上映。

两个身强力壮的摩洛哥人对着一个臂上文着青龙的中国人拳打脚踢，“青龙”被打得鼻青脸肿，蜷缩在地上双手抱住头。

“住手，你们干什么？”李鼎君路见不平一声吼。

“黄种人，你他妈的快点滚开！”

摩洛哥人见一个个子不高的中国人多管闲事，抡起一拳砸过来，李鼎君一个倒退，躲过这一拳。另一个匪徒见同伴没有捞到便宜，一脚朝李鼎君胸膛扫过来，李鼎君躲避不及，顺势迎着这一脚，用力抓住，反手一拧，匪徒痛得哇啦哇啦叫，片刻被打倒在地。他们不知道李鼎君在中国练过南拳，他若心狠手辣起来，够他们喝一壶的。

两个摩洛哥人见占不到便宜，转身就逃。蜷缩在地上的“青龙”见摩洛哥人走远，从地上爬起，拍拍屁股。他走到李鼎君跟前，双手抱拳：“多谢李大哥救命之恩……”

“你认识我？”

“李大哥名声在外，谁人不知，哪个不晓？”

“啊？”

“是这样，老子……我……和鼻涕塌阿三是一个村的。大哥在滨海的做派，小弟早有耳闻。早年你在供销社那一架打得路人皆知。大家都很佩服你的豪气。如今，我们青龙帮在巴黎群龙无首，大哥出来做我们的老大可好？”

“青龙帮？做老大？什么乱七八糟的，我是正经生意人，怎么会入黑帮？年轻人，江湖不是那么好混的。我绝不可能做你们老大的。”

“李大哥，您再考虑考虑？”

“不用考虑了，我不会走这条路的。还有，当年的事，闲人话，东海浪，做不得真！你好自为之。”

别过“青龙”，李鼎君很快忘了这事。他原以为这只不过是巴黎生活的一段小小插曲，没想到救人却救出了麻烦，他被这个黑帮分子看上了，隔三岔五来找他，一心一意尊称他为老大，跟随李鼎君左右。无论“青龙”如何献殷勤，李鼎君始终不为所动。

有一段日子，李鼎君不见“青龙”跟踪，以为他打了退堂鼓。没想到平静的日子悄悄起了变化。最明显的变化就是李存哲手里时常出现好吃的零食或者好玩的玩具，问他是怎么来的，都说是一个叔叔送的。不用说，所谓的叔叔就是黑帮的“青龙”，他要用收买孩子的方式打动李鼎君，让他加入他们的帮会，做他们的老大。

“大哥，我看你在巴黎也不好混，做我们的老大，你只要动动嘴皮子，吃香的喝辣的根本不在话下，何苦这样委屈自己。”

曾有一刻，李鼎君想到被骗的 20 万法郎，心生邪念：“他娘的干脆加入黑帮算了，为何委屈自己，这个世界到处是邪恶。”但李鼎君转念一想：一旦上了这只贼船，上船容易下船难，等于走上不归路。将来不是死于非命，就是在监狱度过余生。

为了躲过黑帮的骚扰，断了他们的念想，李鼎君从叶卫国那里借了一笔钱，举家再次搬到了西班牙。

举家搬到西班牙后，李鼎君用借来的钱开始第二次办居留证。当初他和苏任秀勤一起办居留证时，为减少风险，两个人分别在两个代办机构办，他们以为分开会减少受骗风险。没想到李鼎君真的遇人不淑，被留学生骗了。他打着黑户的烙印，行走很不方便，处处提防，担心被警察抓住遣送回国。李鼎君吸取上次教训，慎之又慎。还好，这次还算顺利，居留证终于办下来了。

李鼎君拿着绿卡，呜呜地哭，委屈的泪水冲刷着往昔的耻辱。哭过之后又放声大笑，行走在阳光下，第一次觉得走得那么理直气壮。他还故意朝着西班牙巡警走去，他多希望巡警拦住他说："喂，站住，请出示身份证件。"这时，他一定双手奉上居留证，证明他的身份是合法的。尽管这合法的身份迟到了两年才来，可毕竟来了。

巡警什么也没问。对他们来说，这只不过是一次例行的巡街，他们根本不知道这个中国人心底的渴望，只是对他一笑而过。李鼎君有些小失望。

他又经过堂吉诃德像，这一次，他没有沮丧，摸着青铜说："嘿，伙计，我又来了。"他需要一个对象来分享他的快乐，正如一年前，他坐在堂吉诃德身边疗伤一样。这个中世纪的英雄见证了他人生的起起落落，路过他的悲喜。

再次创业

“感怀飘零的花朵，城市中无从寄托，任那雨打风吹也沉默，仿佛是我……”

飞机在上海虹桥机场徐徐降落，地勤人员和空姐有条不紊地忙着各自的工作。广播里传来好听的音乐，谭咏麟的《水中花》在大陆很火，歌词一下子落在了李鼎君的心上。仿佛是我，分明就是我嘛！

人生，就是磨难在枝头晾晒成的坚强！

第一次回国，李鼎君称不上衣锦还乡，只是太想老娘了。离开四年，却像过了漫长的四个世纪。

他选了一个深夜，整个李家村都沉寂了才悄悄潜回家中，踏上这片故土的时候，恍若隔世。

李鼎君的样子很狼狈，有点像逃犯。除了看老娘，他还有一个不可告人的秘密。

熟悉的塘河，在静谧的夜里已经安然睡去。生活真是个制造回忆的过程，其中能留在身边的只有各种影子：爱的影子、恨的影子、温情的影子、伤害的影子、喜悦的、欲望的、自己的、别人的……曾经他是这方土地不可一世的霸主，作为最早的“万元户”承接着多少乡亲艳羡的目光，如今却是白天不敢进家门，夜深人静灰溜溜地潜回去。时光啊，才几年，让一个铮铮铁骨的汉子弯下了脊梁。

李鼎君不敢从前门进，怕邻居撞见他这副寒酸的模样，他是个要面子的人，在温州这个以金钱论英雄的地方，他可不想因自己的寒酸样让老娘在村中抬不起头。

生活指向未来，想让这过程圆满地进行下去，就该抹掉残存在时间中那些负面的影子。

此次，他潜回国也算有生意要做，虽然这生意令他很不齿，但人在逼急了的时候什么办法都会想出来。他遭遇的骗子太多了，北京留学生、法国老板，每个都像抢劫犯，掠夺他贫穷的生活，把他好不容易积攒起来的钱抢光，让他差点在异国他乡混不下去。

这次回国，李鼎君的身份是蛇头。

他一直洁身自爱不入黑帮，如今干的事情却离黑帮也不远了，他无奈地苦笑。

他安慰自己：是北京留学生和法国老板先做了初一的，我只是步他们后尘而已。我不骗人家，我收了钱是办事的，我会把想要出国淘金的人安全送达他要去的地方。这样想着，李鼎君心里少了几分忐忑和内疚。他哄老娘说，只是回来探亲，根本不提带人出国一事。

几天时间，明里走亲访友，暗地里他已收了十单定金。又待了几天，偷渡的人凑到 15 个，每人付给他酬劳 10 万人民币。如果顺利，他将用这笔钱很快还清在巴黎所欠下的债务。

当然，他也知道，干蛇头这生意是脑袋提在手里讨生活，什么时候脑袋丢了都不知道。

一月时间一晃而过，很快到了回西班牙的时间。临别前夕，李鼎君坐在餐桌前，点燃一支烟，氤氲开来的雾气在头顶盘旋，15 瓦的白炽灯罩着母亲忙碌的身影。灯光有点昏暗，母亲完全可以换一个 60 瓦或 100 瓦的灯泡，可母亲舍不得那点电费。她被早年的生活穷怕了，即便现在生活好点了，她也不敢浪费一丁点儿。她在厨房里忙碌着，有一搭没一搭地和李鼎君聊着，她不知道儿子在国外过得怎样，以她对儿子的了解，他是个报喜不报忧的人，即使天塌下来，他也不会透露半句。更多的时候，他都不言语，母亲聊的是过去，李鼎君想的是未来，他们是两个频道的人。

陈阿花把最后一个碗收入碗橱时，李鼎君站了起来，把身上的钱掏出来给了母亲：“妈，这点钱你留着花，儿子在西班牙挺好的。”

老太太怔了怔，其实她等了这么多天就是等李鼎君塞钱给她。她不缺钱，她缺的是向邻里的一个交代。隔壁老太经常向她问起儿子从国外回来给了她多少钱。在这个华侨村，最潮的谈资是孩子给母亲的零用钱，给的越多越说明孩子在国外混得不错。她一天天地盼儿子从衣兜里掏钱，然李鼎君迟迟不动，她的心一天天往下沉：儿子的日子比国内还要难过！

老太太瞟了一眼钱，把它又塞还给了李鼎君。其实她明白，儿子在那边过得并不好，这些钱不多不少，刚好是亲戚们给两个孙子的压岁钱。儿子是太想家了才回来，并不是什么衣锦还乡啊。老太太心里跟明镜似的，一片愁云掠过心头。

李鼎君还在推托，他实在想尽一份孝心，可是他确实是太穷了，身边的钱只够回西班牙的路费。如果有钱，他一回来就会掏给母亲，他没有。只是一天天沉默着，这期间代儿子收了不少压岁钱，在离去的最后一天，他终于鼓足勇气把所有的钱掏出来孝敬老娘。哪想到老娘人老脑子不老，早就洞悉他的一切，只是不点破而已。

李鼎君躲过母亲的目光，眼眶泛红，母亲不知道他现在已经落魄到拿命讨生活屈当蛇头。他不想母亲为自己担忧，尽量给母亲一个在国外过得很幸福的假象，下一刻，他将拿命赌明天。

第二天告别老娘，李鼎君带着一支特别的队伍朝着梦想中的天堂出发。这支队伍像当初的他一样，憧憬着到海外淘金。

一路山重水复，一路风尘仆仆。他们不敢走正常渠道，只敢沿着崎岖山道，或者借着漆黑的夜幕进行活动。

李鼎君躲过警察的重重设卡，把人带到了俄罗斯境内的一家名叫罗叶尔的旅社。

这是一家阴暗潮湿的旅社，卫生条件很差：没有水，也没有卫生间，被子上散发着怪味。但是这帮长途奔袭的人，对于这一切一点也不在乎。他们觉得有个地方住，美美地睡上一觉，就是上天对他们最好的眷顾了……

许是舟车劳顿，李鼎君把步枪往床头一放，枕着步枪就睡着了。对于步枪，他是决计不敢丢的。卖枪人说："你不保它周全，它也不保你平安。"这种卡拉什尼科夫 AK47 突击步枪，是一种性能可靠、坚实耐用的步枪。目前产量为一亿支。由于造价便宜，所以几乎遍布世界各地，曾有一个军火公司论千克来卖 AK47 突击步枪。李鼎君很容易搞到了它。

哒哒哒，一阵枪声起，他在丛林中左躲右闪，他带出来的人四下奔跑。

"趴下，快趴下！"

可是那些人好像失控了一般，不听他指挥，到处乱窜。

嗖，一颗流弹朝他飞来，正中眉心。鲜血喷涌而出。

"啊——"

李鼎君大叫一声，从床上猛地坐起，额头上沁着密密的汗。他沉浸在噩梦的阴影中，心有余悸。

月光惨淡地照进房内，他抬眼看看四周，带出来的偷渡客横七竖八地躺在地板上，有一个腮边还流着涎水，许是正做着美梦。

夜风袭来，李鼎君一阵冷战。右眼皮突突突跳得厉害。左眼跳财，右眼跳灾，联想刚才那个很凶险的噩梦，他一阵惊心。他不再犹豫，从枕头底下抽出冲锋枪，对着偷渡客们喊："快起来，警察来了！"

做着淘金美梦的这群偷渡客听说警察来了，打滚翻身起床。其中几个看看四周没有异常，又躺下来呼噜声起。

“快起来，想活命的赶快跟老子走！”李鼎君吼道。

躺下来的人嘟嘟囔囔，很不情愿地打着瞌睡跟着李鼎君连夜奔袭。

夜行了 10 千米左右，他们才在一家同样简陋的旅馆栖身。

赶了一路，队伍更加疲惫，就地躺下。这时，远处突然传来类似放鞭炮的声音，隐隐约约。他们实在太困了，也顾不了这些，迷迷糊糊中睡着了。

翌日早晨，旅馆里一阵骚动。“听说了没有？昨晚罗叶尔旅馆发生枪击案，黑帮火并，殃及无辜，旅馆里无一生还。”

李鼎君正端着个搪瓷杯，嘴里塞着牙刷，泡沫冒了他一嘴，闻听此言，“哐当”，搪瓷杯掉落在地。他的后背一阵冷飕飕，好险哪，差一点死无葬身之地了。罗叶尔旅馆，四小时前他们这一伙人还在罗叶尔旅馆酣睡，如果不是那个奇异的梦提前预兆，他李鼎君都不知道怎么死的。李鼎君暗自庆幸梦中预感强烈，躲过一劫。

大难不死，必有后福。劫后余生的偷渡客们拥抱庆幸。

李鼎君果然没骗这些人，拿人钱财，替人消灾，这一路，他枪不离手，步步谨慎，每处旅馆只住半宿就开拔。一路担惊受怕，终于把这批人送到指定的地点。他让滨海十五个家庭从此有了希望。

第一次当蛇头的玩命阴影让李鼎君花了很长时间才消化掉。他刚发誓再也不当蛇头了，然而他是矛盾的，一方面，当蛇头来钱快诱惑着他再干一票；另一方面，生死无常的惊吓让他不敢轻易付诸行动。

挑战和刺激也是容易上瘾的，时刻在某个深夜爬出来诱惑着李鼎君，再加上巨额钞票诱惑着他。他经常听到内心的某个声音唤着他，再干一票吧，不会那么倒霉的，再干一票就收手。

李鼎君一旦开了先例，就没有回头路好走。那些偷渡成功的人把国内的朋友介绍给李鼎君，他一时竟有业务繁忙的感觉。

李鼎君把第二批偷渡客集结完毕，有了第一次的经验，他几乎是熟门熟路，一路畅通无阻，很快就要完成任务了。谁知，电视剧里的黑吃黑的狗血剧情突然降临在他头上：到达巴黎后，他的人质被另一伙蛇头抢走了。快到手的佣金全部落进了对方的口袋，为了活命，他还倒贴了一大笔钱。他想死的心都有了。

李鼎君痛定思痛，人是不能贪心的，夜路走多了总会遇到鬼。君子爱财取之有道。李鼎君决定走正路。

生活富有戏剧性，什么时候转运只有老天知道。

李鼎君过起了一段无所事事的时光，他每天在各个商场和工厂转悠，彼时，很多华人在西班牙都从事餐馆生意，做得最好的是日后成了李鼎君亲家的陈冠。当然这是后话，还没转运的李鼎君这个时候是遇不见早在侨乡界中很有威望的陈冠先生的。他的二小子李存哲也还没遇见陈家天生丽质的次女陈紫馨。

李鼎君把目光锁定在了西班牙的市场。该做什么好呢？

在生命的旅程中，李鼎君曾一度遭到“摘心”之痛，辛苦积攒的钱被北京留学生骗了个精光。但生命的本能就是求得生存和发展。天地是宽厚仁慈的，失去一枝主干，自有四五条分枝来补足。一个繁花齐开的花季仍是可期的。

曲曲幽幽的小径，重重叠叠的苔藓。西班牙临时的住家就在眼前，李鼎君却迈不进去。前途一抹黑，生活一团糟，郁闷，纠结，是笼罩着整个家庭的氛围……

李鼎君前行的道路上充满了陷阱、推诿、幻想，他要竭力避开无数的诱惑。也许第一次迈进餐馆打工被拒，已经为他日后的人生走向打下埋伏，似乎他干哪行都行，就是开不了餐馆。明知道不适合餐饮业，然而没有试过，终究是不死心的。

大部分的华人在西班牙做餐馆。不懂餐饮行业的李鼎君似乎除了这条路外无路可走。他不知道该在西班牙做什么，没有借鉴，没有先锋。更要命的是手无余钱，寸步难行。

他也想过办法，到巴黎老友那里去借钱，迎接他的是冰冷的脸，没有一条路子可以借到钱。

“你恁好高（温州方言：放着好日子不过，瞎折腾），在法国生活得好好的，偏偏跑到西班牙去。活该倒霉！”

听着这些奚落，李鼎君打掉牙齿和血吞。在别人眼中，他在巴黎皮包生意正日益红火，不该放弃巴黎跑到西班牙去。可又有谁明白，他多渴望一个合法身份。他不想做黑户，见不到阳光，见了警察就躲的日子他受够了。

贫贱夫妻百事哀！一向温婉的苏任秀勤被生存压力逼迫得失去耐心。她有时候激励李鼎君从头再来，有时候说话尖酸又刻薄。

找不到事做的李鼎君躺在床上一动不动，这更惹恼了苏任秀勤，柴米油盐处处需要钱，这些李鼎君知道吗？整天闷头睡大觉，睡觉能睡来西班牙币吗？

“我真是倒了八辈子霉，嫁了个像水泥蛇一样躺在床上的窝囊废。”苏任秀勤的唠叨升级，说出来的话像刀子，刀刀刺向李鼎君心头，把男人的尊严刺得千疮百孔。他不再像往常那样用枕头捂住耳朵不理睬，而是“嚯”地坐起来，反唇相讥。

“太阳这么毒，你让我出去干什么？有你这样当老婆的吗？这样天天逼着男人找餐馆，烦不烦？”

他摔门而出。家是待不下去了，弥漫在家庭上方的火药味越来越浓。他选择暂时离开，丢下又伤心又气愤的苏任秀勤。

他经常借在外游荡来躲避苏任秀勤的唠叨。闲逛过程中，他发现郊外服装厂旁边堆满了碎皮，这些碎皮都是人家做皮衣剩下的下脚料，小小的，形状不规则。

在别人眼中是没用的废弃物，李鼎君却当宝一样捧回家。

李鼎君用碎皮做了一个腰包送给苏任秀勤，求和道：“老婆，都是我没用，惹你生气了。看，我给你做了个腰包，喜不喜欢？”

苏任秀勤的眼睛亮了一下：“好漂亮的腰包啊，李鼎君，做腰包的材料哪里来的？”

“捡的。”

“捡的？哪里捡的？快带我去看看。”

当李鼎君带着苏任秀勤站在那一堆碎皮垃圾前，他们的脑子灵光一现，这难道不是商机？

“我们何不做腰包卖呢？”

“苏任秀勤，我正有此意呢。”

李鼎君抱起苏任秀勤又亲又啃。

“快放开，路人看着呢。”

后来，李鼎君连续几天仔细寻找，发现西班牙有很多皮具厂，工厂里裁剪服装，剩下的碎皮很多，他就学了一个西班牙语的单词“碎皮”，然后到处找皮衣厂收购碎皮，回家后做成腰包。

生活迈出了新的一步，西班牙日子有了盼头。

他把这些腰包拿到当地每周日都有的海盗市场，也就是西班牙特有的跳蚤市场，批发给商贩。

为了赚钱，全家总动员，李存萜虽然只有15岁，却也跟着他出去做推销，父子俩各背着100多斤的袋子。他们没有自己的汽车，只能坐地铁和巴士来回奔波，晚上回家发现肩膀都磨出血来了。

李鼎君具有天生的设计师头脑，任何包只看一眼就知道怎样裁剪和制作。他很快又看中了市面上流行的礼帽，在家加班加点地赶制。这种礼帽很快畅销。渐渐地，他的手头终于有了余额。他把一万美元存入银行，坚决不动，当作自己回家的退路。

李鼎君有了点积蓄，头脑就活络起来。他不甘心一辈子就这样小打小闹，骨子里想当老板的念头又一次冒出来，他嫌跳蚤市场摆地摊赚钱慢，他要成为真正的大老板。

一天，在餐馆当跑堂的华人阿海父子俩想结束打工生活，找到李鼎君提出合伙开餐馆的建议。说西班牙南部的一个城市“比尼多”（音译），有餐馆要转让。

李鼎君带着苏任秀勤前去考察，他手头积蓄不多，又受过几次欺骗，办事特别谨慎，他可不想一步错而终身错，人生的两次负债像两个大伤疤，深深烙在他心上，以致留下挥之不去的阴影。

马德里是西班牙的首都，位于西班牙的中部。环境优美，物产丰富。而比尼多却是个小小的海滨城市，属于度假村。夏季来度假的人不少，沙滩上到处是支起太阳伞享受日光浴的游客。然而到了冬天，海边人烟稀少，呈现一片荒凉之色。

晚上，李鼎君和苏任秀勤并肩在沙滩上行走，幽幽灯光和淡淡月色笼罩着他们。大海像睡着了的孩子，静谧安详。他们光脚踩在粗粗的沙子上，隐隐疼痛和不适通过脚底传到心上。李鼎君的心海起了波澜。

“秀勤，这餐馆属于季节性生意，如果真正盘下来，冬天没有生意，我们在这边会很孤独的。”

他面朝着大海，道出了不安，等待着苏任秀勤的反驳。静默，夜色一样可怕的静默。

不知过了多久，出乎意料的是，苏任秀勤搂住了他的腰，把头靠在他的肩上，半晌才说，“听你的安排，你是一家之主，你说了算，你说不开餐馆咱就回去。”

李鼎君内心升起莫名的感动，作为男人他有责任和义务让自己家庭生活得更好，让爱人和孩子衣食无忧。他受不了妻子由于生活拮据而无助哀怨的眼神，那眼神像鞭子一样抽在他的心上，时时刻刻督促着他：李鼎君，快跑，快跑，时间就是金钱。他急于求富，但每次考虑又考虑，慎重又慎重，每一步的失利对整个家庭来说无异于地震。在关键时刻，他庆幸苏任秀勤听他的，如果苏任秀勤执意要做，他会妥协的，毕竟，他们等待一个契机等得太久了。

李鼎君反过身来，把苏任秀勤拥在怀里，在苏任秀勤耳边呢喃道：“放心吧，一切的贫寒都是暂时的，我一定会让你们过上好日子的。”

僵硬了很久的夫妻冷战在浩瀚的大海面前冰释前嫌了。

海风轻轻吹，凡是做买卖人经历的辛苦和所受的委屈他们都经历过。此刻在海风轻拂下，恢复了平静。

后来的事实证明，如果当时没有当机立断地放弃餐饮业，李鼎君可能就深陷泥淖出不来，也就没有后来庞大的商业帝国。没有天机可透露，一切都是审时度势及时调整决策的结果。

回到马德里之后，李鼎君认清餐饮业不是自己的强项，也不适合做，他决定还是从熟悉的卖包业务开始，他熟悉进货渠道。

他在巴黎淘到的第一桶金就是包的生意，在西班牙立足脚跟靠的是腰包的生意，他似乎和包有着不解之缘。他想把这份好运继续延续下来。

他会成功吗?

包中乾坤

每个人成功的背后都是辛勤的付出、点滴的积累。没有谁能一口吃成胖子，没有谁会随随便便成功。

身为温州人的李鼎君，有温州人的共同特质，可以白天做老板，晚上睡地板。打消开餐馆的念头后，李鼎君决定从自己熟悉的领域开始，开一家卖包店。开店需要资金，李鼎君找到了叶卫国。

叶卫国正拿着钳子为一个女人拔牙，看到李鼎君进来，笑道："什么风把你从西班牙吹来啦？"

李鼎君把手举到额头前，对着天空故作深沉地看了一会儿："东南风？西北风？"

"有话快讲，有屁快放，忙着呢？"

李鼎君收起嬉皮笑脸，"阿国，我打算在西班牙开卖包店。"

"这主意不错，是你的老本行，巴黎这边可以做你的货仓，货源充足。准备得怎么样了？"

"万事俱备，只欠资金。"

"狗屁万事俱备，缺了资金等于什么都不具备。缺口多少？"

"一万法郎。"

"鼎君，我没有那么多钱？"

"没找你借，求你帮忙，拉10个人呈会，我当会头，每人出1000法郎。一年会期。"

"也不是不可以，不过我要第二个拿回。"

"没问题。"

在叶卫国的召集下，牙科诊所很快聚齐了10个人，大家说好了互助会的权利和义务，约定此会没有利息，商定好了每人的收钱次序。最后一个收钱的其实有点吃亏，但纯粹是经济上的民间互帮互助，也就不计较。

拿着一万法郎，李鼎君回到西班牙。

这已不是一个比谁强的时代，而是一个合作的时代。在人生路上，你不可能掌握所有技能，但你可以借力身边具有这种能力的人，形成天时、地利、人和，进而爆发出巨大的力量。

李鼎君遇到的另一大问题是语言障碍。他需要一个懂西班牙语的中国人帮他一起把市场打开。

他想到了西漂时和他同甘共苦的几个搭铺弟兄。那时，为节省房租费，他和来自巴黎的留学生吴庆、骆俊和小倪共住一室，相处中结下了友谊。这三个留学生都在巴黎留学，毕业后都不想回国，可是没有什么渠道可以留下来。他们和李鼎君一样，当时被非法身份困扰着，急需一张居留证留在欧洲这块土地上。他们听说西班牙大赦，都偷渡到西班牙碰运气办居留证。为了减少开支，他们四人结伴搭铺。李鼎君年纪大处事稳重，又能说会道，很快获得了他们的尊重。留学生有难处，李鼎君总是伸出援手帮助他们，不知不觉中成了忘年交。

骆俊，出国前是重庆官方英语翻译，公派出国镀金，学成之后就不想回国了。他是英语即时翻译，在语言上特别有天赋，在法国才待半年，法语讲的比法国人还地道。到了西班牙，两个月后，骆俊就会讲一口流利的西班牙语，让人惊讶。骆俊虽说是语言上的天才，但是李鼎君一眼看透他书呆子气十足，不适合商海打拼。

小倪，李鼎君通过和他接触，发现此人爱贪小便宜，做生意不行，做朋友也不行。

吴庆，比李鼎君小 10 岁，长相忠厚，不像小倪爱贪小便宜，也不像骆俊浑身冒着书呆子气，他的性格介于两者之间，比较中庸。吴庆会几句西班牙语，最后李鼎君决定找吴庆合伙。

收到李鼎君抛出的合作开店橄榄枝，吴庆欣然同意，借了 30 万西币，折合人民币 1.5 万元，投资入股。

李鼎君总忍不住跑到市场看看装修的进展情况，这时，有好事者跑过来看热闹，围着店铺指指点点，好像他们是外星人入侵，随时分走他们蛋糕似的。不过混熟了，左右邻居虽是竞争对手，同时也是合作伙伴，几个下午聊下来，关系慢慢变得融洽，李鼎君像一根楔子硬把自己楔进了陌生的国土。

1993 年 8 月 24 日，阳光如金子般洒落在马德里第三十九小巷，李鼎君和吴庆面带笑容打开店门，小店迎着阳光开张了。

自此，李鼎君算是跌跌撞撞杀入江湖了，尽管江湖十分险恶，他还是一头扎进去了。没开店前他以为开店这碗饭很好吃，其实经历过才觉得难，所谓开店容易守店难。如果没有生意，守店就是无聊加焦虑了。

吴庆负责店内销售，李鼎君负责进货。李鼎君靠呈会得来的一万法郎开始到法国进货。凭着良好的信誉，他赊到了一些货，那一万法郎竟然还有剩余。

小店开张第一天赚到了一点钱，和进货剩下的钱凑成 3000 法郎，李鼎君征得吴庆同意后，没多久就送到叶卫国那里。

叶卫国很惊讶："鼎君，这钱不急，你还是先拿着用吧。"

李鼎君笑笑，"资金方面我能周转，呈会的钱还一点少一点，我心里踏实一点，晚上睡得香一点。谢谢你，在我最困难的时候帮我呈会。"

"鼎君，你不要客气，需要钱尽管吱一声，不要跟我客气，咱们都是温州老乡。"

李鼎君看中一款包，机不可失，时不再来，他跟吴庆商量："吴庆，这包款式不错，在巴黎很畅销，我打算多进一些。"

"君哥，千万不要盲目，不要急于扩张，你看咱店里的积压货多着呢，咱们卖掉一些再去进货吧。"

"吴庆，那种小黄包隔壁卖得很好，咱们也进一些吧。"

"君哥，咱们流动资金不宽裕，还是慎重些。"

听了吴庆的劝，李鼎君无奈地蹲在店门前，眼巴巴望着别家店里的生意红红火火，而自己家却冷冷清清。唉，合伙生意，有利也有弊。利是共同承担风险；弊是个人无法做主，凡事都得商量，等商量出结果，商机早就溜走了。

钱是男人的胆，如果有钱，他完全可以放开胆子到巴黎把看中的包都扛回来。如今，看着人家哗哗地数票子，心里实在憋屈得很。吴庆人不错，就是经商不行，胆小。而李鼎君为了照顾吴庆的感受不敢放开来做。西班牙的钱不再像巴黎那么好赚。

一年下来，和吴庆一合计，竟然亏了 4.8 万法郎。

李鼎君的视线投向起伏的山坡小道，思绪飞到了法国巴黎。那个地方是他起步，也是他黯然离场的伤心地。

每次去巴黎进货，李鼎君总是去曾经的居住地"美丽城"看看，看看牙科诊所，看看小红楼。

美丽城还是那么繁华，熙熙攘攘。他的住家在幸福楼对面。幸福楼下面是卖鹅脖子的店。鹅脖子在他记忆中太深刻了，他回忆在国内苏任秀勤想吃熏鹅，他赊账时，人家扔过来的是不要的下脚料——鹅脖子。没想到，时过 20 年之后，鹅脖子作为好吃的食品在异国街头流行起来。李鼎君总是匆匆走过鹅脖子店，他可不想唤醒屈辱的记忆。绕过新百盛酒店就是住家，一栋中世纪的房子。房子被隔成很多小房间，出租给像李鼎君这样贫穷的外国人。

李鼎君的房间只有九平方米，缝纫机和工作台靠在门的左边。床是李鼎君自己搭起来的，床底下是碎皮。由于床板离天花板的距离很近，睡觉只能弓着腰爬进去。有时候忘记了，坐直腰，“砰”的一声头碰到天花板，顿时起了个大包。

就这么点地最多时却塞进 7 个人。三人睡床，四人打地铺。他们不觉得苦，也不觉得压抑。能有一席之地就很好了，哪会喊苦呢?

他来“美丽城”除找记忆外，也是来看看小姨子苏任秀兰。苏任秀勤总是让他带东西给妹妹。在国外，长姐为母，苏任秀勤疼爱妹妹苏任秀兰更甚自己，有好吃的总是先想着妹妹。

苏任秀兰见到姐夫第一句话是：“姐夫，你的店赚了多少？”

李鼎君两手一摊，笑嘻嘻地说：“亏了 4.8 万法郎。”

“姐夫，瞧你，亏了钱还笑嘻嘻的，换作别人愁都愁死了。”

“愁什么呀，赚了经验值，就当是交学费。看吧，明年我一定会赚回来的。相信你姐夫，一定会让你姐过上好日子的。”

苏任秀兰笑着摇摇头，继续自己手里的活计。“姐夫，有什么困难一定跟我说，虽然我帮不上什么大忙，出出主意也是好的。”

“放心吧，你姐夫能行！”

李鼎君背着 200 多斤的大包裹回到西班牙，很快，这批货销售一空，他看到了商机，要想翻本，就不能再小打小闹，他决定把自己留作回国的一万美金盘缠全押上。苏任秀勤劝道：“鼎君，动不得，那钱是我们万一在西班牙混不下去了，退回中国的路费啊！”

“舍不得孩子套不着狼，我们很快会赚回来的，放心，等赚回来，我马上重新存回去。”

苏任秀勤还在犹豫，见李鼎君主意已定，只好跟着他前去银行，把所有的货款连同留着退路的钱全部取出来，在李鼎君的护送下往回走。

李鼎君把苏任秀勤送到住家楼下就转身朝店里走去。

碧空如洗的马德里，行人悠闲地在街上踱着步，路旁的咖啡店散坐着三三两两的客人，他们或低头窃窃私语，或若有所思，品尝着醇香的咖啡。风中带来梧桐的气息，一切显得那么美好。

建立美好需要长年累月，撕碎美好却只需分秒。一场巨大的灾难正向李鼎君的家庭袭来，而他们却毫无察觉。

李鼎君离开后，苏任秀勤的身后突然出现两个摩洛哥人，这一切苏任秀勤全然不知，岂止苏任秀勤，连李鼎君也毫无察觉。这俩人其实从李鼎君和苏任秀勤进银行的那一刻就盯上他们了。他们一直尾随苏任秀勤，等待下手良机。李鼎君的离去，让这种危险陡然而增。

苏任秀勤护着挎包，一级一级迈上台阶，正当掏出钥匙开门，突然，眼前一黑，头被塑料袋套住。苏任秀勤心底一惊，大叫："抢劫啦！救命，抢劫啦！"双手拼命护住身上的包。雨点般的拳头落下，身上、头上，搁哪儿都疼。苏任秀勤死死不肯放手，两个歹徒竟然抢不过苏任秀勤，"砰"一榔头砸在苏任秀勤头上，苏任秀勤来不及"哼"一声，瘫软在地，失去了知觉。

"叫你要钱不要命，叫你要钱不要命！"歹徒抢走钱后，又狠狠地踹了苏任秀勤两脚，逃遁而去。

过了好久好久，苏任秀勤苏醒过来，摸摸身边的包，不见了，她哇哇哇大哭。

闻讯赶来的李鼎君惊呆了。

"秀勤，秀勤——"

苏任秀勤见到李鼎君，哭得更凶："鼎君，钱被番人抢走了。哇哇哇——"

"什么，钱被抢了？你怎么这么不会办事？都到家门口了，钱还被别人抢去，真没用！"他责怪苏任秀勤。

"你说什么？你这没良心的，你怎么不问问我受伤了没有？只关心你的钱！"苏任秀勤不相信自己的耳朵，她被打蒙了。如受伤的小鸟瑟瑟发抖，这个时候，他多需要李鼎君宽厚的双臂，揽她入怀，安抚她受惊的心，"刚才差点没命了，你狗生的居然只关心钱，你的眼里只有钱！"

她盯着李鼎君的眼睛，哀伤而绝望，眼前的男人太陌生了，居然不顾她的死活，没问她哪里伤哪里疼？一味责怪她不会办事，这还是她当初不顾一切要嫁的李鼎君吗？苏任秀勤连死的心都有了。

"爸，你会不会说话啊？妈都伤成这样了，你还说出这样的话？到底人重要还是钱重要？"大儿子李存萜看不下去了，插嘴道。

"你给老子闭嘴。"

砰！李鼎君一摔门，扭头就走。

苏任秀勤的责怪变成了心死，哀莫大于心死，她恨他。苏任秀勤委屈极了，指望不了他，只能紧紧搂着儿子暗自伤怀。

李鼎君很快报了案，虽然明知道报案也没有用。马德里的治安一向如此，随着偷渡客的增多，社会问题日益凸显，没有找到工作的外国人走投无路时杀人越货的事经常发生。他只能自认倒霉，失去的永远再回不来了。李鼎君想把钱抓得更紧些,钱却像沙子,抓得越紧漏得越快,7万法郎,放在成为大富豪的李鼎君身上，根本不值得一提，而在那时却是他整个家庭的身家性命。他叫天天不应，叫地地不灵。

警察只是例行问了几个问题，草草做完笔录，让他签了字，挥挥手让他回去等消息。没人能体会李鼎君的绝望。如果警察局有地缝，他就跳下去，一了百了。

“遭抢？”

吴庆得知这一消息，觉得简直是天方夜谭，光天化日之下，李鼎君、苏任秀勤两人去取钱，居然被抢劫一空。

“该不是他们夫妻两人合伙演戏想把我们的钱私吞了吧。”吴庆老婆阿英在吴庆面前嘀咕。

“不会的，我相信君哥的为人，他不会做出这样不堪的事情的。”吴庆说。

“你还是小心点好，画龙画虎难画骨，知人知面不知心。他的钱被北京留学生骗过，难道他没学一手。保不准啊，是他们夫妻设计诳咱们呢？”

“你不要胡说！君哥不是你说的那种人。”吴庆拉下脸来，转过身子。

阿英见状，马上转移话题：“好了，好了，不提君哥了。”

她扳转吴庆身子，神秘地说：“你看你开了一年店，什么也没赚到，不如回家帮我开店。我告诉你，咱们这百元店开始盈利啦！”

“真的啊？盈利了？太好了！”吴庆的脸色由阴转晴，“可君哥正遭受不幸，现在提撤资，会不会不够意思？令人家雪上加霜？”

“你们那家店啊，就是无底洞，砸多少钱都填不满，我劝你早点收手。做得越久亏得越大。”

吴庆沉默不语。

“哎呀，老公，你说不说？你不说，我去找李鼎君说，反正咱店也需要请帮手，你回来帮我做好了，咱们把夫妻店红红火火开起来。”

“别别别，我等君哥从巴黎回来，自己跟他谈。”

李鼎君钱被抢以后，灵魂飞走了。他不知道自己是如何失魂落魄地走出警察局，如何到了西法边境。西班牙东北部和法国接壤，西班牙边境设置了两道铁丝网围栏，并安装了高科技监视系统，围栏内侧有西班牙警察把守，外侧有法国警察巡逻。

西班牙属于高地，它是除了瑞士之外地势最高的国家。全景大部分是古老的高原。如果驾车游览西班牙全境，映入眼帘的是一座座白雪皑皑的山峰，一片片起伏不平的丘陵。不过，这些美景，对于此时的李鼎君来说，根本没心情欣赏。他来边境就是偷渡，每次过境，都要千方百计躲过边境警察锐利的眼睛，偷偷爬过去。以前西法边境管理松散，边境线又长，让他有空子可钻，他一直安全来回。

他要去法国进货，越是重创之下，越是要靠生意翻身。这也是他撇下苏任秀勤的原因，他不能因为苏任秀勤受伤而失信于巴黎供货商，他不求苏任秀勤理解，他相信时间会证明一切，证明他对这个家的忠诚和付出！

他得给巴黎供货商一个交代，他说好这次过去会结清上次的货款的，如今，准备还账的钱被抢了。他不知道该如何面对供货商，不知道还能不能赊到货，他心里一片凄然。

人倒霉起来，喝凉水都会塞牙。李鼎君心里有事，行动变得迟缓，以前这边境铁丝网爬来爬去都没事，这次居然被警察抓住了。他在西班牙居留证有了，可是每次去法国进货要签证，签证需要几个月的时间，不像现在，欧盟共同体后，申根国可以自由进出。李鼎君没办签证，因为签证需要时间，像他这种生意人是耽误不起的，况且还需要各种房产、资金担保，这些条件他也不具备。

李鼎君被警察拦住。带到警车里呜哩哇啦一阵盘问，李鼎君装聋作哑，他也只能装聋作哑，他有限的几个西班牙词语是不足以应付警察的问话的。警察见问不出什么来，打了李鼎君一拳，呵斥道："滚蛋吧！傻帽！"

李鼎君只能把屈辱往肚子里吞。接下来他的屈辱还会继续。他每到一个供货商店里，都要把警局报案记录单拿过去，像祥林嫂那般喋喋不休诉说自己在西班牙的遭遇，渴望供货商再一次信任他，赊货给他。然而世态炎凉，李鼎君结不了货款，供货商就断货。

一旦断货，他就永无翻身之日。

李鼎君赔尽笑脸，终于找到一家答应赊货给他的供货商。他叫戴大卫。戴大卫很爽快，答应赊货给李鼎君。李鼎君感激不尽，但是不久后，他就领教了商场的冷酷与无常。戴大卫可没有这么好心，他给李鼎君的这批货是积压货，在法国根本卖不动。但是他根本没有和李鼎君说清楚，以次充好，让李鼎君背回去当冤大头。

"李鼎君，这包在巴黎很好卖的，你先拿过去，以后给我货款。"

李鼎君惨遭抢劫，以为中国同胞戴大卫雪中送炭，他感恩戴德。

戴大卫是雪中给李鼎君送东西来了，可惜送的不是炭，而是霜，雪上加霜。

这种积压多时的包让李鼎君亏了几万块法郎。一年四季，春夏秋冬，西班牙人都不喜欢这种包。其实，这种包在巴黎根本卖不出去，注定在西班牙无市场，因为欧洲人的审美眼光差不多。戴大卫抓住李鼎君没有现金的心理，大大坑了他一把。这跟国内赊熏鹅，结果买来的是鹅的下脚料性质一样；不一样的是，买鹅脖子大不了少吃点鹅肉，积压包却像一个沉重的包袱压在李鼎君身上，甩也甩不掉。

可惜他明白得太迟了。

积压包成为压垮他与吴庆合作的最后一根稻草。

"君庆"门前冷冷清清，吴庆蹲在地上，一支接一支地抽烟。李鼎君也蹲在门口，烟一支接一支地吸。终于，吴庆打破了沉默。

"君哥，我不想做了……阿英开了一个百元店，需要人手，我想退出来帮她……咱这店开不下去，就交给你了……如果你不要，咱就转让了吧。"

吴庆当初合伙开店时，投了 30 万西班牙币（相当于 1.5 万元人民币）。前期装修都是李鼎君一人搞定，现在提出散伙，多少有点残忍，他愧对李鼎君，说话吞吞吐吐。

李鼎君缓缓抬起眼，吴庆躲过了他的目光，他不敢直视李鼎君的双眼。在生意陷入困局的时候，此时退出于他是急流勇退，于李鼎君是釜底抽薪。

李鼎君吐出一口烟圈，说："吴庆，一年过来，虽然我们亏了这么多钱，还有那么多积压货！但我学到了经验，我无悔。这一年的工资算给你，参照酒吧的工资标准。我现在没现金给你。阿英的百元店需要货，你就过来拿包，比批发价还低给你，抵你的工资。"

"君哥，这怎么可以？你已经亏了这么多，我不能再拿你的工资了。"

"亲兄弟，明算账，你应得的。"

"君哥，阿英曾怀疑你把钱私吞了。我从来没有怀疑。"

李鼎君笑了，右手轻轻地拍拍吴庆的肩膀，什么也没说，走了。

人与人之间，在思维观念、处事方式等方面都可能存在较大的差异，需用宽容之心，站在对方的角度思考问题，承认这一差异并给对方足够的尊重。

李鼎君不能责怪吴庆，在困难时期，吴庆一家曾给过他很大的帮助。刚来西班牙时，他暂时没找到房子，李存萜、李存哲去吴庆家一住就是半个月，后来，俩孩子居留证都是吴庆老婆阿英帮助申请的，租房子也是阿英帮忙。他们只不过萍水相逢，吴庆一家却给了他那么大的帮助。所以他不怪吴庆，即使后来，他在中国上海开拓贸易市场，委托吴庆负责西班牙这边进货，吴庆把橄榄油和红酒进得那么烂，导致李鼎君亏了几百万元，他都没有怪罪于他。吴庆有恩于他们家，无论他做错什么，李鼎君都愿意原谅他。

吴庆的百元店做得非常好。阿英好强，生意做大以后开始买房子、买仓库。但是这两个人书生气太重，只知冒险求进，不懂得规避市场风险，也不做预算，他们被眼前的利益冲昏了头脑，不断买房、抵押、再买、再押。生意盲目扩张。他们把广州的陶瓷搬到西班牙瓦伦西亚，结果亏了。后续资金跟不上，只能经常拆东墙补西墙，不到10年时光，积蓄全部亏进去，生活又回到刚来西班牙时的模样。悲喜人生，命运弄人。

而与吴庆分开的10年间，却是李鼎君事业飞速发展的10年，他的生意简直就像坐上了火箭，飞速发展。10年，让他从一贫如洗到亿万富翁；10年，让他从一个地摊背包客到登上鼎君集团董事长的巅峰宝座。他改变了华人在西班牙的商业结构——从单一的餐馆行业跳出来，开启国际贸易。

如果李鼎君愿意，可以在西班牙的某个区域插上中国国旗。当然这10年的事件每一件每一桩都是一部小说，一言难尽。

生活还在继续，磨炼也在继续。日子总是在不经意间迎来转机。

自己选的路，跪着也要走完！

那是一段不堪回首的幽暗岁月。

如果吴庆不退出，李鼎君不敢大手大脚去赊货。他安慰翻来覆去睡不着觉的苏任秀勤："睡不着干什么，欠的钱越多越好。欠得多，别人会保护你，生怕你出意外。你就不用担心受到攻击。"

正应了温州的那句老话：债多不愁，虱多不痒。

苏任秀勤没有被李鼎君的冷幽默逗笑，反而一声叹息。

"你只要有信誉，还钱，没什么大不了的，再说只亏了4.8万法郎，咱很快会还清的。市场情况不好，如果市场情况好的话，我不会只欠4万，欠40万，欠400万才是能耐。"

"咱们尽快赚钱还债。李鼎君，这辈子跟你在一起怎么总是没完没了地还债，什么时候是个头啊？"

"放心吧，我一定会让你和孩子们过上好日子的。明天我还要去巴黎进货，早点睡吧。"

李鼎君用初学者的眼光看商海浮沉。经过生活的历练，此时他想开了，不断尝试，横冲直撞比坐以待毙高明得多。许多人因恐惧失败而不敢轻举妄动，这种恐惧心理局限了他们的思维，低估了自身能力，束缚了他们的行动，殊不知获取成功，最重要的因素之一就是不断尝试。尝试，失败，再尝试，再失败……直至尝试成功，这才是成功的真正轨迹，只有不断尝试才能有成功的希望，终止尝试就意味着彻底失败。

这一次他去法国进货，带回来的却是600个其貌不扬的小包。在苏任秀勤眼中甚至有点土里土气的感觉，她不无担忧地问："这小包在西班牙能有市场吗？这么难看！"

"法国卖得好，西班牙和法国这么近，应该能卖。"李鼎君信心十足地说，"每个人都有机遇，关键是你有没有魄力去抓住它。"

令苏任秀勤意想不到的是，只几天时间小包就销售一空。李鼎君频繁出入巴黎，每一次到货时他的小店就被挤得水泄不通。

于是，在机场，在码头，总能看到他背着大包。为了减少开支，他总是亲力亲为。这些苦算什么，更难的在后头。

李鼎君的进货速度和数量虽然成倍递增，可总是供不应求，最多的时候一天要销售上万只，这种局面保持了8个月。他看到了商机，扩大了商铺，从原先的零售向批发扩张，细心的他看到单单是巴黎的供货满足不了市场需求，他准备在香港找一个生产基地。正好4月份香港有个大型交易会，他订了机票准备去那里组织货源。就在要启程的前两天他不小心在地铁里扭了脚，脚踝骨折了。他痛得尖叫起来。

治疗、打石膏都需要时间，而店里早已断货，他的一颗心早已飞回国内。

"先生，您需要静卧一段时间，这样，您的脚才能好得快。"主治医生叮嘱道。

"静卧？"李鼎君觉得好笑，一大堆事情等着他去做，他能静卧得了吗？

第二天，他执意要到香港进货。苏任秀勤劝他取消香港之行。李鼎君清晰地意识到商机稍纵即逝，他一定要去，因为法国的货源根本满足不了市场的需求，他必须与时间赛跑。

苏任秀勤拦不住他。李鼎君的脚上了石膏，没有再来得及深入治疗，拄着拐杖跳上地铁，前往机场。苏任秀勤目送着他的背影离去，心疼得眼泪在眼眶里打转。

李鼎君顾不上伤痛，对他来说，商场如战场，商机转瞬即逝，如果不抓住，再也没机会。

机场大厅。西班牙的空勤人员见李鼎君拄着双拐，连忙给他推来轮椅，邀请他坐下。他受宠若惊，摆摆手，意思自己能行。空勤人员却不干了："先生，拒绝别人的好意也是对人的伤害。"

他觉得很不安，坐了下来，由空姐推进飞机舱内，心底涌起阵阵暖流。到了香港，推出机舱时，他的推车转接到中国空姐手中。他为了不麻烦别人，就对中国空姐说："谢谢，我能走！"为了表示自己能行，他忍住疼痛，加快步子，尽量让自己的脚步跟常人看起来无异。

"能走？装什么瘸子啊？"背后传来鄙视和不屑。

豆大的汗珠从李鼎君额头沁出，他分不清是生理疼痛还是精神疼痛，像这种嘲弄，他不知经受了多少次了，甚至有点麻木了。

到了香港，李鼎君在交易会上顺利找到了合适的生产厂家，根据他提供的式样加工生产。从此，他的货源从香港源源不断地运输到西班牙。产量最多的时候甚至包了整架的飞机运输货物。他那 36 平方米的店铺被批发客挤得水泄不通。运货的面包车一到，顾客蜂拥而上，直接到车上去抢货，连警察都被吸引过来以为发生了抢夺事件。他的小儿子李存哲那时还在读书，放了学之后就要去店里帮忙。儿子跟李鼎君说怕去店里，因为那里人太多，挤得他根本喘不过气来。

这种包的利润非常可观，每只纯利达到 20 法郎，一个集装箱进来不到两天就销售一空。下次他就进 3 个集装箱，再下次进 9 个，这是一次财富大裂变时期，短短 5 年，李鼎君完成了几千万元的积累。

李鼎君是欧洲华商的奇迹，在西班牙，他成功带动了整个华人的贸易市场。许多人都知道西班牙生意好做。幸运的是李鼎君赶上了西班牙贸易发展最快的年份，20 世纪的 1996、1997、1998 年。当时西班牙华人做贸易的几乎没有，仅他一家。当时的华人在海外主要是从事餐饮业，没人涉足国际贸易，他是第一个敢吃螃蟹的人。

"每个人都会有机遇，关键是你有没有魄力去抓住它。我占的优势还是领先的缘故。"李鼎君这样归纳自己的成功。

李鼎君在西班牙已从单纯的箱包贸易扩大为综合性贸易投资，同时还进入了西班牙的运输业。他打造的鼎君集团顺利成为西班牙第三大公司的指定供应商之一。他的商品遍及西班牙六大公司，在中国东莞建立了大规模工厂，在西班牙建立了首家中国商品批发市场，拥有多个国际品牌的生产权，在中国投资了近 7 个亿的房地产项目……

机遇的确是偶然。不过偶然中包含着必然，要抓住机遇，吃苦耐劳同样重要。李鼎君为此也付出了身体的代价，香港交易会任性的行走让他埋下了病根。此后，他的脚比天气预报还准确，只要天气变化，他的脚就会疼痛异常。

大陆商机

1995 年春，广州交流会如火如荼地进行，李鼎君踏上了回国的道路。

飞机在广州白云机场降落，李鼎君一下子感受到了暖意，把身上的外套脱了，没走几步，他又脱掉了线衫，只穿一件白色衬衫。

通往广交会现场的道路植满桂花，香甜的清气钻进他的鼻子，令人心旷神怡。李鼎君深吸一口气，想不到在温州只有秋天才开放的桂花，在广州居然春天也散发着清香。

李鼎君迈进了会场。广交会上人山人海，各国客商云集，乌泱泱的人群，各种肤色的商人穿梭不已。有的摊位员工整装以待，有的摊位员工满面春风招徕客商进展区。李鼎君挂着胸牌，混迹在这些客商中。他大开眼界，暗暗思忖，“如果有一天，我也能把展销会开到这里就好了。王侯将相，宁有种乎？相信这一天并不遥远。”

李鼎君正思忖着，对面迎来一人。

“李鼎君，你怎么在这里？”

“江香港，你怎么也在这里？”

“哦，我的朋友在这里开了一个展厅，我来看看。”

唤作“江香港”的人祖籍温州。江香港十来岁时，祖上移民到了香港。父辈在香港承接旅游签证等业务，江香港子承父业。李鼎君经常到香港出差，通过朋友介绍认识了他，江香港为人谦虚低调，做生意诚信凭良心，又因为是温州人，李鼎君每次到香港进货就住在江香港的旅馆里，久而久之，俩人竟成了好朋友。

江香港把李鼎君领到朋友的店里。熟人引见，李鼎君看上了几款包，下了订单，没想到这种款式在南欧十分畅销。

渐渐地，巴黎不再是李鼎君的唯一货仓了，他的进货渠道转到了香港，跟港商谭小虎建立了合作关系。他的包大多从谭小虎那里进货。

而谭小虎自从抱上了李鼎君的大腿，赚得盆满钵满。

“哎呀，什么风把你给吹过来了。”谭小虎伸出双手，紧紧握住了李鼎君的手。

“过来看看老朋友，最近生意怎么样？”

“托你的福，生意还过得去。”

“我要的货有了吗？”

“有了有了，我带你去提。”因为生意做熟，谭小虎从不避讳李鼎君。谭小虎只是个接单大户，自己并没有工厂，他的货源在内地。

谭小虎把李鼎君带到东莞王志雄的工厂里。这是一个毫不起眼的加工厂，由一个小区的停车场改建的。只有十几个工人在流水线上紧张操作。这个小区是移民区，每层的楼下空地除了承载柱子，空空荡荡。不知道是谁，抢先一步用卷帘门把四处透风的过道一围，隔成一个个房间，有人放杂物，有人停摩托车，更有胆大的围了好几间作为厂房出租。王志雄就是看中这里租金低廉，才搬了进去。进驻后欣喜地发现，因为是移民区，劳动力便宜，工人招之即来，挥之即去，不需按月付工资，工资计件。接不到订单时，全员歇息，有了订单，连夜赶工。

大部分情况，王志雄接不到订单，只能靠给谭小虎加工赚取加工费，可怜巴巴地过日子。

李鼎君见到憨厚敦实的王志雄，顿生好感，脑中有了主意。他改签了回西班牙的机票。

夜色中的东莞灯红酒绿，酒吧、舞厅霓虹闪烁。

李鼎君约出了王志雄：“我想跟你合作。”他开门见山，目光直视对方的眼睛。

王志雄的目光亮了一下，他一直渴望的订单就这么来了。

“我比谭小虎给你的价格会稍高一些，对我来说少了中间差价，进价降低，利润空间增大，对你来说，高于之前的加工费，赚得也多。双赢合作，干不干？”

“这样不好吧，谭老板知道我挖了墙脚，非杀了我不可。”王志雄还有点犹豫。

“都什么年代了，在商言商，谁不愿意自己多赚点？谭老板那边我会跟他讲清楚的。”

好运突然降临，王志雄来不及准备，还好，他是个十分聪明的人，接住了。

干杯！两杯红酒碰撞在一起，两人发出会意的笑容。

理想的朋友圈，应该是有共同的爱好，共同的理想，可以相互督促相互扶持，齐头并进的那种。王志雄就是李鼎君理想朋友圈中的人。

李鼎君和王志雄合作，等于在大陆有了自己的厂房，事业的腾飞从此起步。

年后，东莞一夜之间就迎来了明媚温暖的春天，天气虽然不热，但男人大多穿上了衬衣，女人穿上了飘逸的裙子，让人感觉如沐春风。

站在摇晃拥挤的大巴车上，李鼎君鼻尖上微微出汗，但他看着车上露胳膊露大腿挺着娇胸的打工妹们，心情还是挺好。

和李鼎君斜着相对而站的是一个上穿红背心、下着牛仔短裙的时尚姑娘。姑娘那红背心衬托下的露在空气中的半个雪白胸部，随着大巴车的前进在李鼎君面前左右前后波涛汹涌，害得男人们的双眼瞄一下又瞄一下姑娘那迷人所在。红背心姑娘显然是注意到了一双双不安分的眼睛，但她却装作什么都不知道，偏着头看着窗外，脸上显出鄙夷的神色。

李鼎君倒没有因姑娘的鄙夷而来气，他觉得大陆变化真快，这几年他对祖国的认识仅限于香港的古惑仔电影——喇叭裤、蛤蟆镜一直停留在他的脑海里。大陆应该是保守的，传统的，故此，他找出了压在箱底十来年未穿的西装，他认为入乡随俗，穿的越低调越好。然而看看这一车人的时尚打扮，他的过时装扮很滑稽，像从农村跑出来的土老帽。时代真是不同了，记得他出国前，女人衣服穿得严严实实，而男人不管老少，在夏天一律是短裤背心，甚至光着大膀子，要多凉快有多凉快。可是现在，像他这样的男人却是衬衣西裤皮鞋，全身上下包得严严实实，而女人却露背露胸露大腿，身上的衣服越穿越少，甚至只是几根布条。他不禁为社会风气变化之大而感叹。

李鼎君的身价已过千万，他此行是去考察地块，如果有合适的厂房，他准备自己投资办厂，王志雄的工厂已经满足不了他，他需要一个更大更好的工厂来补给西班牙的供货。

他把头偏向窗外，注意盯着下车的地方。

大巴车驶过新南桥，前面是高步镇的地界，一辆摩托车从洗沙村方向冲向公路，司机急刹车，全车的人前仰后倒，还有人尖叫。

经常到各地进货，坐大巴车的李鼎君倒是站得扎实，可红背心姑娘就不行了，不但前仰后倒，而且手脱离吊环，不由自主退了两步。潜意识，李鼎君伸出手想拉姑娘一把，以免她摔倒。可是，人没拉到，姑娘的胸部却正好撞向了李鼎君想帮忙的大手上。

姑娘红着脸，站稳后怒看李鼎君说：“流氓！没见过女人呀！”

全车的人都看向李鼎君。李鼎君恨不得找个地缝钻下去。也许是为了维护面子，也许是冲出国门打拼多年来养成的遇事不乱，李鼎君装模作样地看了姑娘好一会儿说：“你说对了，我是流氓，但你又说错了，我见过女人，但你是女人吗?

我看不是！”

姑娘气急败坏，白了一眼李鼎君：“你——”

车上有几个小青年哈哈大笑，有个小青年说：“大哥你近视眼呀，小姐也是女人嘛！”

全车大笑，红背心姑娘眼泪差点流下来了，对着司机大叫：“停车！停车！我要下车，一车的流氓！”

一个坐在座位上白领模样的女人说：“今天是二月十四日，情人节，是男人送花的日子，你们这些男人积点德，不要欺负一个姑娘家了！”

全车安静了，司机没听见红背心姑娘继续说下车，车速又加快了。

李鼎君知道情人节是在出国以后，他很含蓄，此前从来没有给苏任秀勤过情人节，于是他把头转向窗外，看着不长庄稼光长房子的东莞大地，想着心事。

从高步镇洗沙村转车到厚街镇寮厦村，又从厚街寮厦到厚街新塘，一路上李鼎君一直想着的是和王志雄合作的场面，并分析不再续约的原因。他不喜欢王志雄的主管老杨。他第一次见到老杨，是在老杨毫无准备的情况下。那天，当李鼎君走进老杨办公室，看见老杨坐在沙发上，双脚放在茶几上。他扭头就走，任凭老杨怎么呼喊都叫不住他。他根本不能容忍老杨的粗鲁无礼。老杨五十多岁，却跟女大学生生了一个儿子，儿子比孙子还小。他总觉得老杨是糟蹋人家姑娘。

真正导致李鼎君和王志雄合作破裂的是欠款问题。王志雄的厂规模扩大了以后，不再是他自己一人的了，他的小舅子也是股东之一。李鼎君发往欧洲的一批货原定为元旦发货的，王志雄突然食言，不给李鼎君发货，让李鼎君先把上一批的货款结清了才发货。气得李鼎君嘴角长泡，马上订机票从西班牙赶回国内。

他找到王志雄，指着王志雄鼻子骂：“王志雄，你个奸商，怎么能毁约不发货？你不知道这批货对我有多重要吗？不就是区区40万元的货款吗？我李鼎君什么时候短过你的钱，你现在居然跟我来这一手。”

王志雄被骂得羞愧难当，不停地搓着手，嗫嚅道：“老李，不是这样，是我那小舅子坚持不给你发货，我也没办法，这厂不全是我的，你得体谅我的难处。”

“告诉你那小舅子，再不发货，误了交货时间，老子不要了，你就抱着那堆货哭吧。”

“是是是，马上出货，马上出货。”

这次的事件虽然最后得到解决，但教训却是深刻的：多次合作失败使他明白，合作受制于人太多，死守一家工厂，又怎么能改变命运呢？怎么才能付诸自己的想法？

站在新塘十字路口，看着中巴车消失在望牛墩方向的树林里，李鼎君怅然若失。两旁的广告牌刷的都是衣着暴露的明星，他感叹世界变化之快，他感叹自己的落伍，他在国外还在听邓丽君的“甜蜜蜜，你笑得甜蜜蜜”，现在东莞满大街都是：“啊哈……给我一杯忘情水，换我一夜不流泪……”

他知道“A区”在新塘，下车就找得到，可是刚刚在车上望穿秋水，也没看到“A区”两个字的影子。

一群摩的轰鸣着围住下车的男女，讨价还价，不一会儿就四散而去，没搭摩的的人也已走出几十步开外了。李鼎君向四周厂房看去，十字路口能看见的厂房顶上只有大大的厂名，并没有“A区”二字，那就说明“A区”并不在十字路口边上。唉！怎么就不问清楚具体的位置呢？他正想问问路人，两辆搭客的摩的又返回下车的地方，围住他，说着广东腔的普通话：“靓仔，去哪里？搭摩托车啦？”

时间就是金钱，时间就是生命，平常往返东莞办事，李鼎君下车就搭摩的，从没考虑自己找过去。今天之所以犹豫不决，实在是那位介绍他来的朋友对他说下车就到了。

“A区！”

“10元啦！”

“我朋友说下车就到了，很近的，5元好不好？”

“5元就5元，带你一趟啦！”

李鼎君上了一辆摩托车，摩托车向中巴开走的方向跑了没几步，就转向十字路口右手边，不一会儿就在一排厂房的尽头停下了。大门上写着“东莞A区办公楼”几个大字，厂房顶上还有两个更大的红色“A区”二字，没错！

李鼎君掏出10元钱递给摩的司机，但感觉还是吃亏了，说：“才几步路嘛，走路也不要5分钟，还要5元钱？”

摩的司机一边找钱一边说：“不贵啦！靓仔，的士还有个起步价呢，你不认识路，带路也要钱的嘛！”

李鼎君接过钱，不耐烦地说：“好了，好了，这不给你钱了吗？你就不能学雷锋，指下路不就可以了吗！”

“我是赚钱的，不是做好事的，靓仔！做好事你给我饭吃吗？”说着，摩的司机脚踩油门，摩托车“轰”的一声，已驶向十字路口方向了。

在广东做生意前后也有两年多了，李鼎君见多了各种欺负和歧视外省人的事情，摩的司机这种略带骗人性质的带客，在他眼里简直是不值一提，并没放在心上，更没影响他的心情。他想，自己也曾越过港商谭小虎，直接找王志雄加工咧！谭小虎为他牵上线，结果却被他过河拆桥，如今他做大以后，盘算着把王志雄也甩了，他岂不是比摩的司机坏多了。想到这里他嘿嘿地笑了几声，寻找到内心的平衡感。

在“A区”大门口稍稍整理了衣服，李鼎君健步走到保安室，很客气地对保安说：“您好！我找王镇长。”

保安室有两个保安，一起转过头来，一个保安头微仰，似看非看，好像李鼎君八辈子欠了他什么似的，李鼎君穿着80年代的西装，样子老土。一贯以貌取人的保安自然不把他当回事。

“你哪里的？找王镇长什么事？”

李鼎君没有马上回答保安的话，这身过时西服让李鼎君这一路遭受白眼，他心里倒是不在意，正好检验出东莞到底有多少势利眼。在马德里，他的朋友圈子比较固化，国内如今则充满了开放性和流动性。这使得他能够不断接触各行各业的人。尤其是一些从前对他来说特别遥远特别不在一个频率上的人。

王镇长从办公楼里走出来，他看不出李鼎君是什么来头，看样子不像打工仔，他比打工仔眉宇之间要自信，可是穿着却是这样落伍，像什么呢？唔，像村长。王镇长为自己的发现有点得意。

当李鼎君说自己是来东莞投资办厂的，王镇长吓了一跳，“你没喝多吧？东莞的地块岂是你租得起的。”

“不是租，是我想买。”李鼎君说。

“大白天的没喝酒吧？”王镇长怀疑地看着他。

“我像是喝过酒的人吗？”

“这样，看你不像是开玩笑的样子，先租给你看看。”王镇长最后拍板了。

“一言为定。”他们握手约定。

一次漫不经心的握手，李鼎君却在东莞扎下了根。

1997年，李鼎君已拥有一批固定客户，需要好的产品，而单靠其他厂家供货太受限制，经常碰到供货不及时或货不对板的问题。他迫切需要在中国建立一个稳定的生产基地，同时，这也可最大限度地保护自己开发的商品。于是，李鼎君投资几百万元租下工厂并上了几条生产线，招聘200多个工人，开始生产。

李鼎君的生意非常好，除了自己工厂生产外，还有业务外包给外面的工厂，帮他生产的有20多家工厂，工人达2500多人，产品外销到南美、欧洲、北非。

2003年，他合伙投资兴建了占地600多亩的广州欧洲工业园。工业园成为他的箱包生产基地，拥有多个国际品牌的生产权。这个深具前瞻性的国际化箱包生产基地，极大地带动了中国皮具工业的发展。

然而，人生没有永远的一帆风顺，它像大海的潮汐一样，总有低潮和高潮。

2008年，世界金融危机全面爆发，殃及的地域和领域颇广，不少地区工厂倒闭，不少公司人员锐减，市场一片萧条。

东莞市贝妮妮有限公司是西班牙鼎君企业集团的下属企业，为西班牙总部驻中国内地的鞋类与手袋采购中心，下设鞋类采购与大时代采购场。

贝妮妮有限公司于1999年落户望牛墩镇，多年以来，公司的对外出口贸易一直顺风顺水，企业的规模由原来的6500平方米发展到了现在的17000平方米。公司一向以出口业务为主的望牛墩贝妮妮有限公司，在金融海啸的影响下，如何规避风险？

李鼎君有一套企业的生存之道，经过几年的累积，他有自己的品牌。金融危机时期接到的订单，大部分转交给其他优秀的加工企业来做，然后把成品贴上自己的品牌就可以，这种方式为李鼎君节省了一定的成本。简而言之就是通过关闭生产车间，实施订单外加工等方式控制成本。公司人数最多时达到630人，李鼎君把它削减为150人。靠着品牌、采购、销售、信誉、质量、价格等优势，再加上凭借一批固定的老客户，李鼎君最终挺过了危机。

李鼎君要逆势投资准备开酒店。

“鼎君，动不得啊，现在开酒店，不是拿钱打水漂？”苏任秀勤反对。

“危机大机遇也大。从大经济背景下，似乎这一两年内不适合扩大投资，但我却认为现在是建酒店的一个机遇。”李鼎君说，“秀勤，我一到望牛墩的时候就有一个要在望牛墩建酒店的想法，但基于当时各种条件的限制，这想法一直埋藏至今。这次金融危机的到来，倒把这种想法催发出来了。这些年来，望牛墩的经济不断发展，服务业也越来越成为一种需求，如果能建设一个五星级酒店，将填补望牛墩无高档酒店的空白，具有很大的市场潜力。”

“我不同意。如果将企业转型主要做内销倒可以考虑。”苏任秀勤坚决不同意。

李鼎君的酒店梦会就此破灭吗？还是，会有重续前梦的可能呢？时光不语。

辞退老蒋

我用心一次次地敲响五千年的钟声
你用爱唤起沉睡百年的梦醒
用暖流浇灌起绚丽的紫荆花
用温馨荡去冰冷的寒风
我用情一滴滴地融化百年的冰冻
你用爱让我们彼此心心相通
用思念编织一条美丽的彩虹
让真心照耀历史让爱恋穿越时空
用真心爱无穷，物换星移天地中
用真心爱更浓，亿万个心灵在激动
I love you 1997 我的爱
I love you 1997 I love you
I love you 永恒的爱

香港回归的歌曲唱响神州大地的时候，李鼎君在东莞有了一席之地，继贝妮妮公司后，他开出了第二家工厂——大时代手袋厂。大时代品牌手提包做得风生水起，日进斗金。

李鼎君聘请了蒋和平作为他在国内生产基地的总经理，把“大时代”一切事务交给了老蒋打理。蒋和平原是湖南一官员，随着改革春风吹遍大地时，他辞职下海，后被李鼎君请过来作为工厂的第二任管理者。第一任是王成佐，关于他，在后面会提到。

苏任秀勤不同意李鼎君将“大时代”交给蒋和平打理，“老蒋是官员出身，没干过企业，恐怕不行。”

“不内行又能怎样，只要会管人就行，他是政府官员，熟悉人事管理，只要把‘大时代手袋厂’的人事管理好就可以了。”李鼎君执意定下蒋和平出任总经理一职。

起初，蒋和平把厂子管得真不错，但随着业务熟悉，一个人权力无限放大之后，他的内心开始不断膨胀，不知不觉起了质的变化。

东莞的很多厂子除总经理外还另设厂长。总经理管着厂长，厂长管着各车间的生产。

李鼎君的厂子也不例外，除了经理、厂长等行政领导外，还另外设了很多岗位，其中有一个重要的岗位是采购。采购员是个重要职位，他的廉洁与否直接影响到公司的利润。

“董事长，你马上回来一趟！”蒋和平的电话响起时，李鼎君正坐在西班牙的白桦树下喝咖啡。难得一个清静下午茶时间却被打扰，不快爬上心头。

“出什么事了？老蒋。”李鼎君放下咖啡，揉了揉太阳穴。

“董事长，李斌这个人让他走，有他没我，有我没他！不走不行！”

“出什么事啦？老蒋，他怎么啦？”李鼎君的脑海中浮现出李斌的模样。

李斌是个黑瘦的小伙子，是李鼎君手下的采购员，厂里的一切采购都经李斌的手。李鼎君很信任他。

“反正他得走！”老蒋负气地说。老蒋负气的时候像个任性的孩子。唉，老蒋在官场待久了，总带着官场的习气，眼里只有喜欢不喜欢的人，没有第三种可能。老蒋如果不喜欢一个人，就会将他打入十八层地狱，永不得超生。在李鼎君眼中，有时候敌人（竞争对手）可以转变为朋友，商场上只有共同的利益，没有绝对的界限。然而老蒋却意识不到。

李鼎君倒觉得，李斌的存在可以牵制住老蒋的刚愎自用。

一个单位也好，一个厂子也罢，总会存在不同的人相互制约才能更健康地发展，这与大自然的生存定律是一样的。比如，美国森林里狼是鹿的天敌，政府为了发展鹿的数量，射杀了狼。后来鹿多成灾，很快啃光了植被，因没有天敌，鹿不奔跑，霍乱趁机而入，而缺乏锻炼的鹿抵抗力下降，死的死，病的病，没过多久就有濒临绝迹的危险。后来，政府重新放入狼，鹿又逐渐多起来。制约平衡在哪个行业都需要。

“这样，老蒋，等我回国后再处理好吗？”

李鼎君不等老蒋回答就摁掉了电话，国际长途很贵的，老蒋太不懂事，怎能把个人恩怨带进工作中呢？李鼎君点燃了一支烟，陷入了深深的困惑中：“老蒋和李斌到底有何私人恩怨？老蒋为何要逼李斌走？但愿，过不了几天，老蒋的气消了，不会再提此事。”

丁零零，李鼎君正在睡梦中，被一阵急促的铃声吵醒。他拧亮台灯，看看手表，西班牙当地时间凌晨2点32分。

“喂，董事长……”

李鼎君还没开口，话筒里传来的声音足以把听筒震落在地。李鼎君知道又是老蒋打来的。

“老蒋，深更半夜的，打电话也不看时间。”李鼎君语气中明显流露不悦。也是，换成任何人，半夜被人惊醒，总是不快的。

老蒋没有注意李鼎君的声音变化，絮絮叨叨地历数李斌的不是。

“好了好了，老蒋，我知道了。你先把工作做好。其他的事以后再处理。”

老蒋说：“董事长，有他没我，有我没他，请立即开除李斌。”

这句话声音大得又一次震落李鼎君手中的听筒。

“又是老蒋？”苏任秀勤翻了一个身，显然，她也被老蒋的电话吵醒了，“你怎么请了个脾气这么大的人当经理？”

可不是，如果不是看在老蒋有恩于他的分上，李鼎君早就炒了老蒋鱿鱼。80年代，李鼎君在长沙做汽配生意时，老蒋是长沙某局科长。在那个一切靠盖章办事的时代，老蒋没少帮李鼎君的忙。后来李鼎君出国办护照，而温州尚不具备办理护照的资格，湖南省会城市长沙对外开放办理护照，李鼎君通过老蒋把户口迁到长沙，走完烦琐的程序，终于把护照办出来。因此李鼎君记得老蒋这份情，所以在国内建立生产基地时，他第一个委以重任的就是老蒋。

“秀勤，我明天回国一趟。”

“你疯了，这边的事情还有一大堆没处理，怎么老蒋的一个电话，说走就走呢？”

“这边有你和李存萜控局，我很放心。我总觉得老蒋那边会出事。”

“那我打电话给老蒋，让他到白云机场接机。”

“不用通知老蒋，我想悄悄回去看看，我不在的几个月，公司运转的怎么样？”

十几个小时后，飞机降落在白云机场，李鼎君穿着一件普通的夹克衫出现在机场人流中。每次回国，他都把自己打扮得很低调，在他的圈子里，多是显贵大亨，然大家似乎都很低调。可这回，李鼎君的低调有点过了，像一个外地来的农民工。

中巴进入东莞的土地，这是一个打工者掘金的土地，来自祖国各地的打工者从泥泞的泥土中上岸，散落在东莞的各条生产线上刨食。他想起第一次来东莞居然被一个时髦女郎骂作“流氓”，不禁哑然失笑，东莞真是个奇葩城市，什么事情都会发生，什么样的人都会遇到。

才不过几个月时间，东莞的土地冒出了许多高楼大厦，如雨后春笋。

李鼎君把行李放在地上，抬头看了看“大时代手袋厂”这几个金色大字，“时”字掉了油漆，显得灰暗无光。

“嗯，回头得叫老蒋重新刷上。”他这样想着，提着包如入无人之境往厂子里走去。

“站住！”保安伸手拦住了他，“干什么的？”

李鼎君暗喜，没想到保安这么尽职，不轻易放陌生人进厂。

“我找老蒋。”

“哪个老蒋？我们这里没有老蒋。”

“蒋和平。”

“蒋经理？放肆，老蒋是你叫的吗？”

“哦，对，我找蒋经理。”

“蒋经理没空。你没见每天人来人往，不是谁都能见着蒋经理的。”

保安斜着眼睛打量着李鼎君，伸出三个手指捻了捻。

“什么？”李鼎君看着这个点钞的动作，明知故问。

几个月不见，老蒋什么时候换了一批流里流气的保安？居然还收进门费！他按捺住心中的火气。

旁边另一个保安见李鼎君愚钝，直接说：“你是第一次找工作啊，这么不懂事？要想进门找总经理面试，先得交进门费。”

“进门费？”

“对，进门费。看你一把年纪，衣着寒酸，给你打个折，人家要收80元进门费，你就50元。”

真是岂有此理！李鼎君进自己的工厂还需保安怜悯，美其名曰“减少收费”，这在业内传出，恐怕被同行笑掉大牙。阎王好见小鬼难缠！李鼎君决定做戏做足，掏出50元塞到保安手中，提着行李箱气呼呼地走进厂子。俩保安猥琐地笑了，跷着腿叼着烟，等待下一个进厂的冤大头。

“老蒋——老蒋——”李鼎君推开蒋和平办公室大门时，老蒋正和一女工调情。咳咳！李鼎君咳嗽了两声，老蒋回过神来，挥挥手让女工出去。那女工大概是新来的，很不情愿地起身，扭动屁股，踩着高跟鞋朝门口走去，走到门口，回头还向老蒋抛去一个轻浮的媚眼。

“啊呀！董事长，您什么时候回国的。您来也不通知我一声，我好去机场接您。”

“你日理万机，哪敢劳你大驾？”李鼎君讥讽道。

老蒋尴尬地笑笑。

“你作为总经理，工作不做，天天跟下属吵架，天天打电话告状，我怎么做老板？我在西班牙，打的是国际长途，一分钟30元钱，一打要一个多小时，用脑子想想，好伐？别这么大岁数了，还不成熟。”

老蒋找不出反驳的话，气氛凝滞了。李鼎君不想把气氛弄僵，挥挥手，让老蒋走。老蒋走到门外，李鼎君又叫住他。

“等等！老蒋。”

老蒋回过头来，望着李鼎君，等着他的下文。

“老蒋，门口那保安是怎么回事？”

“哦，以前的保安走了，我重新找了一批。董事长为什么问这个？”

“是他们自己走了还是你把他们辞退了？”李鼎君的眼中射出两道凛冽的光。老蒋心虚得不敢接他的目光。

李鼎君的工厂因为三班倒，共聘请了六个保安，设一人为门卫队长。门卫队长利用招工、见工、应聘的机会，收农民工进门费50元。那时进工厂很难，人很多，面试要托关系。否则一个月工资才五六百元的工人，谁愿意舍得拿出50元给保安，这不是没办法吗？

“我问你进门为什么要收费？”

老蒋低头不语。

“说，收进门费是怎么回事？”李鼎君提高了分贝。

“董事长，收进门费在东莞所有的企业都一样，不是我们这一家……”

“谁允许的？即使人家都这样做，我们也不能这样做。出来打工，本身都是低收入者，工作还没着落，就被你们这些地痞恶霸盘剥，还有没有人性？”李鼎君的声音提高了八度。

老蒋吓得噤口，半晌，他唯唯诺诺地说：“我这就辞了他们，我这就辞了他们。”边说边退了出去。

“等等！”

“去写一张告示贴在门口，写上我的电话号码。所有应聘的人，如果门卫要收费，请大家打我电话举报，举报有奖。”

被保安的事情一打岔，蒋和平不敢马上向李鼎君提辞退李斌的事，他不敢触这个霉头。

老蒋没有提李斌的事情，李鼎君松了一口气，他最担心的是老蒋一见他就要开除李斌。

李鼎君去车间巡视了一番，下班的铃声响了。员工们鱼贯而下，顺着楼梯到一楼转角处打卡下班。他随着下班的人流来到餐厅。他平时在工厂露面时间不多，除了中层管理人员，很少有员工能认出李鼎君来。

他排在打菜的队伍中间。轮到他时，厨师长老何惊讶地张大嘴巴："董——"

他的话还来不及出口，李鼎君就用眼神制止了他。李鼎君不想因为他的身份让吃饭的员工拘谨。他指了指熏鹅和青菜，老何捞了满满的一勺给他，队伍后边的人马上就有意见，一脸的不满。他不好批评老何的殷勤，尴尬地对后边的小伙子笑笑，独自坐在角落里慢慢吃。不时有员工从他身边经过，对他慢条斯理的吃法投去好奇的一瞥。有人还窃窃私语：这人也太奇怪了，吃饭样子比董事长还董事长。他们没有见过董事长，偶尔听其他员工说起过董事长是一位极有涵养、特绅士的人，所以把眼前的人和董事长比。

李鼎君觉得心里好笑，董事长有记号吗？为了让自己和这个环境更搭调一点，他狠狠地扒了几口饭，夹了一大口青菜往嘴里塞，因为动作过猛，噎住了，脸憋得通红，赶紧喝一口紫菜汤，把饭菜咽下。想想哪里不对，抬头只见厨师长哈着腰，一脸谦虚地问："董事长，这菜味道怎么样？请多提意见。"李鼎君又重新夹了一口菜，连说好吃好吃，虽然他觉得炒菜的油不对味，但他一贯鼓励为主。

厨师长得到表扬，欣然离去，干活更有劲了。

吃过午饭，李鼎君叫一个信得过的手下去调查。

"李斌到底有没有吃回扣？为什么老蒋如此讨厌他？"

"顺便把厨房的采购也调查一下，为什么这油的味道怪怪的？"

手下疑惑地望着他："不会吧，董事长，我们都吃了大半年了，没有发现油有问题，你是不是西班牙的饮食吃惯了，吃不惯国内的饭菜？"

"叫你调查哪来那么多废话？"

几天后，一叠数据证实了李鼎君的猜测，厨房采购吃回扣，向供应商买的都是地沟油，以次充好，大把的钱塞进了采购人的腰包。李鼎君心中一阵恶心，胃里翻江倒海。原来每次回工厂，他都享受"地沟油"大餐。前几日居然还对厨师长说"好吃"。

"哇"的一声他奔向洗手间，生理的恶心和精神的恶心双重夹击，给了他闷头一棍。

“我都招了些什么人进来？”

“董事长，这也不能怪厨房采购员，整个东莞的工厂食堂吃的都是地沟油，这已经是业内公开的秘密，人尽皆知的行规。”

“又是公开的秘密，又是人尽皆知的行规。这个厂里到底还藏着多少见不得人的勾当，还有多少我李鼎君不知道的龌龊事？”

“说，李斌有没有问题？”

“经过调查，李斌没有问题。”

“这我就放心了。你走吧！”

蒋和平过了几天和平日子，赶走李斌的念头再一次冒了出来。起先李鼎君还是很客气地对他说：“老蒋，你不要一味感情用事，影响生产了。”

后来蒋和平一天说五六次，说得李鼎君耳朵起茧，烦不胜烦。

“如果让李斌走，那么你帮我挑出一个人来。有没有一个人顶李斌的位置？如果能顶得了李斌的工作，我就遂了你的愿。”

“暂时没有人能接得了李斌的工作。”老蒋悻悻地说。

“那好，既然无人能干得了李斌的工作，李斌不用走，你走。”

“董事长……”

蒋和平以为自己倚老卖老，李鼎君会给他面子，没想到事情会是这样一个结果，真是搬起石头砸自己的脚。

蒋和平垂头丧气地收拾物品，黯然离开。

李斌走进电梯，伸手按了下降的箭头。他双手插在口袋上，眼睛盯着电梯的红色楼层指示灯，从十层开始下行，电梯在七层停住了。

叮——

电梯门缓缓打开，李斌抬起眼睛，一个熟悉的身影横在眼前——死对头老蒋提着大包小包站在门口。

老蒋犹豫了一下，最终迈进了电梯。气氛有些尴尬。曾经，没到大时代手袋厂前，蒋和平和李斌在另一家工厂同吃同住，好的跟一个人似的。他们之间的隔阂是从李斌的升职风声开始的。当老蒋得知李斌将被提拔成为车间主任时，不知道出于什么心理，跑到厂长办公室告了一大堆李斌的状，李斌的车间主任就彻底当不成了。

按说，老蒋这样背后告黑状，李斌是绝对不知道的，厂长当然不会跟李斌说有人告你的状，他只能说，不让你当车间主任是另有安排。另有安排，另有安排是什么呢？只不过是一张空头支票挂着。李斌从哪里来还是回哪里去。

但老蒋做梦都想不到，厂长的父亲和李斌曾经是邻居。李斌从厂长处问不出什么名堂，他理解，领导难当，要平衡八方。他没事儿就去和厂长老父亲聊天，一聊二聊，把情况问出来了，顿时气得跳起脚来骂。想不到老蒋这人如此腹黑，两面三刀，往最好的兄弟背后插一刀，真是画龙画虎难画骨，知人知面不知心，亏自己每次喝酒总不忘捎上老蒋，老蒋有困难他李斌总是第一个站出来帮他，如今却被这毒蛇狠狠咬了一口。

李斌从此再见老蒋时，总觉得恶心得想吐。老蒋起先还假惺惺地找李斌喝酒，被李斌揭穿后，顿时恼羞成怒，在工厂骂骂咧咧，不是怀疑这个告密就是指责那个和李斌走得近，如此几次三番，把全厂上下的人都差不多得罪光了。后来，他们先后离开了这个工厂，然而事情就是这么凑巧，不是冤家不聚头，几年后，他们又相逢在李鼎君的工厂，纠缠在一起。这就是老蒋为什么看李斌处处不顺眼的原因。

老蒋新仇旧怨本想通过李鼎君撑腰出气，没想到李鼎君是个明白人，几句话就把老蒋打发走了。老蒋憋屈：对于这个企业，自己没有功劳也有苦劳啊，怎么就成了第一个被下岗的中层领导呢？

李斌瞟了一眼老蒋，只见他双手拎着大袋小袋，样子极为狼狈。李斌的脑中闪现四个字“冤家路窄”。呵呵，这就是害人的下场，让老子亲眼看到你灰溜溜地离去，没有一个人相送，只有老子一个冤家一张嘲讽的脸对着。

老蒋铁青着脸，从进电梯的那一刹那，他就闻到空气中嘲弄的味道。他呼呼地喘着粗气，一声不吭。“叮——”电梯终于在一楼停止，老蒋灰溜溜地快步迈出，那几个塑料袋在风中一甩一甩，像落败了的战旗，仓皇而去。

哈哈哈，李斌笑出了声。几年来的憋屈在这一刻尽情释放，“报应啊，报应。”

这一年是李鼎君待在国内最长的一年，是他开疆拓土的一年。西班牙鼎君集团属下的贝妮妮有限公司和大时代手袋厂为他带来了巨额利润，他的财富帝国初具规模。

大时代手袋厂的第一任总经理是王成佐。

王成佐是李鼎君从电子厂花重金挖过来的，手艺技术非常了得，学什么像什么，可以说是工厂的半个老师。但是此人工作保守，不敢有半点创新，如果不是董事长下达指令，他听不得中层半点意见，不敢僭越，这在公司里可不是好事，商机瞬间即逝，只有及时调整好自己才能应对外面的世界。

王成佐身上有很多东西让李鼎君欣赏，比如忠诚，比如责任。一年后，王成佐之前在重庆老家不知犯了什么事，重庆的公安还来厂里调查过他。虽然最后事情不了了之，但还是引起不少员工猜测。因为王成佐和其他中层有了嫌隙，王成佐有了情绪，工作也常常魂不守舍，中间出了不少纰漏。为了平息风波，李鼎君让他回乡，安静一下，反思一下。

李鼎君趁机调整了大时代的工作，想等一切安定下来后再请王成佐出山。

王成佐是 1998 年年底被重庆公安抓走的。李鼎君打电话想找王成佐出山时才意外得知这个消息。虽然临走时他有预感，王成佐有麻烦了，却想不到他有牢狱之灾。李鼎君多方打听，得知王成佐欠了很多钱，为了躲避债务才跑到东莞打工。但是王成佐对自己的事情守口如瓶，李鼎君无从知道。

“王成佐欠了多少钱，我替他还清。”李鼎君打电话到重庆公安局，很快摆平了此事。

当李鼎君提着礼品出现在王成佐的家门口时，王成佐愣了愣，眼眶里溢满潮潮的雾气。他的背脊明显佝偻了下去，满头白发，已完全没有了当初离开时的英武之气。

“老王，你欠的钱我已经帮你还清了。跟我回去吧，回东莞去。”

“董事长，你的大恩大德王成佐只能来世再报了，回不去了，一切都回不去了。”

王成佐的眼眶里溢出两行浑浊的泪。他知道东莞已经有了新管理者，这个新管理者就是蒋和平，一山难容二虎，他不想给李鼎君添麻烦。后来，王成佐离开家乡到意大利普拉托打黑工。此时的普拉托早已过了淘金的黄金时期，再也没有好机遇等着他，两年的超负荷工作熬干了他的精力，王成佐一身病痛回到了老家。

王成佐得了癌症晚期。李鼎君飞来见他最后一面。

王成佐的老婆正给他喂流食。他极力吞咽着，流食从嘴角溢出来，他呼呼地喘着气，吃一口要休息老半天，这顿饭足足吃了一个小时。李鼎君等王成佐有力气了才握住他的手说：“老王，我来晚了。”

“董事长，出国并非都能飞黄腾达，也可能是穷困潦倒，我就是一个例子。”王成佐苦笑着。

“老王，什么都被别说了。”

“生命是一趟有去无回的列车，老王到站了，不能陪董事长再走下去了。”

“老王，你会好起来的，我已经辞退老蒋了，你再来做我的总经理吧。”

“回不去了，一切都回不去了……”

“老王……”

老王又陷入了昏迷中。

五天后，王成佐就去世了。王成佐的死对李鼎君触动挺大，他自责没有走进老王的内心世界，没有给予他临终的关怀。如果不放老王出国，老王也许会活得更久些。

人死如灯灭，活着的人必须收拾起悲哀的心情，继续前行。

辞退老蒋后，李鼎君在纠结总经理的人选时，邻家有女初长成。发小徐小芬的女儿大学毕业了。李鼎君找徐小芬要人时，气质高雅的徐小芬一脸为难，她不是舍不得把周筱恩交给少年伙伴李鼎君，而是徐小芬正打算送女儿出国。徐小芬有三个孩子，女儿最大，还有两个儿子。在滨海这个华侨之乡，几乎家家户户至少送一个孩子出国，徐小芬家有三个孩子，怎能没一个出国呢。她之所以选中周筱恩，是因为她觉得这个女儿处事果断，很有杀伐决断的能力，在国外肯定适应异地残酷的生存环境。

然而，偏偏这个女儿太有主见，不听父母的安排，死活不肯出国闯荡。正和徐小芬在气头上僵着，已经冷战了好几天。

周筱恩一见李鼎君像见到了救星，拉着他的手说："李叔叔，带我走，再不走，我要被我妈唠叨死了，快救我于水深火热之中吧。"说着，朝徐小芬吐了吐舌头。

徐小芬瞪了女儿一眼："搞起来我好像是你后妈似的。亏你李叔叔看着你长大，知根知底，换成别人，还以为我虐待你呢！"

"好了，好了，小芬，孩子大了，该尊重她自己的选择。"李鼎君出面说情。

"可不是，女大不由娘。"徐小芬叹了一口气，算是默许了女儿的请求，"鼎君，筱恩交给你我最放心，你要好好管教她。"

李鼎君笑着点点头，从第一眼看到周筱恩开始，他就喜欢上她的天真率性，像青年时代的徐小芬。说起来，在追爱行动中，徐小芬是红娘、是军师，没有她，他不一定追得上苏任秀勤。他对周筱恩的情感就像父亲对待女儿，既严厉又慈祥。

"周筱恩，咱可丑话说前头，你到东莞从最普通的员工开始做起，能不能做主管就看你的悟性和魄力了。"

"好嘞，李叔叔，你放心吧，筱恩不辱使命。"周筱恩拱手作揖。

周筱恩第一次踏上东莞这片土地时，一下子爱上了它，这真是一片神奇的土地！

密集的荔枝树芭蕉林，密集的工业园，密集的千楼万楼，密集的人如蚂蚁、车如甲虫。它们的模样如此雷同，并具有相似的秩序。周筱恩像个钟摆，不断在东莞街头游走，同时强烈而清晰地感受到它们的差异性。道路旁的山坡上，交织着绛红叶片；绿树黄草间，时不时显现出四方厂房，宿舍楼敞开无数窗户，像巨型蜂巢。

尽管东莞号称“世界工厂”，但它并不是彻底的工厂——它依旧是农业帝国最后的疆界。在东莞，一切都相互混淆：新生和古老、自然和人文、茅屋与高楼、沥青与植物；可一切又都闪着独特光彩，撩人心魄。

东莞是一座有趣的城市，因为它包含着巨大的矛盾。

周筱恩融入了这片土地，她觉得不出国是对的，她在东莞如鱼得水，过得风生水起。东莞有美食，有志趣相投的伙伴，还有鼓励她、赏识她的李叔叔。

11 月 22 日，李鼎君生日，周筱恩事先约了一群同事，为独自一人在国内的李鼎君庆祝生日。

酒店自助餐有周筱恩精心安排的菜肴，有李鼎君熟悉的春卷和不熟悉的酱烧野牛肉。现场乐师奏出的音乐，充满了最新的流行元素。

周筱恩的脸红扑扑的，在灯光映照下更显未脱稚气的明媚，但她说出的话却老到欢快：“此时此刻，我们是在公司董事长的生日宴会上为您现场直播，请你们用你们的金掌、银掌、发财的手掌，对我们的寿星给予最最热烈的掌声。”

顿时，掌声、欢呼声、口哨声响成一片，李鼎君被这帮热情的年轻人簇拥着。

“要不要请我们的寿星为大家献上一曲啊！热情的掌声和欢呼声在哪呢？让我们来，请上董事长，为大家演唱他的代表作品《故乡的云》。”

李鼎君在大伙儿的簇拥下，接过话筒，略带磁性的男中音缓缓响起：

天边飘过故乡的云，它不停地向我召唤。当身边的微风轻轻吹起，有个声音在对我呼唤：归来吧归来哟！浪迹天涯的游子，归来吧归来哟！别再四处漂泊……

一首思乡浓郁的歌曲过后！大家又起哄，要李鼎君再唱一首。

“一个人唱多没意思啊，谁跟我一起唱《敖包相会》。”

一个长相甜美的女员工在众人的鼓动下，羞涩地接过话筒。优美的歌声荡漾开来，把大家的情绪带进了一望无际的草原，众人沉默了，凝神聆听，在别人的歌里缅怀流逝的青春。不管他们来自哪个地方，都漂在东莞，此刻，他们抱团成暖，感动于亲人般的温暖。

曲终，李鼎君满怀深情说道：“谢谢大家给了我一个温馨的生日派对，这个画面注定让我一辈子铭记，值得以后坐着轮椅慢慢回忆，太浪漫了，太感动了……我们今天在‘大时代’这个大家庭里面，不仅有同事之情，更重要的是有浓浓的亲情、友情在里面，这让我想起了周华健的一首歌《朋友》，朋友一生一起走，一声朋友你会懂……希望我们一直携手并肩走下去。”

是不是快乐过头有隐忧，李鼎君一直以来神经绷得紧紧的，平时很少做梦，许是昨夜红酒醉人，让他一下子松懈下来，李鼎君做了一个长长的梦，梦中他又变回穷光蛋，吃不上饭，穿不暖衣服。他跟人去工厂收购碎皮，饿得眼冒金星，多想向人家要饭吃，可是他实在开不了口。挨到下午，终于到姐姐住的村子，他一声“姐姐，快给我饭吃”就瘫软下去，饿得奄奄一息，晕了过去。

他醒来时大汗淋漓，眼角还挂着泪。

屋外小鸟啾啾，欢快呼唤春天的到来。他推开窗户，昨夜下了一场雨，地还是湿漉漉的，温度有了上升，春天的气息扑面而来。他伸了个懒腰，梦中的情景令人心酸，他不止一次做过类似的梦，梦到自己一无所有，梦到自己又冷又饿，重新被打回了穷光蛋的行列。所有这一切，只因童年贫穷的阴影太重，这创伤只怕再多的钱也医治不好。

他套上运动服，跑出了家门，用锻炼来驱赶噩梦残留的阴影。

小区的林荫道散发出淡淡的桂花甜味，李鼎君深吸一口气，向前跑去。他一边跑一边思考一天的工作安排。

上午他要马上召集内部人员开会。

因为他来去无定，会议就没有固定的时间，有时候两个月开一次，有时候三个月开一次。他通知周筱恩召集所有的加工商都来参会。

“大时代”生产的产品远远不能满足欧洲的供货，李鼎君只好把订单分给东莞的各个工厂加工，为他加工的厂子已达25个。只要他在国内，就会到东莞召开工作例会。李鼎君把在各地看到的信息，反馈给员工。

没多久，工厂负责人陆续到齐。这次会议来了23人。他们难得见李鼎君一面，好不容易逮到机会，此刻攒着一大堆问题要汇报。李鼎君静静聆听各工厂的困难：有说需要资金追加的，有说原料不足的，也有建议对包的款式进行改进的……李鼎君一边听一边记笔记。为集中注意力，李鼎君一根接一根抽烟。他的笔记本上出现了一系列的问题：线的问题、配料问题、工作问题、原材料不到位问题、态度问题……这个配件放哪里？那个拉链头放何处？如何采购原材料？如何提升包的技术？哪家包的配件质量最好？

“嗯，你说。嗯嗯，接着说。”他的笔没有停止过。

起先有些工厂负责人怀疑李鼎君记不下这么多问题，有人交头接耳把疑虑说了出来："这么多人汇报，董事长有没有听进去啊？"

这番窃窃私语被李鼎君捕捉到了。

"你说，我记录了会给你办。"他的笔游龙般在纸上走个不停。

此时的李鼎君不仅年富力强、精力好，而且思想高度集中、办事效率高。他一边记一边早已想好了对策，对于每个人要干什么都做了分工布置。一个小时，大家都得到了满意的答复，各回各厂，各忙各事。

东莞的生活和李鼎君的节奏相匹配。他的工作虽然很忙碌，业余生活还是很丰富的。

王志雄从原先的生意伙伴变成了好朋友。他经常约李鼎君出去玩。王志雄喜欢美食，当一笼笼的点心放在桌子上时，绿的青菜，红的番薯，紫的米糕……王志雄两眼放光，在食物面前，他保持着童真般的迷恋。小笼包入口时，他不急着咀嚼，而是眯着眼，很享受地吸里面的汁，含在口里，似回味无穷，最后吞下时，满足地笑了。

李鼎君看着他，王志雄不好意思地笑笑。在李鼎君面前，王志雄保持着一脸谦卑。或许他的长相就一脸谦卑。当初李鼎君找他合作正是看中他一脸憨厚的谦卑。王志雄在李鼎君朋友圈里也算个大老板，但他骨子里还保留着农民的淳朴。所以李鼎君信任他，在东莞他是李鼎君最好的兄弟。

李鼎君喜欢唱歌，只要一到练歌房，他全身的文艺细胞都活跃起来。拿起话筒，浑厚的男中音在包房回荡：十五的月亮，照在家乡照在边关……如泣如诉，那些逝去的日子重聚在脑海，画面唯美而温馨。如果李鼎君不去从商，兴许会成为文艺青年，他喜欢口琴，喜欢唱歌，喜欢书法，就连工作，做得也颇有艺术性。他做包，就像对待一件举世无双的艺术品那样精工细琢……他的骨子里是浪漫的，追求一切高雅的东西。

"好，好，唱得好！"王志雄在边上鼓掌，同时把一笼屉的五花肉消灭干净。广东的食物精致小巧，说是一笼，其实只有几个而已。

丁零零——电话铃声恰在此时响起。

李鼎君关掉麦克风，让电视画面处在静音状态后，这才接起电话。

"喂，老李啊，我发现一个好地方啊！我请你吃'霸王别姬'。"话筒另一头大嗓门客户发出邀请。

"哈哈哈……我已有约，别说'别姬'，'别鸭'我都不去。"李鼎君拒绝得很干脆。

"老李，给个面子嘛！年终节到了，人家送一点礼物给你，也是意思意思的啦！”大嗓门继续纠缠。

“你只要把我的产品做好就够意思的啦！其他就免啦！”李鼎君模仿着他的广东腔。

此时，很多东莞供应商都在寻找李鼎君。李鼎君是商家大户，攀上他，意味着滚滚而来的财富。

李鼎君和王志雄出来其实也是为了躲避供应商的宴请。这些人的意思无非想找李鼎君多拿订单。

见王志雄吃得心满意足，李鼎君带他去打保龄球。

走进保龄球馆，一排排金色的球道吸引了王志雄。他对美食在行，对玩却是比较陌生。以前，他只在电视游戏上玩过打保龄球，从没打过真正的保龄球，充其量陪女儿玩过玩具保龄球。

王志雄迫不及待地拿起了一个球，模仿着李鼎君打保龄球的样子，使出了全身的劲，把保龄球扔了出去。球刚滚出没多远就掉进了沟里，连打了几次，都没有击中前方的目标。他有点泄气了。

李鼎君见了，笑着走过来指导他。

“打球时要往左偏一点，这才不会打到沟里去，拿球的动作和姿势也很讲究。”接下来，李鼎君给他做了一次示范。哇！打了个满分。围观的人噼噼啪啪地鼓起掌来。

王志雄照着李鼎君的样子，身体前倾，右手紧拿着球，慢跑几步，右手往外一送，球沿着球道滚啊滚……哇！中了 9 个。王志雄高兴地狂拍李鼎君肩膀，像个小年轻似的兴奋不已。他信心倍增，连续打出好成绩。再回头看李鼎君，他一局竟然打出 240 的高分。王志雄不得不佩服李鼎君，自己做生意不如他，打球也不如他，幸而吃东西赛过他。这样想着在心里乐开了花。

他们唱着歌离开了保龄球馆。

回不去的

随着改革开放，国内的行情看涨，陆陆续续有华侨回国投资办厂，前沿阵地东莞成了首选，吃喝住玩一条龙服务，东莞的经济异常活跃，繁华都市，灯光璀璨，处处不夜城。

别的不说，在东莞做乞丐似乎都比别处的有钱。

周筱恩跟着李鼎君穿过繁华的大街，步行前往银行。迎面碰上一个蓬头垢面的年轻乞丐，周筱恩刚想掏钱给他，李鼎君制止了她。

“他有手有脚的，在东莞这片随处可赚到钱的地方，却选择做乞丐，这种人不值得同情，给钱反而纵容了他的好吃懒做，不要给！”

周筱恩迟疑了一下，伸出去的钱收了回来，叹了一口气。

乞丐见李鼎君挡了他的财路，收起可怜相，凶相毕露，嘲李鼎君“呸”的一口飞痰，李鼎君转身一躲，飞痰射在了树干上。乞丐拔脚就跑。

“瞧见了没有？这些人不值得同情！”

“筱恩，你要慢慢辨认，世上最难懂的是人心，不要被表面的可怜蒙蔽了真相。”

周筱恩默默聆听着李鼎君的教诲，她之所以追随着他那么久，是因为她从他身上学到了很多在大学里学不到的东西。

这一年，公司招进了一个叫张南勇的员工，先做高车技工，后来升级为小主管。此人聪明能干，任何工种一学就会，而且手快，做事效率高，一个人居然能做两个人的工作量。然而，金无足赤，人无完人，张南勇是干活能手，但性格比较自大，和同事经常发生言语冲突，做了小主管自然不把别人放在眼里，连上司都管不了他。结果所有团队都不想要他，所有团队不肯与他为伍。

李鼎君找张南勇谈话，他出于爱才惜才的真心，诚恳劝说，希望张南勇能真正听进去。

“你要好好和上司配合，听上司的话。人与人的关系要有尺度，不管技术好到哪里，尾巴不要翘到天上去。身处职场，智商固然重要，影响你发展的往往是情商啊！”

张南勇对老板的话一只耳朵进，一只耳朵出，表面忠顺，实则不屑。或许他认为自己太聪明了，根本没把老板的忠告放在心上。

因为爱才惜才，李鼎君一直包容着张南勇的缺点，直到中间发生了一件事，李鼎君觉得张南勇即使有天大的本领也不能留他了。

一次，李鼎君西班牙来的订单实在太多，需要全体工人赶货。他来到车间跟工人商量加班一事，他的话还没说完，张南勇马上站出来反对：“老板，我一天只能做 5 个包，不会给你多做。”

李鼎君纳闷：“南勇，你一天明明可以做 11 个包，我们工厂按件计算工资，为什么不多做点呢？工厂再给你加班费补贴。”

绝对不能！老板，你赚得太多了。我不会给你多做！张南勇的回答让李鼎君哭笑不得。

李鼎君暗自惊心：好你个张南勇，做人聪明可以，太精明了就令人讨厌，一个打工的居然嫌老板赚得太多，算计老板的利润，太可怕了！你这个人在别人的工厂也是不行的。你如果说工人付出太多，太辛苦，不想再加班。我可以接受你的说辞，可你竟然赤裸裸地盯着老板利润……

南勇，我的庙太小，还是请你另谋高就吧。李鼎君忍痛割爱辞掉张南勇。

工厂其实是个小社会，这些吃住在工厂的员工，来自全国各地，形形色色，有温良敦厚的，也有奸诈算计的，鱼龙混杂，素质高低不齐。

张小云和李楠是大时代厂一对热恋中的情侣，在这个多变的社会，张小云劈腿恋上别人，李楠寻死觅活爬到公司楼顶要跳楼。

李鼎君赶到时，楼下已经围了一群看热闹的人。

“跳啊，跳啊！不跳是孬种！”

“你这种人真缺德，你这么希望别人去死啊。你自己干吗不去跳？”旁边有人对起哄者说道。

李鼎君慢慢靠近跳楼者，好言安抚他：“李楠，你先下来慢慢说，靠跳楼解决不了问题的，千万不要做傻事！

“我的事情关你什么事，我爱她，与你们无关。我喜欢她。她却不跟我好，我就死给她看！”

“你真是不知好歹，如果不是看在你父母辛苦养你几十年的分上，真的懒得管你。自暴自弃的人能成什么大事？希望你这傻小子能真正明白。”

“我不管，我要死给她看。张小云，你给我出来，张小云，我爱你，呜呜呜……”

“好好好，别冲动，我把张小云叫过来。”

李鼎君派人去找张小云时，这才得知张小云不堪被李楠纠缠，早已离职多日，回老家去了。

“你连死都不怕还怕失恋吗？听话，赶快下来。”

李楠本来就想闹给张小云看的，现在想见的人见不到，只好悻悻从楼顶爬了下来。没过几日也辞职走人。

工厂里有很多年轻单身职工，李鼎君倒是真想成全几对佳偶，他希望大时代手袋厂能成为他们的交友平台。发展事业的同时，兼顾个人的情感，那是再好不过的。他首先积极撮合的是周筱恩。因为她是好友的女儿，所以他待她亦师亦父，关注着她的成长。

周筱恩从底层工种做起，摸爬滚打，一路奋斗一路爬升，成为继王成佐、蒋和平之后的第三任总经理，掌管着大时代手袋厂 800 多名职工的吃喝拉撒。可是她实在太年轻了，年轻得如同刚出校门的丫头片子，难免让人不放在眼里。

周筱恩接任总经理一职时，工厂出现了前所未有的用工荒。蒋和平时代开始进工厂面试要交 50 元的进门费，而周筱恩时代招工基本靠员工介绍，介绍成功，给员工一定的奖励当作介绍费。其实不只是大时代这一家工厂，整个东莞都出现了用工荒。原因是多方面的，一是随着改革春风从沿海到内地的深度吹入，内地很多地方办起工厂，农民工们不再抛家弃子远到东莞淘金，他们在家门口就可以找到工作；二是东莞的工厂如雨后春笋般冒出来，各大工厂都在大肆招募工人，所以跳槽频频，用工荒的尴尬就显露出来。

周筱恩遵照老板李鼎君指示，把招工摊位设在了春节人才招募会上。

招募会上，人才济济，各个用人单位放开声音招徕工人。他们大肆广告，把自己单位的前景吹嘘得玄乎。相比较，沉默腼腆的周筱恩像个生瓜蛋子，她一说话就脸红，然而，奇怪的是，很多人愿意到她的摊位来应聘，周筱恩的生涩总是令人心不设防。她看起来一点也不像主管，倒像邻家妹妹。邻座的保险公司的主管汪游子趁中午休息时间，主动跟周筱恩攀谈，得知她是鼎君集团名下大时代的员工时，汪游子两眼放光，早听说鼎君集团跨国经营，集团实力雄厚。大时代手袋厂是鼎君集团的子公司，她做梦都想拿到大时代的保险订单，只是苦于没有熟人介绍。

“有空到我们公司来耍哦！”分别时，周筱恩礼貌性地道别。汪游子等的就是这句话。如果能和大时代攀上关系，只要它漏一点点业务给她，那她今年就吃穿不愁啦。

这次招聘，大时代手袋厂暂缓了用工荒。招募到了一批素质不错的员工。其中一个叫刘琦的女孩子，长得机灵甜美，四川人，很会讲话，深得周筱恩喜欢。这个女孩与其他务工者不一样，她是逃婚出来到东莞打工的。

逃婚，有没有搞错啊？九十年代还逃婚，又不是旧社会。当周筱恩把她的故事告诉李鼎君时，他吃惊不小。

“别看工厂里的员工其貌不扬，他们的故事都可以改编成电视剧。”

“你能这么想很好，尊重每一个员工，是我们管理者基本的素质。”李鼎君说。

刘琦原本在四川老家乡政府上班，性格开朗豪爽，身边的追求者无数。给她介绍的媒人把她家门口都快踩烂了，心性清高的刘琦不为所动。直到一个媒人的上门让刘琦乱了阵脚，他是刘琦的初中班主任。古语说一日为师，终身为父。面对老师的托媒说辞和殷切期望，刘琦说不出推却的理由，况且老师说只是见见，成与不成要看双方的缘分，让她不要有压力。对方是政府公务员，和刘琦正是门当户对……恩师说到这里，刘琦见父母频频点头，好像已默允了这场婚事。刘琦的心慢慢往下沉，她反感这种老土的方式谈恋爱，对这未曾谋面的对象充满了恐惧。

班主任临走前，和刘琦父母约好第二天下午在她家见面。

刘琦当天吓得躲到了闺密家睡。经过一夜谋划，天亮时，刘琦和闺密直奔东莞打工来了，上演现代版的逃婚记。招工会上，她恰巧遇到了周筱恩，被周筱恩清纯爽朗的个性所吸引，就成了大时代手袋厂的一名员工。

刘琦说这些是在一次酒桌上微醉时，她不时对自己荒唐的过去自嘲一番。她们在东莞喜来登酒店的大包间里，喜欢吃辣的刘琦完全融入了东莞生活，吃起螃蟹来跟东莞人无异。

刘琦开了个头，其余女孩纷纷掏出了自己的心事。喝酒豪爽的是汪游子，她拍着周筱恩的肩膀说：你可知道你当初吓得我不轻。

周筱恩自然知道她说的吓得不轻的事情。招聘会后不久，汪游子就找上门来，她原本想让周筱恩引荐见见大时代手袋厂的总经理。周筱恩说，你不要见了，你已经见到了。

见到了？开玩笑？除了你哪里有总经理的影子？汪游子心存疑惑。

周筱恩看着汪游子眯眯笑。

哦，天哪！汪游子五指握拳塞到嘴里，难道你就是……她简直不敢相信这乳臭未干的丫头是一厂之主，掌管着800多人的饭碗。这世界太不可思议！真应了那句古话：人不可貌相，海水不可斗量。

周筱恩虽然看着嫩，办事却老到利索，人情是人情，原则是原则，这是她多年来跟随李鼎君学到的生意经。她愿意结交性情豪爽的汪游子，然而不会随意交出公司各种业务。

汪游子虽然没有从“大时代”拿到订单，却跟周筱恩结成深厚的友谊。后来周筱恩帮她到合作企业拉了很多订单，大大提升了汪游子的业绩。

汪游子是外来妹，因为生活所迫无奈闯东莞。

她跟丈夫闹离婚，丈夫不同意离，她就独闯东莞，在保险公司从最低级的业务员开始做起，通过十几年的奋斗，终于走上中层管理一职，薪水也随之水涨船高。她终于用钱结束了和前夫形同陌路的婚姻，带着女儿在东莞落地生根。

周筱恩招进来的另一个有故事的小伙子叫彭傲。彭傲是湖南人，退伍军人，人长得高大帅气。彭傲，名不副实，一点也不傲，缺少“该出手时就出手，风风火火闯九州”的果敢。他是技术骨干，手艺颇像李鼎君当年——精湛老到。李鼎君有意培养他成才，引领他走向更高的平台。

李鼎君知道他暗恋周筱恩，鼓励他去追周筱恩。彭傲受了董事长的鼓励，对这个性格豪爽的主管有了追求的勇气。他知道周筱恩是个工作狂，吃饭常常顾了上顿没下顿。彭傲很心细，懂得疼女人，每晚必把消夜送到周筱恩门口。

周筱恩吃着彭傲的消夜，对他却一点也不来电。其实他们如果能成夫妻，是很好的互补型性格。彭傲性格温和，不急不躁，周筱恩缜密果断，雷厉风行。

也许是彭傲温吞型的性格跟不上周筱恩的节奏，李鼎君决定推彭傲一把。刚好李鼎君投资了上海房地产，动用资金7个亿，楼盘在开发，他要亲自到上海去处理，少至几个月多至半年，因此公司缺管理人员。李鼎君把彭傲从计价员提升到行政管理，目的是加速彭傲成长，让他早日入周筱恩的法眼。

彭傲最终让李鼎君失望了，不适合做管理，他缺乏与人周旋和做决策的能力，凡事亲力亲为，自己辛苦不说，工作调度难以协调，效率低下，错失很多良机。

李鼎君不无惋惜地感叹：“技术人员只适合做技术。彭傲的命运如果没有另一半来改变，扶不起啊。”

周筱恩最终没有选定彭傲为人生伴侣。

李鼎君似乎做媒做上了瘾，他又把刘琦介绍给港商江香港。江香港的故事如果可以拍成电影，绝对是一部有情怀的文艺片。他的个性温文尔雅，举手投足尽显绅士风采。他的前一段婚姻是满满的无奈和忧伤，对于前妻他爱得忘我——捧在手里怕摔了，含在嘴里怕化了。这种如对女儿般的宠爱，非但没能让前妻珍惜，相反她最后还是跟着别的男人跑了。

李鼎君希望身边的朋友都能幸福，在李鼎君看来，江香港和刘琦郎才女貌，天造地设的一双。然而刘琦并不因为港商的身份对江香港流露半点爱慕之意，而是很干脆地拒绝了。这是个敢于追爱的女孩，她既然能逃婚，说明很有主见，她希望缘分天成，对相亲很不感冒。

李鼎君操心着别人的婚事，小姨子紧张着姐夫在大陆的私生活。

“姐夫，大陆的女人是不是很坏？”苏任秀兰的老公（即李鼎君的连襟）也经常跑内地进货，故此苏任秀兰每次打电话给姐夫都会敲敲打打。

“你指哪一方面？”李鼎君明知故问。苏任秀兰不吭声，李鼎君知道苏任秀兰在电话那头着急了，不再逗她，开解道，“人与人之间有一堵墙。如果你有温柔的眼神，对方能感受到信息。你没有想入非非，这种事也不会主动找上门来。一个男人如果有心寻花问柳，不管在哪个国家哪个场合都有出轨的可能。如果你整天想象老公被大陆妹抢走，你会睡不着觉。何必杞人忧天呢？彼此信任的婚姻才长久！”

李鼎君和苏任秀勤的婚姻正是彼此信任，才得以牢固。对于有钱人来说，身边从来不缺红颜，但李鼎君是做大事业的人，抵制住了身边的各种诱惑。

李鼎君在大陆的朋友圈其实很小，他不会扩大范围开放朋友圈，只有三五知己。

一个服装厂大腹便便的老板从国外回来，和李鼎君吃完饭后说：“老李，有一个地方很好玩的，我带你去玩。他娘的，我一个星期不去那个地方，就浑身不舒服。”

“什么地方能让陈老板念念不忘？”

“去了你就知道了。”

不明就里的李鼎君经不住各种劝说，只好跟着去。

他们兴冲冲地打车去。

的士司机是河南信阳人。他们聊着聊着，司机抱怨起温州人的各种陋习：穿着睡衣上街、随地吐痰、赤膊上阵、随地撒尿……

“你说，一个男人在光天化日下那东西怎么拿得出来？”司机话说得难听。

“难道我不是温州人吗？”李鼎君说，“小伙子，人与人是不一样的，千万不要以偏概全，扣上地域的大帽子。我相信信阳有素质高的人，也有素质低的人。”

司机噤了口。

出租车在一家叫“红灯笼”的夜店门口停了下来。

李鼎君从服装厂老板那暧昧的眼神中顿觉去的一定不是什么好地方。他转身欲离开，“大腹便便”拦住他：“李鼎君，不要紧张，只不过洗脚而已，来都来了，没什么大不了的。”

他半推半搡中，李鼎君第一次走进了夜店。穿过一片青翠的竹林，里面的灯光暗淡下去。

“先生，先生，来嘛——”甜腻的声音让人中了毒一样萎靡不振。

李鼎君睁眼一看，声音来自一个个木桶，木桶里露出一大截雪白的身子。李鼎君逃也似的退了出去，扶在门框大口喘气，脸涨得绯红。

好险，差点失身！亲爱的勤啊，你老公守住阵地啦！

社会是一个大舞台，每天都有不同的剧目上演。

李鼎君在西班牙开了好几家连锁店，西班牙的销售像鳄鱼的大嘴，无论多大的量都能吞进肚子里。东莞工厂每时每刻都在输出货源，还不够鳄鱼吃，鳄鱼吐出来的是花花绿绿的西币。每天的营业收入多得要用面包车拉回去，一车子的钱哟，多得能砸死人。

李鼎君决定衣锦还乡了。

来吧来吧，相约九八
来吧来吧，相约九八
相约在银色的月光下
相约在温暖的情意中
……

伴随着《相约一九九八》，李鼎君坐在颠簸的大巴车里，大巴朝温州滨海镇开去。快过年了，一路上都是携着大包小包行李的回乡客。此时的李鼎君凝视窗外一闪而过的田野，心中颇有几分得意，此时的他已是身价亿万的富翁。

李鼎君回到位于温州人民路的家。他伸出钥匙插入锁孔，“嘀”的一声，门锁弹开。

他推门进去，精致的餐桌呈现在眼前，桌上铺着熨烫得挺括的雪白桌布，桌子上方悬挂着最考究的灯饰，满墙挂着世界上最有名的艺术家的油画，每幅价值都在十万元以上。

房间长久没住人，积了一层灰，他请了两个钟点工过来打扫。自己则花了一个上午的时间整理了书架，把一些有用的书移至书柜，把没用的统统扔掉。书架空了，摆设了一些小玩意，卧室变得温馨起来。

他靠在窗边打量这个家，暗自苦笑：原来当初狂热追求的东西随着时间的流逝慢慢变得毫无价值。当初是如此狂热追捧这些东西，甚至是不惜一切代价，现在却被丢进垃圾桶。心蒙尘了，错过了人生中许多美好的东西。

李鼎君陷在沙发里，脑海里交错的都是一些老面孔。J，在超市里遇见，岁月老去心不会老，儿子上了大学，但思想的光辉依然在他脸上闪烁。Q,凉亭遇到，一袭运动装，散发着青春的活力。这些少年朋友，因岁月的沉淀越发质朴无华，令李鼎君时常记挂和牵念。

掸新，最先掸掉的是心里的蒙尘，掸掉对故土的疏离和陌生，心亮了，房子不亮也会被照亮！

李鼎君约了少年朋友杨兴国，托付他记下儿时的伙伴有啥困难，他会尽自己所能竭力帮助他们的。他忘不了少年时同穿一条内裤的情谊，忘不了在最困难的时候，这些盟兄弟帮他订婚、造房子。李鼎君当初贫穷时尝尽世态炎凉，是这帮盟兄弟伸出援手，让他有了一个温暖的家。

他给每个盟兄弟准备了一件高档的保罗线衣，胸口绣着手拿宝剑的堂吉诃德。

滨海天地大酒店里，一帮盟兄弟兴致勃勃等着给李鼎君接风洗尘。经过岁月的侵袭，他们的脸上各有沧桑。他们不是冲着李鼎君的钱而来，他们冲着这份儿时情谊。他们是一群最朴实的农民兄弟，揣着热乎乎的心等待李鼎君的到来。

酒过三巡，期待相见的李鼎君并没有出现。

各自该说的话都已说得差不多。有人发起牢骚："该不是李鼎君有了钱，看不起我们这帮穿开裆裤的少年朋友了吧？"

"李鼎君不是这种人，这么讲义气的人绝不会看不起曾经患难的朋友。"

"那他怎么还不来？这不是明着摆谱嘛。"

"不要瞎想！来，喝酒喝酒。"

杨兴国心中纳闷，李鼎君让他把各兄弟的困难登记下来，怎么到现在还没现身呢？他起身到柜台拨了李鼎君的传呼，半天不见回应。

他返回了酒桌，不时地朝门口张望，期待那个熟悉的身影出现，以便消除大伙儿的疑虑。

杨兴国又一次去柜台拨通了李鼎君的传呼，给他留言：兄弟们都在等你，速来。

夜深了，酒店催着打烊。

“阿国，别再看了。我算看明白了，这个现实社会只有共患难，没有同富贵。李鼎君就是个活生生的例子啊。”

“阿狗，你喝多了，回去吧！散了，大家都散了，李鼎君也许碰到紧急事情要处理，大家都散了吧。”

“能有屁事？不过躲着不愿见我们这群穷兄弟罢了。”

杨兴国第三个传呼明显有了情绪：李鼎君，我们不敢高攀你，再见！

医院里，李鼎君“哇”地吐出一口血，神志变得昏迷。

急性胃出血。挂针，输血。医生和护士在走廊上不停穿梭。

他脸色苍白，嘴里还在嘟囔：“我要去酒店，我要去酒店……”

“你疯了，病成这样还想去酒店，我看你这胃，八成是喝酒喝坏掉的。”医生厉声制止。

李鼎君的胃还真的跟酒没多大关系。他的胃是长期高度紧张工作，三餐不定，再加上经常中西两国飞来飞去，处在倒时差中，慢慢地积劳成疾造成的。

紧急输血，再接着输完液，他的脸色才渐渐红润起来。

两天后，李鼎君虚弱地离开了医院。选了个深夜，打车去了天地大酒店。只有夜晚才能抚慰他的忧伤。

酒店早已打烊，门口两盏灯笼泛着清冷的微光。夜风吹过，像刀刮在脸上。他裹了裹呢大衣，风还是从他的领口钻进来。他在酒店门口坐了一会儿，怅然地站起身，朝老树咖啡馆的方向走去。

快过年了，咖啡馆空无一人。

“一杯卡布奇诺，不加糖，谢谢。”

不加糖的咖啡苦苦的，李鼎君喝一口，眼圈慢慢红起来。

他第一次回家，身无分文。因为无力还债，半夜偷偷摸摸地回家。

他第二次回家，腰缠万贯。因为胃出血，没有赴朋友的约，半夜偷偷摸摸回家。

李鼎君摆弄传呼机，低头看传呼机上的那一行字：李鼎君，我们不敢高攀你，再见！

心在滴血，比胃在流血更难受。再见，就是再也不见。他失去了这群朋友，无论多少金钱都换不来的少年情谊。

来吧来吧，相约一九九八
相约在甜美的春风里
相约那永远的青春年华……

新开的老树咖啡馆歌声飞扬，悠扬的歌声却没能给他带来温暖。

远处的夜空升起此起彼伏的烟花，一朵比一朵灿烂，绽放出最美的姿态。

20 年前，依然是除夕，李鼎君和他的盟兄弟们在塘河边看烟花。那真是激情燃烧的岁月啊！一声爆竹便能让人欢喜，几声礼炮使人热血沸腾，数缕烟花就能掀起波澜。在这声光硝烟中，浓了年味，重了喜庆，多了祥和。

李鼎君走出老树咖啡馆。随着一声巨响，一团红色的火球喷薄到远空，然后炸开，噼里啪啦迸射散开，绽放出五彩缤纷的光点，拖着长长的彗尾下坠、湮灭。瞬间的闪亮映白了四下角落，之后便是寂静和黑暗。精彩总是很短暂，就像脆弱的感情，美在瞬间，冷在刹那……

夜幕复归寂静，他在风中凌乱，唉，回不去的……

化解敲诈

1997 年，鼎君集团发展成为西班牙最大的箱包生产商，名震四方。李鼎君的产业也逐渐从单纯的箱包贸易转变成为综合性贸易、投资，还进入了西班牙的电子信息和零售连锁业。鼎君集团顺利成为西班牙第三大公司的指定供应商之一。

树大招风，李鼎君庞大的产业，有人看着眼红了。特别是落魄的异乡人，到李鼎君店里搞点东西花花似乎是最佳选择。

这天，李鼎君位于马德里的一家连锁店正打算打烊时，店里来了两个流里流气的中国青年，一胖一瘦，他们巡视了几圈，最后买了两个包后，不久又返回了店里。

“老板，你的包怎么回事？”

“什么怎么回事？”

“他妈的，居然卖破包。”胖子把包狠狠地朝柜台上一摔，那包在柜台上因为惯性，滑了一段，重重地砸在了地上。

胖子见状狠狠地踩上一脚。可怜的包!

李鼎君一见这势头，知道遇上敲诈了。他稳了稳情绪。

“说吧，你们想干什么？”

瘦子想不到敲诈伎俩这么快被李鼎君看穿，一时不知如何回答。

胖子说：“居然卖破包给我们，赔老子的精神损失费吧。”

李鼎君不动声色说道：“大家都是中国人，出门在外谋生不容易，这样，包款退给你们，我再给小哥 200 元，压压惊，去买杯咖啡喝喝。”

“200 元？你以为打发乞丐呢？没有 200 万，你的店休想在这里开了。”

“200 万？”李鼎君操起店堂里的铁棍，“先问问我的铁棍肯不肯？”胖子被李鼎君的凶相震慑住，面面相觑，一时不敢轻举妄动。

“哟，想动武？你等着，明天这个时候，如果收不到 200 万，马上给老子滚出马德里！”

李鼎君毫无惧色，直视着歹徒。僵持了三十几秒后，胖子丢下一句：“识相点，早点把钱准备起来！”

胖子和瘦子扬长而去。

李鼎君向左右店邻居打听，原来，这两个敲诈的无赖已经敲诈过附近许多家商铺了，大家为了求得安宁，只得乖乖交了保护费。

真是丢中国人的脸！跑到国外祸害别人！“人渣！”李鼎君愤愤地说道。

“鼎君，想办法治治这帮流氓，不能让他们耀武扬威。”隔壁店的华人商家围拢过来，他们深受这些地痞流氓的盘剥，不堪其扰。他们知道此时的李鼎君再也不是当初那个刚到西班牙一无所有、孤立无援的生瓜蛋子了，经过几年的合法经营，准时纳税，李鼎君为西班牙经济的发展做了许多贡献，成了西班牙的荣誉市民，在政界也有了自己的朋友。

第二天，胖子和瘦子戴着墨镜，操着家伙又来到李鼎君的店堂，他们的身后跟着十几个古惑仔，清一色戴着墨镜，操着铁棍，一场恶斗在所难免。

“怎么样，要么200万西币，要么让我砸了你的店。”

正要大动干戈时，西班牙警方从天而降。原来这些警察是李鼎君事先招呼好的。在国外很多受害的华人不敢报案，因为他们或自身是黑户，没有居留证，或他们的经营本身偷税漏税，所以他们不敢报警。古惑仔之所以屡屡敲诈得手，正是抓住了他们不敢报警的心理。他们料想不到李鼎君一直恪守商规，合法经营，早就成为马德里荣誉市民，和警局结成友好互助关系。

马德里警方把这伙歹徒一网打尽，押上警车。

歹徒们没想到栽在了李鼎君手中。胖子狠狠地回头盯着李鼎君，高声叫嚣：“有种的报上名来。”

“滨海李鼎君。”李鼎君面无惧色。

“啊？”瘦子大惊，贴着胖子耳根说，“大哥，这厮就是李鼎君，心狠手辣，在滨海是出了名的刺头，他不敲诈我们就算了，咱晦气，栽到比我们更黑的人手中。”

闻听此言，胖子的目光黯淡下来，杀气全无。骂道：“笨蛋，怎么不早说？”

一场械斗危机总算平稳化解。李鼎君的危机感却没有消失。

流氓之所以敢找他们的碴儿，只因他们独家独户经营，出了事都没人照应。他们也不能时时靠西班牙警察化解危机。

在国内，记得一次一个外村来的赌徒，在赌博过程中出老千，被本村村民抓住，揍了个半死。赌徒吃了亏，不服，随后带了一车的人回来算账，他们手持铁棍，车子开进村子时，鸡飞狗跳。村民发现情况后，“当当当”紧急敲锣，全村男女老少扛着锄头、握着钉耙候在村口。赌徒一见这村子人心这么齐，掉转车头逃离而去。

李鼎君想，要想在马德里站稳脚跟，靠警察解围毕竟不是长久之计，当务之急必须把旅西班牙的华侨商户组合起来，组建护卫队，抱团成暖，互相照应。

7月，正是欧洲的打折季，商场挤满了人。李鼎君的箱包店生意自然水涨船高，一片红火，常常是一张订货单刚发出，随后运到的一集装箱的货马上被抢购一空。

欧洲进入度假期，按照法律，员工都带薪休假去了，他们放下工作，走上街头，一杯咖啡，可以闲度半日。白色的大棚遮阳伞随意散落在步行街上，遮阳伞上落满了鸟儿。这些鸟儿平时被娇宠惯了，胆子大得出奇。它们毫不避讳人类的目光，公然跳到桌子上啄食人类的面包。万物的灵长——人类对此又好气又好笑，面对如此调皮可爱的小鸟心甘情愿贡献出自己的午餐。

西班牙对鸟类的保护是上了法律条文的。如公园里樱桃树的果实只能供鸟类食用，口渴的路人偶尔摘一个解渴可以，如果心存私念，摘了几颗带回家是要受到法律处罚的。爱鸟、护鸟才换来人和自然的和谐共处，换来清新洁净的环境。高远的天空，蔚蓝的海洋，地中海吹来闲适的风，都是自然对人类善意的馈赠。

李鼎君和几位朋友品着下午茶。玫瑰红的鲜花装点着露天吧台。行人悠闲地从他们身边穿过，偶尔夹杂着几个西装笔挺、戴着领带的白领，他们步履匆匆，显然与逛街者不同，他们有更重要的工作要做。

李鼎君和朋友们谈起各自的生意，经商过程中遭遇的困难，家家有本难念的经。说到共鸣处，几乎都曾遭受过抢劫、敲诈的威胁。

“敲诈为什么能屡屡发生，还不是歹徒人多势众。”深受其害的老张品了一口咖啡说。

“如果咱们捆绑在一起，一方有难，兄弟们都伸出援手，外人就不敢欺负咱们了。”老郑提出了自己的建议，和李鼎君的想法不谋而合。

“君哥，咱们团结市场里的华人组成商会，将来商会就是娘家，谁有困难就找娘家解决。”老王把设想说了出来。

众人频频点头。

“君哥，不如你来当会长。”他们把目光一致落在了李鼎君身上，“你久经沙场，有经验有魄力，当我们的头正合适。”

“谁当会长的事以后再说，当务之急先把华商会成立起来再说。”李鼎君说。

真是一呼百应，侨商们都到齐了。这些饱受地痞流氓欺凌的侨商对成立华商会热情高涨。

成立大会在陈冠的长城饭店举行。

陈冠是老华侨，德高望重，他领衔的餐饮企业是西班牙的龙头企业。华人圈的打工者以自己是陈冠的员工而自豪。

为了商会更好的发展，李鼎君制定了章程，明确了会员的权利和义务。

作为华商会的发起人，李鼎君说：“西班牙第一个华人批发商自发组织起来的商会成立了！”大厅里随即爆发出经久不息的掌声。李鼎君宣读入会情况和章程：华商会现有会员3000余名，涉及从业人数5000余人，会址设在西班牙首都马德里……

洪亮的声音传遍大厅各个角落，落到每个华侨的心上，归属感和安全感油然而生。

举杯欢庆，这注定是个载入史册的日子。

晚宴在欢快的气氛中进行。李鼎君端着酒杯挨个敬酒，所到之处掀起高潮，他们像回到了自己的国度，敞开心扉，把酒言欢。

庆祝的烟花忽然绽放，伴随着噼噼啪啪的爆炸声，李鼎君目光悠远，思载万千。他的人生开始从“小我”转向“大我”，此刻他超越了以前只顾赚钱养家的李鼎君，正式走上侨商政治舞台，社会的责任感和担当涌上心头。

就在李鼎君忙着华商会的成立事务时，李家另一件大事也正悄悄上演。

饱受搬家之苦的苏任秀勤一直梦想在西班牙能有一套属于自己的房子，多年的打拼终于攒够了买房的钱。她看中这几年一直租住的房子——楼下是店铺，楼上住人。房子虽然老了点，旧了点，可是做生意还是很便利的。刚好，房东一家要移民到法国去，有意向将这套房子出售。

苏任秀勤和西班牙房主谈妥了房屋买卖的合同，约定第二天下午前往律师楼签字生效。

晚上，苏任秀勤坐在餐桌上，既兴奋又忐忑，兴奋的是在异国他乡漂泊这么久，吃够了搬家的苦，现在终于有一间属于自己的房屋，虽然它不华丽，可终究在西班牙有一个遮风挡雨的家了；忐忑的是她和房主约定的价格比市场上便宜了不少，房主并不知道这些，如果他得知市场行情，万一反悔要涨价怎么办？

她不住地朝门口张望，李存萜说：“妈，不要看了，我爸不会这么早回来的，他对别人的事总比自己的上心，买房别指望他给你拿主意。”

“唉，你爸呀，就是好看的车壳子，我们才是发动机和轮子。外人以为这个家都是他打拼下来的，哪想到都是我们在前冲锋陷阵。”

正说着，李鼎君回来了。“你们娘俩说我什么坏话呢？”

“说你啊，是车壳子，光是外形好看，没有驱动力……”

“又怪我不做事是不是？”

李鼎君给苏任秀勤揉了揉肩。“我李鼎君真是好福气啊，娶了一个这么能干的老婆，家里家外操心着。老婆，辛苦了！”

“去，少贫嘴。想想明天房屋买卖不会横生枝节吧。”

“不会，放心吧！明天这套房子就是我们的啦。”

“李鼎君，以后无论有多少钱，都不如这间房子。这间房子见证着我们奋斗的经历，我会一直保留着的。”苏任秀勤略带沧桑感慨道。

“随你，只要你愿意，咱就买。这辈子，我要让你有住不完的房子。谁让我李鼎君亏欠苏任秀勤呢？”

“贫，再贫！”

第二天，走出律师楼，李鼎君和苏任秀勤松了一口气，没有意外枝节，房子买到了，再也不用担心被驱赶了。

李鼎君重新装修了一下，在店门口贴上新的图案，店铺顿时焕然一新。

从负翁到富翁，李鼎君笑出了声。

“傻笑什么，快来帮忙。”

李鼎君收拾好心情，加入了理货的队伍。

谁能想到十年后的李鼎君名下拥有数不尽的房子和商铺，吉林、广州、上海、温州……人生比小说意外，也远比小说精彩。

李鼎君的另一个计划在头脑中萌芽了。他希望华人子女们知道自己的祖国在哪里，根在哪儿。他要创办中文学校。

海外华人分布具有鲜明的特征。在华人分布密集的东南亚、北美和西欧，其地区特点极为鲜明。东南亚地区的华人华侨十分集中，超过2000万的华人经济实力雄厚，在政商界具有相当话语权。相应地，这些地区的华文教育水平相对较高，华文教育体系比较发达。以美国、加拿大为主的北美地区，华人华侨的形成主要集中在近现代，以知识移民、投资移民为主体，各类人才聚集。华文也受到这些知识精英的重视，华文教育相对不错。相比之下，欧洲的华文教育略显不足。

与上述历史的、经济的因素相呼应，各地区承担华文教育的学校规模、形式、水平、体制等差异很大。东南亚各国及美国、加拿大一些历史悠久的老侨民社会中，主要是靠华侨捐款筹建的老侨校，华文为主要媒介语，学生不仅学语言，还用华语学习几乎所有课程；印尼、缅甸等国主要是规模较小的补习班性质的学校，主要学习中文；北美则较多是新移民办的周末制中文学校，教学系统性较强，在这些地区，华文作为课程开始被当地政府接受并纳入本国教育体系中。

由于欧洲华人具有一定的特殊性，没有东南亚华人的集中，也没有北美的华人知识精英云集，所以欧洲的华文教育相比于其他地区略显不足。

基于以上种种原因，李鼎君在一次和华商会社团的酒宴中提出创办中文学校的建议。

那是个颇为融洽的夜晚，忙碌了一年的商界大佬聚在陈冠的中餐馆，共话一年的辛苦和收获，他们端着高脚杯，三个一群，五个一团，举杯畅聊。

李鼎君的话题引起了众人的关注。

“同胞们，我们在国外赚钱养家，让家人的生活更美好，大家这个愿望实现了吗？”

“托李会长的福，实现了，早就实现了。”

有人高声说：“多亏了咱们商会的庇护，地痞流氓找我们的麻烦绝迹了，恶意拖欠货款的事也少了，今年一切顺利，收入大大超过往年啊！”

“中国有句古话叫人心齐，泰山移。咱们中国人团结起来，没有人敢欺负我们。”

“为我们伟大的华商会干杯！”

“干杯！”

……

大家你一言我一语高声阔谈这盛年。

酒过三巡，菜过五味。李鼎君清清嗓子，众人即刻安静下来。

“大家有没有想过，你赚这么多钱是干吗？”

“当然是为下一辈生活得好啊！”

“下一代仅仅开豪车用奢侈品就是好吗？我们这个年龄，无论在国外享受多大的荣耀和奢华，都不及双脚踏在祖国的土地上踏实。叶落归根是每个游子最终的夙愿。我们身为游子，总想回到祖国的怀抱。然而大家有没有想过，当我们百年以后，我们的孩子还有没有那么强烈的归国念头？恐怕没有，且不说日常生活的逐渐西化让他们与祖国有了隔阂感，更重要的是异国的语言环境让他们丧失了学母语的能力。当我们百年后，我们的孩子还会讲中国话，还会知道我们的根在哪里吗？”

“前些日子，我的孙女从学校回家问我说：‘爷爷，我到底是哪里人？’把我问住了，你说她是中国人吧，怎么中文讲得比外国人还差，满口都是英语和西班牙语。据我所知，这不是我孙女身上的个例，有些华侨子女甚至一句中国话都不会说。我们出国是为了什么，不是为赚外国人的钱吗？可不能为外国人输送我们的人才哟！如是这样，我们不就赔了夫人又折兵。”

李鼎君一语点醒梦中人，有人频频点头，有人忽然沉默，陷入了沉思中去。

“李先生有什么好建议吗？我们一定跟着干。”老郑首先发问。

“金库银库不如留给孩子知识库，我们只有依靠自己的力量才能让孩子们受到良好的中文教育。”

“老李，办教育吧，出钱出力大伙儿有的是资源，只要你带头，叫我们干什么都行。”

“是啊是啊，老李，我们一起干吧。”

李鼎君最大的优点是说干就干，这让他抓住了很多机会。从滨海办厂到出国谋生，再到创立鼎君跨国集团，他每一次的迈进都以迅雷不及掩耳之势，在别人还未明白过来时，他已占领了一个高地。

对不懂教育的李鼎君来说，办中文学校道路是曲折的，过程是艰辛的，但是，再长的路，一步步也能走完；再短的路，不迈开双脚也无法到达。像成立华商会那样，华文教育从提上议程到审批再到步入正轨，李鼎君倾尽了心血，甚至远赴上海请来了知名的特级教师。

2000 年 2 月 29 日，碧空如洗。华商中文学校在位于马德里的总校举办了首届开放日活动，全体师生都参加了活动，应邀出席的还有各界知名人士以及学生家长和西班牙友人。

李鼎君走进会议室，所有的老师顷刻安静下来。很多老师只是从照片上看过李鼎君，如今得识庐山真面目，兴奋中夹杂着各种好奇。这样一个只发生在电视剧里草根逆袭成为富豪的传奇人物一出现在身边，总是引起人们强烈的窥探欲望。李鼎君轻易不到学校来，因为学校有校长执行教务，不需要他这个董事长操心。他只负责投资。盈不盈利对他来说无所谓，他只想做公益性的事，如能惠及子孙，那他的心愿也算达成。

李鼎君发表了讲话。

“我们办学初衷是为了在西班牙出生的华人孩子能有接受正规中文教育的机会。另一方面也是为刚刚从国内来西班牙的孩子提供帮助，让他们快速掌握西班牙语，融入当地主流社会。”李鼎君的讲话激情慷慨。

他激动地说道："学校从开始创办到现在，经历了很多困难，但是却一步一个脚印地走了过来，感谢老师们的努力，让大家在学好西班牙语的同时，勿忘自己的母语。希望社会各界多多关心爱护中文学校，并祝愿孩子们能够为社会做出更大贡献。"

发言结束以后，学校师生同台演出，有二年级的舞台剧《拔萝卜》，一年级小班表演的歌舞《两只老虎》，西班牙同学用中西文朗诵了唐诗《春晓》，分校的舞蹈《采蘑菇的小姑娘》，博得阵阵掌声。五年级同学在短短的时间里也向大家展示了自己的国画创作，并将作品赠送给在场的嘉宾，中文学校老师们分别以中文、西班牙文、英文、法语、日语朗诵了我国唐朝诗人李白的《静夜思》，展现了各位老师的外语功底。

李鼎君对教育的支持不仅仅在西班牙，在中国上海，他同样很热心教育事业。在西班牙，为方便华商子女上学，他创办了华商中文学校；在上海，李鼎君捐建了一所学校……

2005 年 2 月初，李鼎君在上海"千人助学工程"的捐资助学仪式上对中外媒体表示："祖国的教育事业是千秋万代的大业，作为华侨理应有钱出钱，有力出力，只要是对国家有益的事情，自己都愿意并全力去做。我第一个做吧。我出资 18 万元支持教育。"

举办春晚

李鼎君不管在生意场上多冷酷决断，但骨子里依然感性和柔情。无论多艰苦的岁月，他都咬咬牙挺过来。他的乐观和坚强支撑着他一步步走到现在。

李鼎君的感性一直保持着赤子般的纯净。他对周筱恩叙说曾经的过往常常情不能自已，涕泪横流。谁知道他挺过了怎样的艰苦岁月？俗话说，大难不死，必有后福。只有经历过刀山火海，地狱般的熔炉焚烧，才能练就钢铁般的意志。

如果没有精神的指引，赚再多的钱能有什么用？聚拢这些精气神的是亘古不变的同理心，贵族如此，百姓亦然。

人的需求，精神高于物质。每一个背井离乡的人最想得到的是居住地的认可。没有认可，再优美的歌声也无人来和，再风光的景色也是暗淡的。

漂泊在外的人比稽留在家的人更多愁善感。最初吃过的饭，总是勾起乡愁无限，最初的歌声总是深刻在心底，在某个瞬间，乡愁如堤岸的烟柳弥漫着整个心湖。需要借助某个场景、某种仪式，追忆曾经的过往，那些年美好的青春真实存在过。

窗外是桂子的香气，萦绕在心的是淡淡的秋日情怀，桌前是友人转送的苹果，丝丝的果香飘入心中，感动、温暖的情愫从心底袅袅升起。某一个人、某一件事，或某一个物会无端勾起李鼎君的回忆。秋高气爽，正适合登高，但是登高的那个人在哪里呢？遍插茱萸少一人的遗憾不仅王维才有，时间、空间都阻隔不了内心深处某根神秘的神经，他是通向生命最初本源的世界。鳜鱼逆流而上几千千米，只为死在出生地，一吻曾经的故土。李鼎君的激情和创造力总被来自生命最初的源流鼓舞着，推动着，认同着，欣赏着，关注着。假若没有这种认同和欣赏，他的努力是多么的落寞和孤独。

李鼎君决定要在马德里办一场春节晚会，跟祖国同步。

海上生明月，天涯共此时。

爆竹声中一岁除，春风送暖入屠苏。

春晚，是中国过年的重要组成部分。

春晚，是释放乡愁的最好载体。

……

李鼎君的两个儿子是伴着春晚长大的，而李鼎君这一代是伴着春晚老去的。春晚承载了太多人的记忆。没有春晚，年似乎过得不完整。西班牙和中国六个小时的时差导致在西班牙的华侨很难感受祖国春晚的跨年气氛。毕竟一种情思的酝酿需要时间、空间、群体的情绪共同发酵。

记忆像条河流，溯流而上，生长在两岸的记忆花如被春风拂过，次第绽放。

李鼎君精心策划春晚的创意，缘自一次偶然。

那一年，李鼎君去义乌出差，义乌小商品城里悬挂着红红的灯笼，煞是喜庆。这一抹中国红点亮了他智慧的火花，也点燃了他浪漫的春晚情结。

回西班牙的飞机上，那一片红色燃烧着他的神经。飞行十几个小时的航程中，他的脑海被红灯笼包围着：没有一种颜色如此瞬间鼓舞人心，中国红，旅居海外的游子若要一解相思，似乎没有比中国红更加适合表达情怀！

这片红色不光烙在他的心底，他还要带回西班牙，让所有的华人为之骄傲而振奋。

以往的西班牙华侨也庆祝春节，但那都是象征性的自娱自乐，是关起门来的自我庆祝和怀旧。如果让西班牙人认识中国年味儿，了解中国文化的博大精深，那么隔阂会减轻，距离会缩短，友善会滋生，相处会融洽。

李鼎君决定办一场室外开放的春晚。让当地认可你，首先要在文化上开放自己，向西班牙展示中国人的风采，这个神秘的东方大国有着多么大的热情和激情。通过文化宣传，让西方人了解中国、接纳中国。

朦胧的月色笼罩着大地，李鼎君和华商会的成员还在办公室碰撞着思想的火花，他们对春晚主题的呈现拟了又拟，对一条路线的行进改了又改。窗外，夜深人静，寒冷的风扫过旷野，梧桐叶簌簌作响；窗内，灯火通明，一群并不年轻的华侨领袖激情畅谈，血脉相连的暖流悄悄流淌……

他们四处打听、联系，积极寻求支持和帮助，几乎调动了全部西班牙华侨的关系为春晚铺平道路。民间的，官方的，大家齐聚力量，只为呈现一个更好的异国春晚，这些在海外打拼的华侨有钱的出钱，有力的出力。由西班牙老华侨组成的常青俱乐部花鼓队自告奋勇上街表演。国务院侨办送来了舞龙舞狮道具。侨民共同出资搭建了舞台……

筹备的过程繁忙而琐碎，排练的过程辛苦而劳累。李鼎君虽然累得瘫倒如烂泥，然喜悦却从尘埃中开出花来。春晚成功与否没关系，只要让西班牙人知道中国有一种叫春晚的跨年风俗，它是多么的隆重，13 亿人口，无论你在天涯还是海角，总有一种情怀，一缕思念此时此刻和你相守，通过春晚的形式彼此相连。

打虎亲兄弟，上阵父子兵。

李鼎君的长子李存萜负责申请活动街道。李存萜 15 岁就跟随父亲到西班牙，很快掌握了当地方言，熟知西班牙法律法规，申请街道的事办起来很顺溜。

中国除夕这天，马德里被中国人申请主办春晚的几条街道忽如一夜春风来，大街小巷“红花”开，到处悬挂灯笼和彩旗，喜庆在燃烧，点燃了所有人的情绪。红红火火的景观吸引了各种肤色的外国人驻足停留围观。

这种狂欢，带着原始的淳朴和忠诚，如一个盛大的仪式。

旅居欧洲各地的侨民赶来了，使馆参赞来了，各种肤色的外国人也来了……

为了扩大影响力，李鼎君又和专门搞无线电的华侨联系，进行现场直播。筹备组发动华人圈请周边的演员来参演。闻讯赶来的有才艺的华人纷纷加入了这场义演中去。他们不要酬劳，甚至还倒贴钱，只为让中国的节目给华人带去温暖，给外国人带去震撼。

与国内同步的春晚激情在酝酿着，发酵着，继而熊熊燃烧。

北京时间晚上 8 点整，中国中央电视台按时播出春晚，举国欢庆，鞭炮齐鸣，烟花灿烂，祥和之气笼罩着大地。

西班牙当地时间下午两点，也就是北京时间晚上 8 点，马德里华人所在商业街也在同步直播着一场别开生面的春晚。整条街色彩缤纷，红的、黄的，张灯结彩，一片中国色。

舞龙舞狮，敲锣打鼓，跑马灯的，扭秧歌的，齐刷刷地从大街上走过。为了庆祝，所有的华人关门歇业，加入到这场带着浓浓中国味的跨年活动中去，几条街车堵在一块，观众越聚越多。

“快看，快看，有趣的舞龙狮，它们的眼睛还会眨呢！”

“啊！中国功夫，只有在电影中才能看到的中国功夫！太棒了！”

有人欢呼，有人喝彩，有人落泪，有人感动……

高潮在下午五点多钟到来，也就是北京时间零时，歌舞停歇，人群屏住呼吸，主持人发出倒计时报数：五、四、三、二、一、零。

咚——咚——咚——钟声敲响！

哦……过年了——

过年好——

新年好——

新年吉祥——

人们涌上街头，互相拥抱，载歌载舞，大伙儿把香槟拿出来，摇晃着，启开瓶盖，喷出来的水柱冲得很高，一如人们的热情冲天。参与的外国人比中国人还开心。这些西方人，生性爽朗，喜欢热闹，他们从来没见过中国这种热情奔放、又欢乐祥和的过年方式，边舞边唱，还有在他们头脑中回旋了无数次的中国功夫，实在太奇妙，太震撼了。

北京时间零点钟声敲过之后，旅居西班牙华侨春晚筹备组工作人员向过路的行人分发中国礼品，分享吉祥快乐。

一枚小红旗，一个气球，一只红灯笼就让人欢喜半天，喜庆流淌于心。

“给我一个。”

“我也要。”

“好漂亮的中国灯笼……”

他们惊叹着、欣赏着、把玩着，红红的小灯笼受到外国友人的喜爱。快乐因分享而扩大。

“李会长，没节目可演了，怎么办？”

主持人匆匆忙忙地跑来向李鼎君报告。因为时间跨度过长，准备的节目都演完了。

“让主持人上场唱一曲。”李鼎君建议。

很快主持人的歌声接近尾声，观众的热情还是很高：来一个，再来一个……

“怎么办啊？”主持人急得直冒汗，把求助的目光投向了李鼎君。

“我来唱。”为了这种欢乐的情绪持续久一点，为了不至于节目冷场，李鼎君自告奋勇上台。

会长亲自登台，台下掌声如雷。面对着汹涌的人群，面对着扬眉吐气的同胞，李鼎君内心澎湃，激情昂扬献唱《中国人》：

五千年的风和雨啊
藏了多少梦
黄色的脸黑色的眼
不变是笑容
八千里山川河岳
像是一首歌
不论你来自何方

将去向何处

一样的泪
一样的痛
曾经的苦难
我们留在心中
一样的血
一样的种
未来还有梦
我们一起开拓
手牵着手不分你我
昂首向前走
让世界知道我们都是中国人
……

歌声是雾，迷了眼睛，不知不觉已映出一些影影绰绰的沧桑往事。

台下观众举着红灯笼高声唱和。这首曲子让大家热血沸腾，共同的家园，共同的信仰都凝聚在歌里。李鼎君唱出了泪，十几年的艰辛打拼如电影，一幕一幕在脑海回放，当初出来的时候，根本想不到有一天会站在舞台中央，向世界骄傲地喊出：我是中国人。扬眉吐气之感在无数次的血泪浸泡中开出花来。

源静则流清，本固则丰茂，一个人精神能力的范围决定了他领略高级快乐的能力。国富，民强，才有所谓的平等和尊严。中国人，了不起的中国人！

春晚轰动了马德里，也轰动了西班牙，媒体争相报道，发起人和组织者李鼎君成了“名人”。

第二天报纸新闻头版头条登的都是春晚的照片，龙的镜头，花鼓的镜头，热烈狂欢的人群的镜头铺满了整个版面。中国文化终于从神秘的区域走到阳光下，李鼎君手握报纸，兴奋！激动！

事后他得知，共有48家媒体报纸报道了史无前例的“春晚”，大多为溢美之词。在这一天西班牙人都喜欢上了中国春节独特的庆祝方式。这48家媒体不约而同报道，在西班牙华侨媒体史上前所未有。

李鼎君策划的春晚开了个好头，此后每年的春晚越办越好，成为西班牙华人圈约定俗成的节日，每年这一天，大家关掉店门投身异国的春晚。

春晚节目的档次一年比一年高，李鼎君请国内各种艺术团来西班牙演出，甚至外国区域的演员也被召集参与演出。第三年西班牙春晚，李鼎君邀请来上海艺术团入驻西班牙助演，其中包括中国魔王傅腾龙。

如今马德里从春晚延伸为庙会，时间越来越长，也越来越体现中国年味儿，李鼎君开了一个好头，让更多种族的人通过春晚走近中国，了解中国。

李鼎君人生的目标和道路，不是享乐，也不是受苦，而是行动，在每个明天，都要比今天更进一步。

中国商城

李鼎君老家——中国温州是个弹丸之地，地少人多。要想富，只能改变思路。走出去，才能有出路。环境造就人，穷则思变。

李鼎君39岁卖掉温州老家厂房，从家乡出走，背井离乡、破釜沉舟那一刻起，他就没有退路。他只能前进，也只有前进才有出路。过程虽然会很曲折，很辛苦，但不努力就没有机会，更不能开辟出一条新的道路。此前的岁月，他不知吞下了多少刻骨铭心的屈辱和讥讽，他没有被这些屈辱打倒，而是把它踩在脚下，以它为土壤，在苦难中不断锤炼自己，最终开出一朵耀眼的花。

李鼎君记不清多少次挥汗如雨，记不清多少重量压在身上，每一次身负大包小包从海关进进出出，每一个困窘、无奈的早晨和黄昏，都远去了。

曲曲折折的山地，费劲吃力的推车，记载着一代创业的艰辛。

马德里市中国商品批发的集散地在拉瓦皮埃斯区。那是一个老城区，起伏的山地，狭窄的街道，油漆脱落的墙体……衰败和腐朽无处不在。加上治安非常不好，抢劫偷窃案件屡屡发生，成为华商的“重灾区”。

这个街区虽然看似毫不起眼，却因租金低廉聚集了越来越多的华人批发商，逐渐形成热闹繁华的商业地带。然而由于街道狭窄，卸货不方便，停车拥挤，给华商的经营和发展带来很大的困扰。

华人行走过拉瓦皮埃斯街区，山地斜坡，光天化日之下你得随时提防有人半道拦路抢劫。

拉瓦皮埃斯街区商铺的经营者很无奈，街道如此狭窄，交通诸多不方便，如果继续在市中心发展，已达发展“瓶颈”，箱柜根本无法运输。要想做大做强，必须搬家。可是由谁来做这第一个敢吃螃蟹的人呢？不是谁都有勇气迈出这第一步。改变需要付出代价，没有生意是一成不变盈利的，冒险有风险，固守成规只能在小打小闹的范围旋转。

李鼎君位于山地的箱包批发店，由于市场迁移，顾客寥寥，但依然每天开门营业。他雇了一对黑人夫妇看守店面，自己偶尔也会去店里坐坐，怀想当年批发店被围得水泄不通的盛况。如今店里冷冷清清，偶然进来的也是串门的邻居。

按李鼎君的财富，这间一直亏损的店面完全可以关闭，但他实在不舍得关掉，因为这里承载着他们太多的记忆，也是他的太太苏任秀勤闲来无事的串门地。李鼎君把这家店当成家族发迹的博物馆，每年投入维持经营的资金不少，处在亏本经营中，但他毫不在意。

别人看到的是眼前的繁荣，李鼎君看到的却是发展的“瓶颈”：这个街区过不了几年就会逐渐衰弱甚至淘汰。一定要新觅出路。他的心里翻涌着说不出道不明的理想，这理想在脑海里左右冲突，呼之欲出。

做生意谁不想成为真正的大老板?

李鼎君经商之余，开始有意识地去寻找地块谋划下一步的动作。都说钱是男人的胆，有钱后的李鼎君再也不满足这种小打小闹的经商模式，他需要扩大版图来实现年少时的野心和梦想：要么不做，要做就做最强!

这个梦想一直在李鼎君心中升腾、发酵，他在等待一个契机。

这一天，阳光透过白桦树，洒落在门前古老的河面上时，李鼎君的梦想终于在晨曦中苏醒了。

只要有心，机会还是很多的。

李鼎君经人介绍来到马德里近郊一块4万平方米的仓库区。当看到这片土地时，李鼎君的眼睛亮了一下。这是一块很适合改建商城的大块土地。

在西班牙的华人大批发商越来越多，迫切需要一个高档次的商业城，他要为华商建立一个中国商城。

成大事者总是一波三折，事情远没有他想象的那般顺利。他和儿子李存萜、李存哲再三分析，明面上是因交通、道路等问题而搁浅，不过最主要的是当时他没有那么大的资金实力。

等待，等待，做大事者需要时机和智慧。

只要自己强大，一切拦路虎都将成为纸老虎!

这一天终于在积累中到来了，一个契机启动了这一切，让事情推进了一步。

一次偶然出差，让李鼎君打开了眼界，学会真正用自己的眼睛去看周围的事物，学会正视自己的内心，激发了心中的宏伟蓝图，最重要的是他发现了另一个自我，一个从企业家到集团老总迈进的通途。

那天，李鼎君到中国义乌进货。义乌小商品商场干净整洁的购物环境一下子就吸引住了他，要是在西班牙的中国商人也能在这么宽敞明亮的环境中工作那该有多好！李鼎君被自己的梦想激动着，憧憬着！西班牙需要建设一个像义乌一样的批发区。他将成为改写西班牙商品交易集散地的第一人。

其实，随着原始资本的积累，李鼎君早就不满足这样的贸易环境，他一直在思考西班牙的商业模式，既然中国有义乌小商品集散地，海宁有皮革集散地，他为什么不能在欧洲搭建一个中国商品集散地呢？一边为中国工厂商品销售搭建桥梁，一边为欧洲的客户提供服务。

他是那种一有梦想马上付诸行动的实干家。回到西班牙后，李鼎君再次走了很多地方，考察很多地块，不是没有大块的土地供他建设，就是位置过于偏僻，不利于运输，各项条件都不成熟，建商城的计划耽搁再耽搁，延误再延误。

功夫不负有心人，他的耐心等待终于为他换来更好的发展空间。

梦里寻他千百度，蓦然回首，他要的地块出现了——他看上了富恩拉夫拉达批发区。富恩拉夫拉达批发区交通便利，停车方便，更重要的是平时商业繁忙，货柜进进出出，已形成一个很重要的商品批发中心，具备开设大型中国商品批发市场的条件。

富恩拉夫拉达区有一个废弃的旧工厂。初见它，虽然破败，李鼎君头脑里却早有自己的盘算：这个地方市场的繁荣已经有了雏形，只要自己精心打造，辅以高档次的配套设施，定能打造成像中国义乌小商品市场那样的大商场。

他很快与当地政府敲定了协议，要在这里建立一个集散地，专门为服装、鞋业企业提供服务，为国际产品交易提供便利条件。

于是，李鼎君决定投资 2 亿美元建设中国城，预计 2003 年投放市场。

有人曾因李鼎君斥巨资打造中国商品批发市场不解，觉得太冒险了。

“商城做得这么精致，投入这么多钱，你不怕租不出去资金被套牢吗？”

“怎么不怕？但只要我认准了的事情，即使九头牛也拉不回来。要想成功，首先追求的是品质第一。品质做好了，价格高一点大家都可以接受。大家买东西不怕买贵，就怕买到假货。在异国他乡，不怕外国人，外国人骗不了你，怕的是被自己的同胞骗，它就像传染病，被骗的人总是要到另一个华人身上骗回来，于是你骗我，我骗他，形成恶性循环，吃亏的还是自己。所以先把诚意做足了，栽得梧桐树，才能有金凤凰栖息。”

“只要品质好，够诚意，别人不是傻子，有钱大家赚，干吗不来？”

问话的人无语。

改造旧工厂，追求完美的李鼎君请西班牙最好的设计师加班加点赶进度设计，改造工程由王峰监管。这样不分昼夜地改造了半年，成果出来了。改造过的工厂一改过去灰扑扑的陈旧模样，焕发着勃勃的生机。

落成典礼那天，锣鼓喧天，龙腾狮跃，热闹非凡！年轻的中国商品批发市场从这里起步，将走向辉煌的明天。

中国商品批发城的开业不仅标志着中国商品已在当地市场占据更加显著的位置，更重要的是，它还标志着华商在西班牙的经商理念开始了一个崭新的阶段。

建成后，西班牙媒体对中国城做了报道：

2003年4月29日，马德里著名批发区富恩拉夫拉达中心，一个取名为“鼎君城”的中国商品批发市场剪彩开业。

该市场占地6000平方米，米白色瓷砖铺就的展厅，一家家用玻璃隔断的摊位，宽敞的过道，琳琅满目的商品，还有餐厅、酒吧、办公室，高雅舒适，吸引了很多商户在此投资兴业。这是西班牙首家华人开办的中国商品批发市场。

花团锦簇的报道背后隐含的艰辛，只有当事者李鼎君才明了，事实上商城建成刚开始的招租并不顺利。生一个孩子容易，不过是十月怀胎的时间，要想养大一个孩子真是一件并不容易的事情。

李鼎君在各媒体上登广告宣传63个摊位招租，然而刚开始的一阵子并没有人看好这里，没有人愿意放弃已有的商业圈移步中国商品批发市场。

原因有多种，一是人都有恋旧情结，华商们也不例外，虽然蜗居在拉瓦皮埃斯区诸多不便，还时常受到恶势力的骚扰，但毕竟老店铺待久了，如要挪窝，情感上割舍不了。二是李鼎君的中国商品批发市场虽然有市政府的审批证，然而工厂变成商业用地，市政府没有明确表态，没有说合法，也没有说不合法。李鼎君把他理解为默许行为。但是华商们不敢冒险，万一进驻后手续不合法，再迁出费时费力不说，客商也会流失一部分。诸多原因，让保守的商人们不敢贸然行动。

如此前景不明朗的状况，李鼎君陷入了沉思：为什么他们不来进驻？是地段不合适？租金高了？还是广告没做到位？

纷纷扰扰的问题在他脑中盘旋，冲淡了刚建成时的喜悦。如果不招租进位，一旦错失时机，那么这座刚建立的工厂就会变成一座废弃的空城，那可如何是好？做生意要冒很大的风险，就如战场，胜者为王败者为寇，一个项目如果被套牢，之前的努力奋斗可能会前功尽弃，这样的例子不是没有过。

现在光靠广告难以让这棵梧桐栖落凤凰，他只有主动出击，经过充分的调查研究，掌握数据后，他才想出对策。

李鼎君通过走访后得知：大家不进去的最大原因是怕违章。谁愿意在违章的地方做生意？怕付了租金打了水漂。

了解到大家心中的顾虑和担忧后，李鼎君果断作出决定：让利给前期搬进的商户。

他邀请了很多商界好朋友，给予他们免租一年，让这些商界朋友落户在此做做看，颇有点赌博上“赢了算你的，输了算我的”的意味。一年之后，如果市场形成气候，他再收租金。这一优惠政策和诚意果然打动了很多华商，大家争先恐后搬了进来。

事实正如李鼎君所料，因为商铺集中，圈了人气，人气带动财气，也带来广告效应，一部分处在观望中的商人马上闻风而来。鼎君城很快人来人往，成为商业中心。

商铺免费使用期一年到期，不但没人退租，而且摊位抢手，供不应求。不用李鼎君说价，租户之间互相抬价，竟然把第一期的租金涨到 20 万欧元一年（按当年的汇率，折合人民币 200 多万元一年），如此高价，还是供不应求。

这么高的租金，租户能赚到钱吗？有人担心。李鼎君也为减轻租户的负担，本着有钱大家一起赚，你好我好大家好的原则，在个别租户转让店面时，收取的转让费甚至高于他当初从李鼎君手上承租的店租数倍，按合同上的约定转租费应该归业主，但李鼎君没有收，而是把这部分的利润归了原始租户。

第一批进驻鼎君城的商户，凭着勤劳苦干和头脑灵活，很快闯出一片天地。

有些商户成了千万富翁甚至是亿万富翁。

至于他们赚了多少钱，李鼎君没有留心观察过，他彼时正醉心开拓自己一个又一个市场。他行商的目光是敏锐的，只要他看中了一个项目，就像钻研技术一样，非把它攻克下来不可。因此他无暇他顾，他把平台提供给大家，就像春天播下种子一样，等着来年收获即可。可是事情就有那么凑巧，越是他不想知道的秘密，越是闯到他的眼眸，当然，他很为这个秘密高兴。

有一次，李鼎君从西班牙飞往中国洽谈业务，在飞机上一个穿着考究、气度不凡的儒雅先生，主动过来和李鼎君打招呼。

“李先生您好！”

“您好您好！请问您是——”李鼎君一时想不起从哪儿见过这位先生，出于礼貌，他握住了伸过来的手。

“您可能不认识我，我却非常感谢您。”儒雅先生话音中洋溢着热情，“我是鼎君城商品市场里的租户，感谢您为我们提供了这么好的平台，是您让我赚到了很多钱。当然我的资产不能与您相比，但是我在我的朋友圈里也算很有钱啦！

对别人谈钱是很危险的一件事，但对您，我说说也无妨，我的资产也过亿啦，我做梦也想不到，是您的中国商品批发市场让我赚这么多钱，非常感谢！”

一家小小的商铺居然可以赚到上亿元的资产，多少人办企业也赚不到那么多钱，真是太神奇了。李鼎君震惊之余很欣慰，没想到他建立的市场可以惠及这么多人。

李鼎君的目光在万米高空的云层穿越、发散，创业的艰辛和一波三折在脑海中浮现。

这个华丽精致的鼎君城，刚刚诞生时并非顺风顺水，当时一期工厂改建后的商铺，没有合法的手续，因为身份的尴尬，警察很快找上门来。

那是个碧空如洗的午后，李鼎君正忙完上午的会议，一边翻看着意大利语言读本，一边饮了一口卡布奇诺。对他来说，没有比长时间工作之后品尝咖啡更美妙的事情了。

读书改变一个人的内在涵养，漂亮的容颜固然可以让人眼前一亮，丰富的内涵，却让人经久不忘。读书，可养成一颗强大的、淡泊的、坚毅的、懂得取舍的、懂得感恩的虚怀若谷之心。

这个时候属于个人读书休闲的黄金时间，没有特殊情况，李鼎君都不喜欢被打扰。正当他专注于自己的精神世界遨游冥想时，李存萜的到来打破了他的平静。

李存萜惊慌失措推门而进：“爸，不好了，警察来了！”

李鼎君面对李存萜不敲门而进，心中不悦：“慌什么？又不是天塌下来，做事总是这样冒冒失失，绅士风度哪里去了？”

“爸，不好了，警察来了！”李存萜又把刚才的话重复了一遍，只是这次放慢了速度，小心地看了看父亲的脸色。

“警察来了怎么啦？只不过例行检查而已，我们又不是走私卖毒品，做的都是正当的买卖，不怕查。”

“可是……”

“别可是了，按正常的公务接待，他们想查什么就让他们查。”

“爸，我怕警察一来，会影响我们市场的声誉，商户和客商都会被警察吓跑的。”

“放心，儿子。是祸躲不过！也许是福呢？”

“爸爸，这话什么意思？是福？”

李鼎君端起褐色的咖啡杯，轻轻吹着咖啡上的一层牛奶泡沫，脸上浮现一丝不易让外人察觉的微笑，淡淡地说：“咱们又没犯法，市场里也没有经营毒品，干吗要这样惊慌失措？放心，李存萜，咱们的市场不但不会被关闭，反而要红了。”

“我要休息一下了，你去接待吧。”李鼎君支走了李存萜。

李存萜走向门边，轻轻地拉开门，回身看到李鼎君已旋转了老板椅，背对着他。

李存萜轻轻地叹了一声气，不知道父亲的葫芦里到底卖的是什么药。他把门悄悄带上，但愿真如父亲所言，这个意外能是个福音。

李存萜将信将疑，在外经商对警察有一种天然的畏惧，尽管没犯什么错，总担心会有倒霉的事情发生。

身穿制服的警察倒没为难这些商户，例行检查走过场而已。

客商们也不太注意这些穿制服的人，轻声低语的生意洽谈声丝毫没被打扰，随行记者抓拍下这些场景。

第二天当地报纸登出了一条“富恩拉夫拉达警察查访中国批发市场”新闻，让这个市场无意中出了名。

这是一种无形的广告，本来欧洲市场很多人还不知道有这样一个集散地，如今可好，有好奇来参观的，有探查这个商场是卖什么的……一下子人来人往，客流量剧增，随即营业额飙升，真是因祸得福。

李存萜深深佩服父亲的淡定和远见。

为了容纳更多的商户，满足更大的需求，李鼎君追加建设第二期批发城，2006年1月二期商城开业。第二期市场一共有60个摊位，有了第一期的广告效应，二期商铺很快抢租一空。

进驻商城的80%是华商，他们来自西班牙各地和意大利、葡萄牙等国，另外20%的商家来自西班牙、孟加拉国、韩国、印度等国商人。市场主要经营服装、鞋、包、电器、礼品批发等，经营者中不乏著名的华人大企业。

中国商品批发城的开业不仅标志着中国商品已在当地市场占据更加显著的位置，更重要的是，它还标志着华商在西班牙的经商理念开始了一个崭新的阶段。

要想做大，必须提高商城档次；要想做久，必须华商抱团取暖。

上流明星

李鼎君不知道在西班牙华商界创造了多少个第一，如建立中国城，如投产东方广场，如策划李存哲婚礼。

“要做就做最好的”一直是李鼎君信奉的人生信条。他是个执着在个人世界里与自己搏斗的人，一旦捏紧了拳头，便会执着得难以抽身。

在前两期成功的经验之上，他在西班牙又做了个大项目——东方广场。东方广场从建设之初就开始受到外界的关注。如果没有金融危机，东方广场更不得了。

这一次，李鼎君一改以前低调的处事风格，跻身亿万富豪行列的李鼎君已然进入西班牙上流社会，他的一举一动受到政府和民间的极大关注。

东方广场项目刚刚启动，新闻发布会紧跟而来。

白衬衫、黑西裤，一身商务装的李鼎君携一众人物出现在花团锦簇的新闻发布会现场，立即引起人群一阵骚动。粘贴着各种台标的话筒争相靠前，镁光灯不断闪烁。

“‘东方广场’项目的设想在一开始就受到了富恩拉夫拉达市政府的积极关注和鼎力支持，其根本原因在于看中了该项目的运作规模化、管理规范化、设计现代化，并准备以此为契机，把‘东方广场’彻彻底底作为一个标准的华人商贸典范加以隆重推介，因此，从富恩拉夫拉达市市长到有关部门官员都非常重视，把华人最具高端意识和品味的项目作为富恩拉夫拉达市重要工程之一来对待。所以，从某种意义上来说，‘东方广场’的打造可以说是富恩拉夫拉达市政府行为。因此，在 2008 年 1 月时就将所有证照批复给‘东方广场’项目，给我们大开绿灯，给华人大开方便之门，当地政府对华人社会，尤其是华商可以说是青睐有加、关怀备至。”

李鼎君立在话筒前侃侃而谈。他说：“自从 2008 年 8 月份办理完相关手续后，‘东方广场’所占土地交付到我们手上，从房屋拆迁直至建筑开发的垃圾托运、从挖掘打桩井眼到全面铺设排污管道、水管、电线等，这一系列工程是一个细致而又巨大、烦琐而又复杂的工作。不过，基础工程公司 URBAMA 在设计理念上采取了简约、流畅的设计，在短短的七个月时间内，把这些基础工程设施建造完毕，可以说是创造了一个奇迹，也是一般施工队伍不可想象的。”

……

此时的李鼎君，早已褪去了刚出国时的寒酸和胆怯。商海的洗礼滤掉芜杂，洗净了浅薄，开阔了他的视野。他变得厚重而又前瞻，他迈出的每一步都经过深思熟虑，去往何方早已清清楚楚，他的脑中有一盘棋，经纬分明，进退攻守，运筹帷幄。这种高度，不是一时一刻得来，而是交了无数次“学费”，吃了无数次亏，从血泪中总结得出的。这些年，他积累的不仅仅是财富，还有更可贵的经验。

一个人的成长平台很重要。

李鼎君为别人搭建发展平台的同时，无形中也为自己搭建了台阶。通过这个台阶，他看到了更远的风景，领略人生一处处高峰，激起他征服更高山峰的欲望。

真正的聪明人都懂得分享，越分享拥有越多，只有愚钝的人才冰封在自己的一点点土地里，怕别人夺取。其实，历史告诉我们：越害怕，失去越快。迎着阳光，拥抱幸运或不幸，一切都是你人生的财富。

李鼎君没有用大道理讲明自己的人生哲理，他会通过一个小故事或一个小动作去感染大家，一个微不足道的动作，会温暖照亮别人的前路。比如，他总是一个为别人开车门的人，无论他的身份有多尊贵；目送着女士安全过马路，然后离开。

他总是为弱者着想，他总是无声断后。

东方广场未雨绸缪，翌日，有关东方广场的报道全面铺开。

李鼎君办事向来是雷厉风行，新闻发布会之后，马上召开董事会，项目跟踪，巡视指导，追加投资。几个月之后，东方广场建造迅速，很快楼盘封顶，鼎君集团进行了简约的庆祝活动。虽然是低调的庆祝活动，受到市政府关注的项目，怎能少了记者的追捧？

这就是李鼎君，不管创业的路有多苦，擦干汗水告诉自己要做一定要做得最好。李鼎君对成功的经历记忆不深，对那些给予他打击、深受重创的往事却时常咀嚼，吸收经验教训，然后从头再来。这是一个优秀者的品质，成功不足挂齿，血与泪的教训铭记在心，然后等待时机，绝地反击。越王勾践，留给世人最励志的部分恐怕是卧薪尝胆，一个人，能承受得了多大的屈辱和痛苦，他就受得起多大的荣耀和尊敬。前半生的绝境和无路可走都是为后半生的绝地反击、枯木逢春埋下伏笔，预留惊喜。

即使李鼎君有意对东方广场楼盘的顺利封顶轻描淡写，留存在报纸上的文字依然清晰地记录下这历史性的一刻。

虽然是豪华商铺格局，李鼎君庆祝的封顶仪式却很简约。

到达现场的记者看到，工地上的外籍建筑工人自制海鲜饭，用现场烧烤和酒水庆祝楼盘封顶，李鼎君和参与建设东方广场的工人们一道，现场品尝了这种有中国传统特色的“工地佳肴”。

其实，在开工之初，李鼎君的心里早有一张时间表：东方广场 8 月交工使用，年底正式营业 。

李鼎君抓住工业区整改在即的机会，顺势而为，东方广场是最佳选择，又一次成为社会名流的谈资和钦佩的对象。

生活不止眼前的苟且，还有诗和远方的田野。

李鼎君赤手空拳来到人世间，为找到梦想中的那片海不顾一切。

中国发展所带动的机遇和面临的问题，都是广大海外侨胞实实在在关心的话题。大家都有一个共识，中国发展越来越好，中国的国际地位提升了，中外交流顺畅了，海外侨胞才会活得更有尊严、获得更多机遇，所以大家也期待自己能为祖国做出点贡献。

为了增进海外侨胞对祖国的了解和感情，全国政协有邀请海外侨胞代表列席两会的惯例。于是，每年的全国政协会议上都会有一个特殊群体：他们不是政协委员，却与政协委员一起开会，虽不能提提案，但能够建言献策。他们，就是列席会议的海外侨胞代表。2007 年，共有来自美国、俄罗斯、西班牙、南非、土耳其等二十几个国家几十名海外侨胞获得了这个特殊机会，侨胞代表中，有侨领，有学者，也有企业家。李鼎君也是其中幸运的一员。大家都希望能在侨胞最关心、最熟悉的领域发挥一些光热，所有人都带来了自己的建言，主要集中在侨务工作、海外华文教育、中国的国际影响力、中外关系等方面。

对李鼎君来说，无论在中国还是西班牙，没少参加各类研讨会、记者会、商会、展会，但 2007 年 12 天的“开会”经历可谓一生难得，也是人生最难忘的一笔财富。他作为海外侨胞代表的一员，应邀列席中国人民政治协商会议、旁听部分全国人大会议。

李鼎君非常珍惜这次列席的机会，虽然没有直接写提案的权利，可作为列席代表，可以建言献策。漂泊海外多年的经历，让他有第一手的资料呈现；担任华商会会长，让他用国际视野看问题；一颗汹涌的爱国心，让他建言更有激情。对有些人来说是苦差事的调查研究报告，李鼎君却陶醉其中，愿意伏案疾书。他把鼎君集团领导权提交董事局，自己一心一意写建言。

跑市场，调查和研究侨胞的内心想法，观察国际形势对华侨的影响。华侨子女的语言问题和寻根方式，都是他考虑的问题和方向。可以说，他的倾心投入和废寝忘食，是几十年未曾有过的，如初恋般狂热。

祖国给了他一个建言的平台，他捧出一颗忠心来表白。那笔尖汩汩流出的不单单是文字，而是他多年来的思念和叙说，是与祖国母亲最热烈的拥抱。他从来没有如此强烈的感受到作为中国人的自豪。他的办公桌上摆放着鼎君集团的商标，那是他创造的鼎君帝国的标志。当初父亲把他取名李鼎君，寄予着振兴家族的愿望，如今他在自己打造的集团“鼎君”的前缀冠上中国两个字，则寄予着中国腾飞之意。少年强则中国强，他希望他的下辈能继续发扬光大鼎君的品牌，让中国鼎君在西方腾飞，在世界民族之林腾飞。

祖国以极大的热情肯定这位在海外苦苦打拼的赤子，他的回归不仅带来巨额财富，还带来了先进的思想和高瞻远瞩的眼光。

李鼎君花了半年多时间，征求了很多海外华侨华人反馈的信息，听取了他们的意见，他们谈到一些存在的问题，以及自己的迫切愿望，李鼎君把它综合起来，认真提交了一份建言书，涉及九项内容。带着这九项沉甸甸的内容，李鼎君飞往了北京。

参加两会不仅是一种荣誉，更是一种责任。参会让侨胞们有机会聆听，有机会进言，也有平台分享在国外收获的各种经验。“建言是我们列席委员应尽的义务，坚决不能敷衍，也不能只博眼球效应，必须反复推敲拿出真正有建设性的意见。”李鼎君在下飞机的那一刻就已经决定该说什么了。

李鼎君到现场报到，每位与会者领到一个资料袋，内有一个纸质笔记本、一支圆珠笔、一张参会证件，以及会议守则、日程表、小组人员名单这样的必备资料。对想留个念想的人来说，以上就是全部的“两会纪念品”。

两会期间，李鼎君的生活两点一线，除了会场就是宾馆，在会场，他聚精会神地听每一项发言，委员们的提案背后都要付出艰辛的劳动，都值得大家学习和尊重。大会最精彩的部分是指定发言。发言者要么穿笔挺的西装，要么着职业的套装，干练而又富含涵养。他们清晰准确的表达，切中时弊的观点，配合一张张定位准确的幻灯播放，听得李鼎君热血沸腾。接下来的即席发言，更是精彩纷呈。委员们来自各行各业，在自己的专业领域都代表最前沿的思想和远见，看似张口就来，实则蕴含着丰富的知识涵养和长期的调查研究，每一个观点都是满满干货，每一个论据都是深思熟虑。他们的精彩发言不时被掌声打断。李鼎君奋笔疾书，把这些来自祖国的声音，记录在本子上，他要把政策带回西班牙，传达给西班牙华商会的同胞们。

这是一次思想的交锋，这是一次头脑的裂变，这更是一次心灵的震撼。此前，李鼎君曾无数次听过知名专家教授的讲课，也参与过很多高规格的商业峰会论坛，但和政协会议相比，根本不值一提。

一生能参加一次政协会议，光荣长存。社会精英阶层都在政协队伍里面啊。李鼎君感叹道。

会后，中央电视台主持人带着扛摄像机的记者，敲开了李鼎君居住的房间门。李鼎君就像找到亲人，对着镜头侃侃而谈，表达着一个海外老华侨的赤子情怀。

“两会时间”李鼎君过得很充实。第一次召开分组讨论会，李鼎君切身感受到了两会的“热度”——发言都得要拼抢。他抢到第二个发言机会，将精心准备的建言书——九项建言提纲挈领介绍给大家。按照流程，小组讨论本来安排每过1小时就休息5分钟，但大家热情太高，一连两个多小时了大多数人都拒绝休息。

大家为什么这么拼？原来按照惯例，全国政协通常不会重复邀请同一名海外侨胞列席会议，所以这相当于是一生一次的机会，大家格外珍惜。侨胞代表们虽不是正式的政协委员，不能提交任何提案，但政协小组讨论会时，参会领导人鼓励大家抓紧机会建言献策。

时过境迁，多少物件淹没在风尘里，唯有参会代表证，李鼎君视若珍宝，一直珍藏。那是一段岁月的怀想，更是一个从草根到侨领的政治荣光见证。回忆起在北京的日子，他如在梦中，明星般的政治礼遇深刻在脑海，他有时恍惚这一切是否真的存在，但只要打开互联网，采访他的两会心声的视频还清晰可见。

灯光敞亮，历史用镜头记录了李鼎君的心声。这一次参会点亮了他的思想，活着不单单是为改善小家，大丈夫还要有为国分忧的气概。

情断车祸

如果没有那次意外，李鼎君次子李存哲的婚姻可能又是另一种状态。生命会在某个路口分出岔道，于是一切都变了。

“存哲，不要迟于11点归来！”李鼎君抖了抖手中的报纸，向正在玄关处穿鞋的儿子说道。

“知道啦，老爸，这么啰唆，11点就11点。”

西班牙的夏天，晚上10点太阳才刚刚有离开的意思，到11点天才完全黑透。

七月的风带着芳草的清香，梧桐叶撒下一片荫凉。李存哲上身白T恤，下穿浅蓝色的七分牛仔裤，加上一双白色的球鞋，看上去干净清爽，浑身散发着青春的气息。

他吹着口哨，车钥匙在手中抛落着，划出优美的弧线，一如他妙不可言的心情。他要去见的人儿是初恋女友。他们是大学同学，因为同是浙江老乡，他们相爱了。毕业后李存哲进了西班牙律师事务所做起了翻译，而女友进了外贸公司。其实李家的贸易公司在马德里是叫得上号的，李存哲曾经邀请女友来鼎君集团上班，被女友婉拒了。他们俩虽然同处一座城市，可是因为李家家规甚严，李鼎君从不让孩子们迟归，更别说在外留宿，因此李存哲跟女友单独相处的时间并不多。

车穿越太阳门，前方道路逐渐开阔，呈现在眼前的是空旷的大道，路上却不见车辆。下午六点钟，马德里的太阳正是当头，虽散发出十足的热情，但马德里地处环地中海，夏季不是很热。

李存哲打开天窗，田野的气息随风灌进来，带着薰衣草的清香。道路两旁植有大片的薰衣草，蓝紫色花序颀长秀丽，显出优美典雅的体态。薰衣草属长日照植物，生长发育期要求日照充足，植株若在阴湿环境中，则会发育不良、衰老较快。而西班牙夏季日光充裕，提供了天然的有利条件。

女友曾嚷嚷着要李存哲陪她共赴法国普罗旺斯看薰衣草，说那才是正宗成片的薰衣草海洋。李存哲不敢轻易答应，倒不是他不想去，只是刚进律师楼，脚跟还未站稳，所以不好意思请假。他知道能进西班牙最高档的律师楼并非全凭自己本事，人家多少看了父亲李鼎君的几分薄面，才客客气气地留用。李存哲有自知之明，因此在他身上全无公子哥习气，相反，表现出的却是一个踏实、勤勉的中国青年形象，这点深受西班牙老板喜欢。

普罗旺斯，会有机会去的，等实习期满，一定给她一个惊喜。这样想着，李存哲不觉间加快了速度，心早已飞到了女友身上。

沙滩上，一群男女正在烧烤，快乐的欢呼声惊飞了一群海鸟，扑棱棱在海的上空盘旋鸣叫，似乎对这群高声喧哗的闯入者抗议。

李存哲把车停在弯曲道路的尽头，熄了火，朝那群欢乐的人群快速移动。

“存哲，你来啦！”一个打扮时尚又清纯的少女朝李存哲奔了过来。

李存哲敞开臂弯，环住了少女，在她额头深深一吻：“莎莉，你今天真漂亮！”

唤作莎莉的中国女孩正是李存哲的大学同学，现任女友，她亲昵地拉着李存哲的手，向烧烤的火焰处走去。

如果不出意外，莎莉将会成为李家二少奶奶。莎莉并非出自名门，她只是一个留学生，她的父母在国内用微薄的工资供养着这朵开在异域的花朵。虽然家不富裕，莎莉却从未向富二代男友伸手。莎莉骨子里透出的自立深深吸引着李存哲，也让李家对她心存好感。

大学同学的相聚场面总是很嗨，况且这次的相聚还加入了两个国内来的同学，举杯再举杯，地上很快堆起了如山似的易拉罐。

相聚的时间总是短暂的，如胶似漆的恋人恨不得让时间停止。莎莉是个很有克制力的姑娘，她忧郁地望向那轮西坠的红日，看看手表，催促着李存哲：“存哲，10 点了，快回家吧，你爸不让你迟归的。”

“别赶我嘛，我还想和你多待会儿。”李存哲一面依依不舍，一面站起来，他也清楚，迟归于李家而言是多么严重的后果。

“莎莉，我先送你回去吧？”李存哲看看莎莉，又看看那群闹得正酣的大学同学。

“存哲，你先回去，莎莉交给我和伊文，我们顺路捎她回去。你快回去吧，过了 11 点，你这李家二少爷就要流落街头咯！”同学乔斯揶揄道。

“你少幸灾乐祸！”李存哲捶了一下乔斯的肩膀道，“那我把莎莉交给你们了，她若少了根毫毛，唯你是问。”

“放心吧，李二少爷，你还是操你自己的心吧，11 点前到家，喏，只剩 50

分钟了。”

糟糕！李存哲拥抱了一下莎莉，转身向车跑去，留下乔斯等人大笑不止。

“怕老爸的男人都是好男人，莎莉，你的眼光真不错。”

“怎么又扯到我身上，来，喝酒，喝酒，今朝有酒今朝醉……”莎莉融入了同学圈中。

电话是午夜响起的，一声紧似一声，如同催命。李存哲翻了个身，把头埋进白色靠枕，继续沉沉睡去。

咚咚咚，敲门声沉闷有力，似一阵响雷，驱走了李存哲的睡虫。

“存哲，出事了。”李鼎君的声音在门口低沉暗哑。李存哲突然有种很不好的预感。他翻身坐起，一把抓起听筒，听筒那头只有嘟嘟嘟的忙音，显然，电话早已挂掉。

他拉开厚重的实木门，李鼎君和苏任秀勤站在门口，满脸哀戚地望着儿子。

李鼎君的声音似从远方飘进，听不真切：“警局来的电话，56号公路，莎莉出车祸了。”

李存哲蒙了，过了好一会儿反应过来，抓起桌子上的车钥匙就往外走。苏任秀勤一把抢过儿子的钥匙，道：“你这个样子爸爸妈妈很不放心，我来开车吧，我们送你去。”

李鼎君一家赶到56号公路现场时，公路已经被黄蓝相间的丝带封锁了起来，那辆载着莎莉的轿车被大货车碾轧成大饼，只剩三个车轱辘滚向一边。

莎莉和伊文三人被轧得血肉模糊，不见人形，场面不忍目睹。苏任秀勤“哇”的一声，扶着白桦树吐得眼泪鼻涕一大把，活了大半辈子，还不曾见过如此血腥的场面。吐了半天她才醒悟过来，赶紧要照顾宝贝儿子。

李存哲蹲在马路边，双手插进头发，撕扯着，他暗怪自己没有及时送莎莉回家。几个小时之前，他和莎莉还在一起，现在却阴阳相隔，如果时间能倒流，他绝对不会抛下莎莉独自走开，哪怕让父亲扫地出门，他也要和莎莉在一起。

李鼎君看到现场这一切，倒吸一口气。他暗自庆幸，幸好家规订得严，如果没有严苛的家规，今晚他也有可能永远失去这个儿子了。当然在儿子面前他没有表露这种暗自庆幸。他脸上带着严峻的神色，向警长打听事故的初步勘测结果。

警长耸耸肩，表示对这三个青年逝去的遗憾。轿车严重超速，当看到弯曲处迎面驶来的大货车时，早已失去了刹车的最好时机，以卵击石，一头迎了上去，被碾轧了个粉碎。长长的刹车痕证实两车交会的那一刻，曾经是怎样的惊心动魄！

死者乔斯醉酒驾驶，负有全责。

李鼎君脑子还算清醒，他拉起李存哲："李存哲，现在不是悲伤的时候，你要赶紧通知莎莉父母，前来料理后事。"

一句话点醒梦中人，李存哲泪眼蒙眬地看着父亲："爸，我要回趟国，你马上帮我订机票，最快的一班。"

李存哲从国内接来了莎莉父母到西班牙。这两位平生从没出过国门的老人一直以女儿为荣，他们梦想着退休后追随唯一的女儿到国外享福，没想到当真正实现出国梦时，却是以这种方式。

人生最悲哀的事情莫过于白发人送黑发人，一夜之间莎莉的父母头发全白。

李存哲鞍前马后照顾着老人，早出晚归，帮忙料理女友的后事。

李存哲脸上已看不出悲伤，只是日渐消瘦。

苏任秀勤每天让住家保姆换着花样煲各种汤给儿子补充营养，无奈李存哲深陷在悲痛自责中不能自拔，对眼前的美食视而不见。

这样忙碌了一段时间，等到火化了心爱的女友，他的心一下子空了，常常陷入迷茫之中。

用情太深，伤了自己。曾在生命中如花绽放的少女，如一抹璀璨的晚霞消失在夜空中。每当抬头望天边的那抹晚霞时，睹物思人，李存哲心头总是掠过一阵揪心的痛。他的话明显少了下去，每天除了必要的嗯、啊，再也无多少语言。

知子莫如父，为了帮助李存哲早日走出哀痛，三个月后，李鼎君递给儿子一张飞往广州的机票："李存哲，爸爸上海的房地产项目需要亲自督阵，这段时间我要到上海去了。广州的大时代公司需要人手帮忙，你替爸爸到广州公司管理一阵子吧。"

李存哲茫然地接过机票，也许化解哀痛的最好方法是换个环境，重新开始。

自莎莉出事后，李存哲从律师楼辞了工作出来，前往广州管理父亲的公司。临行悲壮得像自我流放的勇士，带着风萧萧兮易水寒，壮士一去兮不复还的悲壮心情。

哪知刚一下飞机，差点被广州的热浪灼伤。他赶紧脱掉外套，露出白色的T恤。

大时代公司总经理周筱恩亲自开了辆七座商务车接机。

李存哲走出机场，看到这庞然大物时，下巴都要掉地上了："不是吧？周筱恩，你一个女孩子不会开这个来接我吧？"

周筱恩把头一扬："这有什么？我考得可是B证，对付它，小菜一碟。"

"不是吧，周筱恩，国内女孩都像你这般生猛？"

"上车吧，我的李二少爷，有的坐已经不错了，就这，还是我打了好几个电话才搞定的呢！现在公司用车荒，能调到车已经不错了。”

李存哲对这位能力超凡的姐姐级管家佩服得五体投地，顺势钻进了副驾驶室。

“坐好了——”周筱恩话音未落，猛一踩油门，汽车疾驰而去。

“喂，你会不会开车？”李存哲赶紧抓紧扶手。

汽车绝尘而去。

车进工厂时，被一辆大货车挡住了去路。货车司机一看周筱恩，如遇救星：“周经理，你总算回来了，快来帮个忙。”

周筱恩跳上货车，挂挡，踩离合，倒。熟练得就像开玩具车，几个回合之后，车就顺利地开出了大门。

李存哲的下巴又一次掉地上了：“不是吧，筱恩，你还玩真的。”

周筱恩扬了扬手中的驾照：“B 证，如假包换。”

“你也太牛了吧！”

“就这玩意儿，不实用，太麻烦了，年年都要年审，过几天我要去换个 C 证回来。”

“别呀，这个多牛掰，拿出来吓死人。”

“我的二少爷，在广州，东西是拿来用的，不是拿来炫的。”周筱恩给了他一个白眼，“喂，过来帮忙，把箱子提进去。”

“哦。”李存哲赶紧上去搭把手。

忙碌的生意，快节奏的国内生活，让李存哲渐渐从哀痛中走出来。进车间，走一线，无数个会都等着他开，他哪有空哀伤，眼前 800 多号人都等着他开工资。李存哲身临其境，才体会到父亲赚每分钱的不易。

洽谈业务，三天两头出差，空中飞人，这些电视剧里的情节全部在他身上上演。他的人生好像以莎莉的车祸为分水岭，一下子分出了界线，前半段过着童话般的豪门生活，求学，实习，恋爱，一点不用为生活操心；后半段一夜之间被广州的热浪灼醒，赚钱，赚钱，再赚钱，以此证明在李家的价值。

无数次的攻关和应酬之后，也许李鼎君天生的生意人遗传基因在李存哲身上起了作用，也许他的勤勉感动了老天，李存哲竟然在广州公司钓到了大鱼，这令一向自负会做生意的大哥都想不到。

也许是他的初生牛犊不怕虎的无畏感动了南欧老板，也许是他的诚意打动了对方，总之他接到了总量 105 万欧元的订单，这一年，欧元和人民币的兑换率是 1 ： 10，效益显然是可观的。

然而，年终总结时，大哥对他的表现只字未提，他提醒大哥，希望得到他的表扬，没想到大哥淡淡地说："这笔业务，根本是竹篮打水一场空，根本没赚到钱。"

怎么会这样？李存哲愣住了。

正在品咖啡的李鼎君心里咯噔了一下，据他所知，这笔订单应该有几百万的盈利，为何老大不说，如此打击弟弟的自信心，难道出于嫉妒？一种不好的感觉像一团阴影笼罩在李鼎君的心头。

但是他没有过多地干预兄弟俩的感情，一切都会随着时间的流逝而净化的。眼下另一桩恼人的事情正困扰着他，让他走不出来。

上海，一个成就李鼎君政治清誉的福地，又是一个套牢他经济命脉的深渊。套牢的原因是他用人的失察。如果上海房地产项目不是被太多的蛀虫吸走了它的能量，那么，凭李鼎君当时的影响和实力，谁能说不是另一个财富神话呢？人算不如天算，一步错，步步受牵制，以致影响到后来吉林的房地产项目。这些堵心的烦恼，直接为他的健康埋下祸患，而他却浑然不觉。

存哲创业

作为西班牙赫赫有名的鼎君集团的“二公子”，作为享誉盛名的集团董事长李鼎君的儿子，华裔二代的少年李存哲光环加冕、灿然生辉。

斗牛、舞蹈、音乐，思维在此激烈碰撞，梦想在此生根发芽。显赫的家世，优越的生活所滋生的温床并未让李存哲迷恋与沉醉，反而让他感觉到自我的青春开始越发无处安放。在理想与现实的激烈碰撞中，李存哲越发果敢与大胆，毅然决然创造自己的生活。

“李存哲，你应该去读医科和法律。你的天赋很好，放弃了实在可惜。”

“老师，这些的确是当时最热门的专业，但是我不想替别人打工，我梦想着有属于自己的事业。如此，那就最好马上开始。”李存哲做出了成年后的第一个人生重大选择。

怀揣着创业梦想的李存哲自此便开始在父亲的公司按部就班地耕耘着、拼搏着、奋斗着。“做生意就是做批发”，这种观念在时光的蹉跎中逐渐在他的思想中根深蒂固下来。翩翩少年，意气风发。21 岁之际，李存哲就已在鼎君集团逐渐发展起自己的批发连锁，并在马拉加、巴塞罗那和阿利坎特皆创建了分店。十足的干劲，傲人的成绩，年少的李存哲在父亲的公司内终于打开了一片属于自己的天，同时也赢得了属于自己的一席之地。而做到这一点，他仅仅用了短短的三年。

时光流逝，岁月沉积。年岁渐长的李存哲越发地不安分起来。21 岁之后，他发现自己不想做批发了，而生意在此时的李存哲眼中也不再仅仅是批发而已。在这种思想的引导下，他开始在鼎君集团逐步实践起“局部推销——采选订单——品牌加工”的新型经营路线。新型路线无疑是对家族传统路线的一次全面地颠覆和挑战。所有的改革与创新总是伴随着苦难与疼痛，挣扎与奋起。自我的坚持，集团的质疑，冲突此起彼伏。在思想的不断撕扯和纠缠中，26 岁的李存哲做出了他成年后第二个重大的人生选择：白手起家，自立门户。

自立门户对于花样年华时期的李存哲而言可谓是在人生路上为自己所做出的一个最大的挑战和尝试。对于此次选择，而今早已功成名就的李存哲依然坚定。

初创公司，困难便已接踵而至，此时的李存哲倍感辛苦与压力。开始之际，公司就只有李存哲和一位秘书。人员的紧张、工作的繁重，使作为创始人的他不得不将财务、销售、采购等工作揽入囊中。每天的辛苦奔波、勤勤恳恳、焦头烂额并未为他赢得客户的青睐。创建之后的六个月公司一个订单也没有接到。失望、打击、困惑、不甘、期望、疲惫等不断地折磨着李存哲。及至最后他不得不面对着整宿整宿的失眠。梦想在实践的路上总是荆棘丛生，人生的精彩旅程也总在于它的波澜起伏。坚守希望，奋起拼搏，未来并不遥远。身处艰难泥潭中的李存哲不断地进行着自我激励。

思索是理念成形的基础，实践是理念绽放的保障。“我对自己的定位在哪里？我究竟想要一家怎样的公司？我期望的营业额是多少？而要做到这些，我需要些什么，而又缺少什么……”李存哲反复地思考，反复地琢磨。他把所想到的问题都罗列在本子上。自己提问，自己回答。等到答案慢慢地完善起来，成熟的发展计划也就成功出炉了。

他当时向客户承诺：去中国进货，一切环节（包括价格、质量、管理、物流等）都由他来负责，他将竭尽全力为他们争取最大的利润空间，但是他只收取 15% 的佣金。就这样李存哲获得了他创业史上的第一个客户，赚取了创业生涯中的第一桶金。第一个客户对于李存哲的能力颇为肯定。历经磨合，历经合作，现在他们已经是亲密无间的朋友。自此之后，慢慢地市场上就知道有个叫布鲁斯的人做得不错，李存哲的生意也慢慢顺风顺水起来。按照这种模式进行操作的订单李存哲做了一年多。

李存哲几乎把所有的钱都投资在了广告上。他设计了很有吸引力的计划书，亲自去考察市场，进行评估，筛选了 200 个目标客户群发邮件。李存哲说：“我试图向他们传达这样一个信息：我是你们去中国进货最好的生意伙伴。”

恪守理念，缔造品牌，白手起家，自立门户，是为解开对于自身定位的困惑，是为实践自己内心深处已逐渐成形的理念。但是父辈所缔造的光芒对于年少志满的李存哲而言未免太盛、太浓、太烈，很多时候他难免觉得压抑。青春洋溢、冲劲十足的他想证明自己，想走出新一代华裔的创业之路。

在李存哲的印象中，老一代华裔来到西班牙基本上都是做餐馆、百元店起家，等到摊子足够大了，就专门做批发。而批发在当时的确是资本积累的最好的方法之一。巨额的利润，资本的积累，这些是老一辈华商所尽心尽力追求的，然而这些对于成长于新时代的李存哲而言并不具备致命的诱惑力。相较于父辈，他更看重理念，更看重一个公司的核心价值。通俗地讲，就是在市场上，有人愿意接受的公司是因为它的价值、它的品牌。“批发店”是没人要的。

为了贯彻自己不断丰富的理念，为了缔造真正属于自己的品牌，李存哲在创业的道路上做了很多的尝试，并不断将一些精华运用到公司的日常经营和管理中，收获颇丰。

首先，他坚持账目的透明化。作为一家新式的公司，李存哲始终引导着它朝着正规化的方向发展。而健康、有序的发展离不开精细化的管理。吃了顿饭、加了次油、充了话费，这些消费都要进行系统的财务备案。在具体的运作方面，李存哲在公司内应用了一个很先进、很便捷的计算机系统，并将该系统广泛地运用到了财务管理、订单管理及员工监督等方面。这个系统十分高效，在这里一切都是电子化的，财务录入、数据分析、任务进展等皆一目了然。

其次，他倡导分段式的管理。相比创建之初，公司整体架构已经非常合理和完善。采购、技术开发、生产（中国）、物流、行政、销售、财务、办公室管理等每个部门皆各司其职。经过漫长的磨合，现在已经是一个非常团结和高效的团队。对此，李存哲经常引以为豪。公司内部施行分段式管理。内部的计算机系统，每位员工都有专属于自己的密码，且只能看到自己的工作部分。公司严禁越权，物流就是管物流，营销就是管营销。分工明确、精细，员工各司其职即可。

某著名电器品牌所生产的电热水炉总是出现质量问题，一时间大家都找不到原因。后来在全面的检查中发现，负责最后一道工序的工人即装箱的工人手里拿着一把螺丝刀。检查人员很奇怪，问他为什么。这名工人是个憨厚的老实人，他说，有时候运到这里的热水炉上的螺丝略有些松动了，他就在装箱前顺便拧拧紧。

这名工人的初衷虽好，可惜理念错了，方法错了，程序也错了。正因他一个善意的举动，给公司带来了不必要的损失。李存哲认为，在新式管理中，一名员工尽职的表现不是替别人去做他们本来该做的事，而是做好自己手头的事。故事里的工人的职责就是检查和装箱，发现螺丝没拧紧，他该做的是报告，而不是自己动手去拧紧。这是一个管理的理念，就是各司其职，为的不是追究责任，而是准确地定位症结所在，并进行最彻底的改进。

在这种先进理念的引导下，李存哲的公司运作稳健，流程清晰。首先是前期开发，自己收购样板，结合市场上的流行元素，设计师进行研发。其次是把设计运到中国区，样板和实物结合，再交给西班牙的销售部门进行推销。再次是交给采购部门整合，再传回中国的生产部门进行协商，这中间涉及价格、欧盟质量标准等。然后投入生产，出货货物进入物流部，中国和西班牙两边的物流部门通力合作。最后是货物顺利到达后，他们开发票并倾听客户的反馈。

为了扩大影响，塑造品牌，李存哲还选择了和国际化品牌 AZA 合作。对于两者间的合作，李存哲有异常清醒的认识。其一，作为国际化的品牌之一，AZA 在产品检验和物流处理方面的经验可供公司学习和借鉴。其二，对于李存哲在中国的供应商来说，李存哲就是 AZA 的代言人之一，这种身份是十分重要的，对未来的发展有很大的帮助。其三，和 AZA 的合作伙伴关系从此就成了李存哲的一张名片，有了这张名片，就会有更多的西班牙公司愿意和他做生意。这种价值都是无形的，也是无价的。

在与 AZA 合作的同时，李存哲也已经创立了独属自己的鞋子品牌。对于品牌创立的选择，李存哲认定在新形势下创立品牌就必须要集中在一个领域，走专业化的路线。服装市场的激烈竞争，手袋市场的狭窄局促，首饰市场的单一普通都不是李存哲想要的。而鞋子不仅需要专业技术，同时还是消耗品；公司团队不仅熟悉鞋子的制作流程，同时还通晓市场。基于此，李存哲最终向鞋子抛出了自己的橄榄枝。

国际经济，风云变幻。经济下滑、环境污染、产能过剩、通货膨胀等如影随形之余，甚至一度愈演愈烈。全球经济面临着前所未有的机遇和挑战。在此背景下，李存哲对于未来公司的定位有较为清醒的认识。李存哲不是冒险家，做事从来都是一步一个脚印。公司拥有相对稳定的市场定位和客户群体。目标不是“做大”“做强”，而是“做精”“做细”。在经济下滑的背景下，“做大”“做强”，风险过高。做生意不仅是时间和金钱的投资，更是信念的投资。而“做精”“做细”，则有助于坚守。提高产品的附加值，创造品牌的价值，提供软性的客户服务，加强团队的凝聚力，定向发展，做到极致。生意要想做大，绝不能急功近利，无形的收获往往更加重要。

李存哲是地地道道的中国人，也是名副其实的西班牙人。“内白外黄，内西外中”，正是人们俗称的“香蕉人”。他既迷恋“庄周梦蝶”的那份古典雅致和温情浪漫，也适应在周末的夜晚，邀上三五个西班牙好友，喝酒聊天，享尽伊比利亚半岛曼妙的夜生活。在这两种文化中，他慢慢品咂，久久回味；来回穿梭，游刃有余。他在欣赏、感受、认识这两种文化的同时，也肯定中西思维差异的客观存在，甚至还不断地探寻着两者间的共存之路。

作为旅西二代华商的佼佼者，李存哲的视点自然而然地集中在商业市场领域。对于中国市场李存哲有其难以割舍的情怀之余，也有其独到、客观、全面和清醒的理解和认识。对于中国市场，他有向往，也有困惑。

历经时代的变迁和时间的打磨，李存哲深知欧洲市场已经趋于饱和。在这种形势下，想要在西班牙把公司做大是非常困难的。市场局限，竞争激烈，空间狭小。而亚洲市场，尤其是中国市场则呈现出一幅完全不同的景象。欣欣向荣，潜力巨大，内蕴深厚。

第一是信息。当下的中国，各类资讯的丰富程度和传输速度已经达到了世界的先进水平。第二是基础设施。近年来，中国在基础设施投资方面进行了大刀阔斧的革新，以高铁建设为代表的基础设施建设可谓日新月异。第三是现金流。人口的众多，市场的广阔，政策的开放，越来越多的资金逐步流入亚洲。大家都清楚目前市场最大的现金流在亚洲市场，而中国市场又是亚洲市场的典型代表。第四是人力市场。在中国，企业可以用相对较少的薪资雇用到素质最高的员工，这种性价比是欧美等其他国家无可比拟的。第五是消费能力。中国已经成为世界上最庞大的市场，这点毋庸置疑。其实，这个市场不仅巨大，而且层次丰富，蕴藏着无穷的活力。新鲜的市场不断地被开发出来，从沿海到内地，发展的浪潮一波紧跟一波。这里是冒险家的乐园，无数的机遇在暗涌。第六是历史因素所造就的人的心理状态。今天的中国如同黎明时分的太阳，沉浸在即将喷薄而出的兴奋中。高楼大厦拔地而起，中国人办完奥运办世博，什么都要争第一。这种思维有它积极的一面即维持着这个巨大市场的新鲜和活力。当欧洲人的注意力都集中在休假、养老金、失业金这些方面时，中国人却冲劲十足。对于企业家来说，这就意味着无穷的机遇。

自10岁那年跟随家人离开中国，从法国辗转来到西班牙，学习、生活、工作、创业皆在西班牙进行的李存哲时刻都关注着中国的发展和变化。最近两年，他因工作所需更是经常回到中国谈生意，拓展市场。

“在中国做生意，就像在‘水里打拳’，使不上力气，”李存哲对朋友说，“你仅仅有好的计划书是远远不够的,中国的市场比表面上和想象中的更加复杂。诸如政策、人脉等因素在市场的运作中更是起着不容忽视的作用。”

时间是最好的疗伤良药，随着时间的流逝和创业的成功，李存哲从上一段感情中走了出来。这时，他遇到了一个非常好的女孩——西班牙最早移民陈冠的女儿陈紫馨。

那天，李鼎君坐在中国城饭店，和中餐业之父陈冠面对面。

“老陈，听说我儿子李存哲和你女儿紫馨谈恋爱，不如我们结为儿女亲家。”

“哈哈哈，可有此事？我这当父亲的还蒙在鼓里呢。”陈冠洪亮的嗓门透着喜悦。

“听说他们在语言辅导班做义工的时候认识的。俩孩子处得不错，能娶上你家闺女，是我家老二的福气，只是紫馨可是你的掌上明珠哦，舍得嫁给我家李存哲？”

“老李，说哪里话呢，能攀上你家才是紫馨的福气。”

“那就这么定了，婚礼的事交由我操办。我一定给你家闺女最豪华气派的婚礼！”

“老李，不要太铺张。”

“无论多铺张都不过分，李存哲是我最小的儿子，紫馨是你的掌上明珠，喜结连理，咱们都是西班牙有头有脸的人物，一定要隆重再隆重。这样，我要请马德里中心区市长为两个孩子证婚，再请上海卫视当红主持做婚礼司仪，再把大使馆参赞等方方面面的人物都请到。”

“现在马德里是你的时代，一切你说了算。”

“别，您德高望重，如今西班牙华人圈的名流哪个不是你提携的，只要您一声号召，哪个不马上飞过来见您。您老陈是华侨界的一面大旗呀！”

李鼎君说得没错，虽然现在他是西班牙的新贵，可在华人圈内，最有影响力的还是老牌华侨陈冠。

优秀的陈冠和同样优秀的李鼎君在西班牙相遇，英雄惜英雄，天赐良缘，有幸结成亲家。

2006年3月27日晚上10点整，当马德里的钟声回荡在上空的时刻，主持人宣布李存哲先生和陈紫馨小姐婚礼开始，整个婚礼大厅欢呼起来。在一浪高过一浪的祝福声中，在庄严隆重的婚礼进行曲中，在千人瞩目中，在舞台缤纷的礼花中，李鼎君夫妇及新娘的母亲周月来到主席台，李存哲也来到主席台。他们在静静地等候着，等候着新娘的到来。陈紫馨在4个花童轻轻托着婚礼晚礼服的护送下，在父亲陈冠先生的陪伴下款款而来。经久不息的掌声表达了人们最美好的祝福，李存哲缓缓从主席台走向陈紫馨，从岳丈陈冠的臂弯中接过陈紫馨，把爱妻拥入怀抱，向岳丈大人宣读誓言，一生一世爱着妻子。

盛大的酒宴结束后，举行了盛大的舞会。浓烈狂野的斗牛舞，粗犷豪迈的歌声，悠长刚健的吉他，地中海畔的这场婚礼风姿曼妙、热情奔放。

父子隔阂

制造业总是局限的，批发公司总是上不了市的。想快速地发展，管理团队人才要跟上，而管理团队正是李鼎君所欠缺的。皮包做到非常成熟的李鼎君想进入房地产业。因为房地产行业需要的管理人员少，只要有资本，承包给别人做，不像制造企业管理那么烦琐。

只有进入房地产市场，资本才会有量的质变。然而事情并非想象中那么美好，上海的一个房地产项目几乎将李鼎君拖垮，并成为他生命中的又一个转折点。

陷在房地产项目众多的纠纷中，李鼎君自己的鼎君集团根本无心打理，也没精力打理。早就想自立门户的儿子李存萜羽翼渐丰，早已萌生分家念头，而他浑然不觉。一场更大的暴风雨正向他逼近。

回到西班牙，李鼎君忙于生意的同时，对儿子疏于管教。李存萜不觉间染上了赌博。直到债主找上门来，李鼎君才如梦惊醒。

李鼎君要气炸了，胸口起伏不定。他长叹一声，漫天的失败感包围了他，令人窒息。他气得几乎晕厥，手摁住胸口："你，你，给老子出去！老子怎么生了你这样的儿子，孽债啊，生了你这个败家子，老子打下的天下迟早有一天会被你败光！"

李鼎君抓起桌子上的茶杯，狠狠地砸向地板，"啪"的一声，碎片四溅。他轻易不动怒，一旦动怒天皇老子也管不了。

李存萜一声不吭，只是冷冷地看着李鼎君，闷声不响。李鼎君的咆哮如同丢进水中，一点回声都没有。

李鼎君又朝苏任秀勤咆哮："你这个儿子就是前世来讨债的，一点都不让老子省心。"

"李鼎君，你抽什么风？有话好好说，不要吓坏孩子。"

“都是你无原则的宠溺，儿子才变成这样。”

“你这人简直不可理喻！”

苏任秀勤拉着李存萜兀自去了。

李鼎君像头困兽，在屋子里团团转，最后翻出李存萜的电话通讯录逐一打去：“你们要赌博，我管不着，如果让我发现你约李存萜去，别怪老子翻脸不认人，老子自会打上门去。”

做完这些，李鼎君扔掉手机，瘫坐在沙发上点燃一支烟，吐出来的烟雾迷糊了双眼。钱能买到很多东西，钱也能毁了一切啊。他可不想儿子误入歧途，作为父亲，他必须出来棒喝儿子。尽管李存萜已成年，但江湖险恶、人心叵测，不能不提防啊！辛辛苦苦创下的基业，可不能毁了啊。

从此以后，李鼎君限制了李存萜的经济大权，致使两父子的关系更加冷漠。李鼎君多想修复这种关系啊！深秋，他披衣坐在台灯下，郑重其事地给李存萜写信。他的字刚劲有力，笔端流露的是一个父亲的拳拳忠告。

存萜：

你好！

在今天，一个电话就可以隔洋跨海瞬间表达无数信息，而且我们又经常在一起工作，可现在爸妈还是给你写这封信，是感觉我们把要讲的话写在纸上才显得郑重点，是我们意识到这一年来我们的家庭堆积了许多问题及问题的严重性，我们希望通过信件的详细述说，把爸妈的深思想法及情感带给我儿知道。

一、端正态度，注意言行，处理好人际关系，特别是处理好上下级之间的关系。前些天，你一句“爸爸好无能”的话，直接影响父子感情，疏远了距离。在西班牙，我们是当地人们所关注的一个家庭，是人们茶余饭后讨论的焦点，所以我们的言行更应三思而后行，否则会成为花边新闻。还有你现在所用的手下，完全是按照你的意思行事，没有一个不投君好、直道忠行的人（没有像唐代魏征这样的人）。作为一个领导，切记把握自己的举止。

二、儿行千里母担心。一直以来我们确认我们对两个儿子的关心是一样的，更没有私心，但是你总认为我们更多的关注和爱护给了老二，实际上是你误会了。从你进入公司工作后，我们看到了你工作勤勤恳恳、任劳任怨，做出了大哥的榜样，需要我们费心的事也很少，而且很多事情都能独当一面。在我们的家庭中很多事情由你和妈妈就可以处理（爸爸都插不上），从而造成了老二在工作中就不那么认真积极，甚至有些懒惰。现在老二重新努力入轨了，所以父母就会多提醒他一下，多过问一下，仅此而已。

三、古代都有孔融让梨的故事，身处物质丰富的现代，你更应该懂得谦让弟弟。对于你唯一的同胞弟弟，你应该以大度、宽容的胸怀，让他早日成熟，能够帮到你的工作，使集团公司壮大，而不是打击。如去年他接了一些订单，总量有105万欧元，在广州进货大概用掉600万人民币，可是经你清算后根本就没赚钱，对他信心打击很大。你应该根据实际产生的费用（提关费用、海关费等）合理预算，帮他建立自信心（这根本就是有钱可赚的），赚钱出效益是我们办公司的根本目的，如果提高老二的自信心，让他也能像你一样工作，你的烦恼是不是会减少？你的工作压力是不是会减弱？大处着眼，才能成就大事。凡事要抓大放小，不要斤斤计较，要有大度量、大手笔，才会海阔天空，企业才会做大做强。

四、打造团队理念。现在无论大小公司都深深理解团队的重要性。虽然目前我们还是家庭（族）化的经营方式，但是团队对我们一样重要。我们的家我们的企业现在也是一个团队，而你作为这团队最重要的一分子，理应富有大思路、富有进取心，充满自信、充满热情。热情可以感染别人，使别人的热情更加高涨，使我们的企业能够持之以恒、持久发展。你不能一味的想分离，这根本是削弱企业的竞争力（你一个人做手袋，老二也做手袋，爸妈也没到七老八十的时候，也需要工作，也要继续做手袋，本来竞争就很激烈，我们自家还搞内部竞争，那不是成为别人的笑话了吗？）我们现在已经是股份制，应该是权责分明。凭借今日的自身条件，我们有理由相信我们有更广阔的前景，创造更加美好的家园（家业）。纵然你真的感觉大家拖累了你，你可以出去单干，但是其他一切资源都是公司的资源，不是你个人的私有财产，你无权拿走带走。前些年爸爸在上海搞房地产很受打击，使我的脾性变化很大，脾气又十分火爆，于是跟你的交谈根本是没法进行，也请你体谅我。今天你也有脱离家庭的念头，让爸爸难以接受；希望能有机会大家坐下来心平气和、推心置腹谈谈。

今天我们跟你说了这么多，希望你能理解爸妈的用心良苦，若你有其他想法，也请你及时、真实地告诉我们。以前我们都是很好沟通的，也经常沟通。为何现在越来越少了呢？爸妈最大的心愿是我们的家庭和谐幸福。家和万事兴！希望你能明白爸妈的一片苦心。

爱你的爸妈

2008 年秋

李鼎君把这封信留给李存萜，只身去了东莞。

不知道是不是精神受了创伤，李鼎君的身体出现了种种不适，起先是颈椎痛，接着开始肚子痛，他以为是三餐不定导致的胃痛，吃了几颗消炎药稍微好些。然而有劲使不出的无力感越来越强。难道这就老了吗?

这样拖了几个月，身体还是不见好，李鼎君隐隐约约有不好的预感。

医院里，一纸诊断，突然犹如晴天霹雳，天塌了……

身患癌症

2009年的春天，上海的气温早早进入夏天那种闷热状态。

连番做了各种检查后，医生神色严峻，最终让李鼎君做PET检查。他枯坐在医院的等候区，偶尔抬头看看四周，身旁熙熙攘攘的人群，每个人带着凄惶的神色，就像世界末日。他不知道自己是不是也这样？外面天气很热，他却只觉得一股钻心的冷气从脚寒到头。难道是医院的冷气开得太强了，抑或他穿得太少？他竖起衣领，设法让自己暖和一点。

“李鼎君，李鼎君在吗？”一位护士在走廊上喊道。

李鼎君站起来，跟着护士走进了PET检查室，留给世界一个落寞的背影。病来如山倒，走进医院的那一刻，他强装的伟岸轰然倒塌。他不再是那个搭建中西贸易的华侨领袖，而是一个内心惶恐的患者。

上午10时准，李鼎君服下医生事先递上的黄色药丸，平躺在白色诊断床上，似乎进入一个被抽空氧气的世界里，憋得慌。

此时，李鼎君心底涌起无限的恐惧和悲哀。难道真的生重病了吗？不！我还有很多重要的事情未完成，我不能轻易被病魔打倒。

头顶上的扫描器在他的全身扫来扫去，突然停留在直肠部位的红灯亮了。顿时，主治医生和身边所有医生脸上出现一点微妙的变化，职业性的情绪变化外人是感受不到的，李鼎君平躺那里更不会察觉什么。

机器停下来，灯被关掉。李鼎君缓缓起床，他抬头看墙上的挂钟，一个半小时过去了。

李鼎君起身从白色诊断床上下来，看见所有医生对他微笑着，眼神充满怜悯。他隐隐不安，似乎哪里不对劲。但是他同样回报着笑容。

主治医生拍着李鼎君宽厚的肩膀，说道：“放心没事，回去等确诊报告。”

按照流程，做完了电子成像检查，必须要等一个星期再找主治医生就诊，那时才能知道结果。想到还要忍受一个星期状况不明的心理折磨，李鼎君的心开始焦虑烦躁起来……

李鼎君没有离开的意思，他鼓起勇气，把主治医生叫出门外："谢谢您，医生。我身体向来都很好，但是近期确实出了毛病。刚刚的检查，有没有发现什么？请您坦率告诉我病情。"他看看主治医生紧闭双唇，面色沉重，更相信自己的判断没有错。接着又对主治医生说："您放心，我会面对的。我还有多久时间？"

主治医生擦了一下额头上渗出的汗珠，似乎有些不忍心但又没有拒绝的理由："从目前诊断来看，直肠上发现异样变化。"主治医生说得很婉转。

"您就直说好了。是前期还是中期、晚期？前期剩下多少时间？中期剩下多少时间？晚期又剩下多少时间？"李鼎君所指的剩下多少时间，就是生命存活期。他双眼死盯着对方，紧张地等待着医生宣判。

"医生的天职就是要告诉患者真实病情，不过不是针对患者，而是针对家属。"

主治医生推了推鼻梁上的眼镜，不自觉地舔了一下有些干裂的嘴唇，接着说，"这不好说，得根据患者身体素质，还有患者的承受能力以及意志力。"

李鼎君没有勇气听到死神的宣判，慌忙中握着主治医生的双手，显得有些语无伦次起来，但是很快平静下来："您，您先忙，那我先走了……"

他失魂落魄地转身，突然耳边传来医生问话："您今年多少岁？"

李鼎君答："58岁。"

"下周来拿诊断书。"主治医生反应过来。李鼎君步履蹒跚，已经走远。楼道空荡荡的，寂寞而冷清。

李鼎君连头都没有回一下，嘴里说着："不用了！"他茫然地挪动脚步，不知道该走向哪里？他的背影看起来一下子老了10岁。

人最深刻的痛苦永远来自时光的流逝与生命的耗尽。

阳光很刺眼，春天的温暖原来是种假象，刚才还阳春三月，这会儿已是冰冷刺骨。李鼎君下意识地裹了裹夹克，可那种寒冷还是从脚底往上冒。头有些眩晕，双腿像惯了铅般沉重，他慢慢扶着楼梯护栏往下走。

李鼎君在凄惶中走出医院，心情跌至谷底。脑海中闪现一个又一个镜头，他甚至希望这是一次误诊。他忽然悲伤又理智地想到，除了再找良医确诊外，就是规划好今后的日子，如果生命所剩无几，现在该做哪些准备呢？

他走在大街上，上海的繁华在他头顶上不停旋转着。地标建筑东方明珠似乎朝着他挤压过来，压得他喘不过气。

他的意识几乎空白，跌跌撞撞地回到别墅，掏出钥匙，对准锁眼，手哆哆嗦嗦的，竟然插不进锁眼。好不容易打开大门，木然进屋，大门“砰”的一声关闭，也把阳光关在了门外。

进门，脱鞋，放包。动作是迟缓的，空气是凝滞的。他的进入没有给这久置不住的别墅带去丁点生机，反而更显沉沉的迟暮。他第一次发出了“廉颇老矣”的感叹。

屋里宽敞豪华，布局格调高贵典雅。欧式风格，处处显示主人高雅的生活情趣。墙上挂着现代欧洲画家的名画，无论哪一幅，当初购入的价格都要在10万元以上。玄关处摆放着镇宅之宝金镶玉，极尽奢华。如今这些象征富贵的东西在他眼中轻如尘埃，毫无意义。

一个房间开着，其余房间统统关着，看得出来这别墅空置时间已久，很多次李鼎君从国外回上海办事，总嫌清扫麻烦，提包住了酒店，而这次不同，他需要在自己的家里静静待上一阵子，细捋生命中的过往。

客厅全是实木家具，茶几上放着一本厚厚的小说《堂吉诃德》，李鼎君经常翻读这本书。

李鼎君拾级而上，镶着金边的木质楼梯，此刻，他像轻盈的羽毛，落上去不闻声响。其实，声音还是有的，然而此刻被医生判了死刑的李鼎君根本听不到声响。

他一间间推开房间的门，色彩斑斓的是儿童房；明丽清新的是李存萜夫妇和李存哲夫妇的卧室；就连保姆房也装修得别具一格。房屋很大，亲人们都在西班牙，少了儿子、孙子的欢声笑语，别墅显得寂寥落寞。没有人气，房子仅仅是房子，不能称为家。

午餐时间已到，他没有进厨房，对死亡的恐惧让他忘记了饭点。他茫然地拿起书瞟了一眼又很快放下，抬眼看看手腕上的时钟还差几分到12点。他朝主卧走去，把门关上，衣服也没有脱，就重重地把自己摔在床上，眼睛望着天花板那盏豪华的吊灯发呆。难道这就是自己的人生，还没开始就要落幕？上天真是残忍，他想什么时候召回你，连招呼都不打，直接宣判，连上诉的机会都没有！

这时候的李鼎君，不再像一个老中医，对过往经历望、闻、问、切，而成了一位西医，拿着手术刀，顺着纹理，一刀一刀下去，翻出往事的伤疤，在命定的年轮里痛定思痛。

在他整整58年的生命中，他想停下来而没有办法停下来的生命力度，仍旧是那么惊心动魄、身不由己。不过，在他身上仿佛总有一种力量在推着他朝前走。

李鼎君拨出了一个电话，电话那头传来忧伤的歌曲：

因为梦见你离开
我从哭泣中醒来
看夜风吹过窗台
你能否感受我的爱
等到老去那一天
你是否还在我身边
看那些誓言谎言
随往事慢慢飘散
多少人曾爱慕你年轻时的容颜
可知谁愿承受岁月无情的变迁
多少人曾在你生命中来了又还
可知一生有你我都陪在你身边

彩铃响了很久，无人接听。李鼎君转移注意力，拿出纸笔，决定做最坏的打算，为了苏任秀勤和孩子今后的生活，无论如何都要把遗嘱准备好。

他一向头脑清醒，干事条理清楚，现如今提笔却写不下一个字，几次拿起笔，又扔在桌子上。他心里闷闷的，像是憋着一团火，随时可能把自己燃烧掉。

在死亡面前跟法律打交道，这真是一件极为诡异的事。死亡何其伤感，法律又何其冷酷无情。他独坐桌前，把遗嘱需要的文件摆了一桌子，一边深陷在生命即将走到绝境的悲哀里，一边又得极度冷静理智地安排身后事。

然而，只要想到自己时日不多，心里就惊慌得不得了，他现在还有体力慢慢写，要是进了手术台，要是病入膏肓，哪还有力气写这些东西。

怀着复杂惆怅的心情，李鼎君断断续续写完了遗嘱草稿。不知道是自艾自怜，还是身体虚弱，他的头上直冒虚汗。他把自己放倒在床上，想好好睡个觉，却辗转难眠，思绪漫飞：一会儿想到不得不搁置工作，一会儿想到还有几笔投资急需他去谈判……想想才几小时之隔，他的世界就完全不一样。他仿佛被禁闭在一间玻璃屋里，虽然可以看见外面红尘熙攘的世界，可这活色生香的世界已经与他无关。

李鼎君想到了母亲，他的母亲已经八十几岁高龄，经历过中年丧夫之痛，如果再让她承受老年丧子的悲痛，能熬过去吗？老天，你不要这么残忍好不好？母亲一直以他为傲，他却大部分时间远走异国创业，让她年年倚门而望盼儿归。还有太太苏任秀勤，她既是妻子，抚养教育两个儿子，又是他亲密的战友，他们共同创业，齐头并进，才有今天的鼎君集团。他没有带给母亲和妻子更多的柔情，为自己亏欠他们太多而难过，想到这些，他不禁悲从中来。

思想前后，他不得不面对，是自己过去没日没夜拼搏，才把身体拖进了恶疾的深渊，他从来不信教，这会儿却不断向上帝、菩萨、诸神祈求：求求各路神仙再给我一次机会，只要让这场病过去，我一定痛改不规律的饮食和作息，只要让我躲开癌症，给我机会重返生活，我一定弥补过去的缺憾，包括对母亲、妻子和两个儿子的亏欠，尽到做儿子、丈夫、父亲的责任。

如果人生进入倒计时，李鼎君心中不想亏欠任何人，真心希望自己走得潇潇洒洒。希望用余生来弥补爱他的人对他所有的付出，希望他们能觉得生命中有李鼎君是美好的、快乐的，他们之间的相处、互动，可以成为最美好的回忆。

"如果上天非得把我带走，我一定要活好这最后的时光，有三个月的时间就过好三个月，有一年的时间就过好一年，有三年的时间就过好三年。嗯，就这样！"李鼎君想到这里释然了。

他仿佛从鬼门关走了一回。三小时之前的李鼎君，还是一副绝望的样子，谁知三小时以后，他完全变了一个人。他是智者，一个看透生死、大悟大彻的男人。

一阵电话铃声宛如炸弹在床头柜上响起。

李鼎君猛然抓起电话："没事了，我马上就吃饭去。"他压根还不知道，电话从哪里打来的，谁打的，什么事，他立马就挂断了电话。

电话是从欧洲打过来的，那边一头雾水，不知道自己的老板在说什么。抬起手腕一看，当地时间上午 10 点，北京时间是下午 15 点整，无论欧洲还是中国都不是吃饭的时间，对方摇头放下电话。

李鼎君似乎早已忘却上午发生的一切，刚才似梦非梦，脑海里浮现的影像全部消失殆尽。他哼着"那故乡的风，那故乡的云……"起身去到卫生间，对着水龙头冲洗着脸部，头脑顿时清醒了不少，身心仿佛轻松，精神重新焕发。简单梳洗一番，喷上点法国香水，这些行为都是他此前人生从没有过的，绅士味儿更加浓厚。

李鼎君开车去了位于四川北路的公司。那是条文化老街，作家阿累写与鲁迅先生交往的《一面》中的内山书店就在这条街上。

李鼎君来到文化老街一家雅致的餐厅，在靠窗位置坐下，要了一瓶法国葡萄酒，点上三个菜。

举杯独酌时，李鼎君的手机突然响起来："鼎君，你在和谁喝酒？"

他一听是苏任秀勤，苏任秀勤难道长了千里眼，喝酒的事都看得见？

"哪里的事，我刚坐下来在餐馆里吃饭。"

"哎，都什么时间了？你撒谎都不会，这个时候还吃饭？对了，你什么时候回西班牙？这边很多事情等你回来处理。”

李鼎君没有把今天的诊断结果告诉苏任秀勤，苏任秀勤身体长期不好，他暂时不想把这一消息对任何人说。他只是轻描淡写说：“我很快就回去，那边的事情先让李存萜处理。”

和苏任秀勤挂断电话，服务员上来为他倒上大半杯葡萄酒，他非常得地体控制自己的酒量。等他吃饱喝足，付了钱起身站起，此刻，他的身体似乎有些飘飘然。生死不过平常事，想通了，心底涌起从来没有过的轻松。

他朝着办公室走去，办公室简洁大方，一张宽大的办公桌后，挂着一幅《来去自如》的书法作品，此刻这四字正是他真实的人生写照。他追求了这么多年，终于换来来去自由的行动方便。案头上摆着一家人的合照，无论到哪里，他总在房间里摆满一家人在一起的照片，这些照片给了他打拼的力量，给了他尘世的温暖。

他拿起合照，看看，笑笑，又放下。他像做了决定，他把电话打给侄女：“筱恩，请帮忙马上约医生做手术。”

电话那边，周筱恩非常吃惊：“叔叔，您在说什么？谁做手术？”

“是我。别紧张，一个小手术。”

“叔叔，您怎么了？可从来没有听您说有什么不适的地方。”

……

病床上，李鼎君想了很多。他已经做了最坏的打算，即使不再醒来他也了无牵挂。该安排的都已安排，该奋斗的青春都已奋斗过了。唯一亏欠的是苏任秀勤：跟着他一生颠沛流离、流血流汗，好不容易生活趋于平稳，自己却……想到这里，李鼎君紧闭的眼眶涌出两行热泪。

李鼎君被推向手术室时，周筱恩眼泪汪汪地望着他，他努力挤出一丝微笑回应她。

假如生活欺骗了你，不要悲伤，不要心急！忧郁的日子里需要镇静；相信吧，快乐的日子将会来临。

李鼎君吟咏着泰戈尔的诗，他是说给筱恩听，同时也是鼓励自己。

他让周筱恩把手机拿给他。

周筱恩把诺基亚手机递给他：“叔叔，要给阿姨打电话吗？”

“不，不要告诉她，不能让她担心，小手术，我可以的。”

李鼎君飞动着手指，屏幕上流露的都是他的牵挂。即使倒在手术台上，他已准备好遗嘱，免却了豪门争财产的后顾之忧。孩子们都长大了，可以打拼出自己的事业，唯有放心不下的是苏任秀勤，她跟着自己吃了大半辈子苦，生活日渐好转了，他却随时有可能先她而去，怎能不让他牵肠挂肚。

苏任秀勤的手机滴滴音响起，提示有信息输入。

她翻开屏幕，一长段话映入眼帘：

辛辛苦苦38年，想当初你嫁给我时，饭，吃不饱；衣，穿不暖。住家，前透风，后漏水，家里还欠4800元。在38年前由于我把你追到，带来福气，38年后的今天，子孙满堂，大富比不上，应该是知足吧，谢谢你38年来的辛勤付出才有今天的幸福。感谢亲爱的太太，祝你永远快乐幸福，身体永远健健康康！越来越漂亮！

“这个阿君，发哪门子神经，居然学会甜言蜜语了。”苏任秀勤脸上泛起少女的红晕。

当苏任秀勤回拨过去时，只听到，“对不起，你所拨的电话已关机。”

“老板娘，这种包给我一箱。” 有批发商在催促。苏任秀勤来不及思索，投入忙碌的生意中去。

麻醉注入李鼎君的身体。李鼎君昏睡了过去。

苏任秀勤是半月之后得知李鼎君患癌的消息的，所幸手术很成功，术后康复得很好。

李鼎君飞回西班牙的家，刚进门，来不及倒时差，李存萜的一句话让他一个趔趄，差点摔倒。

李存萜说：“爸，咱们分家吧。”

李鼎君心头一震，他所有的梦得到了验证。他老了，身体出现状况了，儿子嫌弃他不会给这个家创造价值了。但是也不该在这节骨眼上跟他提分家，这无异往他伤口撒盐。

“滚，滚，老子把青春全部奉献给了这个家，现在人还没死呢？就树倒猢狲散了？他们为什么要这样对我，这样对待一个刚做了手术的癌症患者？没良心的兔崽子！”

李存萜打定主意要分家了，原先和睦的家庭变成了狼烟四起的战场，家的温馨被不断的口角消磨殆尽。

没过几日，李存萜一家趁着李鼎君夫妻出门就悄悄从家里搬出去，搬到了刚装修的新别墅里去。

这让李鼎君伤心透顶。

有什么误会怨恨竟至于此？搬家这样的大事也要瞒着爹妈。

事已至此，没有挽回余地，李鼎君心灰意冷，他召集全家开了个家庭会议。他把财产分成三份：一份给太太苏任秀勤，一份给长子李存萜，一份给次子李存哲。

分家的现场，气氛有些凝滞。他把公司和不动产给了大儿子李存萜，长子继承父业似乎顺理成章。他把现金给了二儿子李存哲，李存哲具有开拓精神，他相信李存哲会凭着这笔丰厚的资金闯出一片开阔的天地。他把证券、股票、黄金等留给了太太苏任秀勤，他相信善于投资的太太会让这笔财富升值。

他自己分文不取，像是对那个梦的呼应，他重新变成了穷光蛋。

“你们若爱我，我用不上钱；你们若不爱我，我要钱何用？”李鼎君说完这句，点上烟，轻轻带门出去。他需要找个地方静静。

老树咖啡

一条“L”形的廊台，围合着餐厅。自由敞开的门，既让内外贯通，八面来风，又可让过往行人，一窥里面的浮华世界。这间开在塘河边上的老树咖啡馆，就像一株枝繁叶茂的大树，它的根须从树上密密垂挂下来，从根须里长出一个个故事。李鼎君买下了这家咖啡馆，不为赚钱，只为让更多回国的华侨有个讲故事的地方。

他看着周筱恩执掌店堂，她穿梭往来，方圆周转，就像看着当年在东莞管理800个人大厂的样子，凡事一丝不苟。她朗朗的笑声一点都没有变。

“人总会有一些不良习惯，只有狠下心来，约束自己，克服坏习惯，养成好习惯，律己修身，才能齐家、治国、平天下。”

“活在世上不能太贪心，要学会取舍。心中贪念太多，只取不舍的结果，最终导致你不堪重负、两手空空；而适当的舍弃，看似是一种失去，但在不久的将来，就会获得更加丰厚的给予和回报。”

“当你的才华撑不起你的野心时，那就静下心来学习。当你的金钱赶不上你的梦想时，那就坐下来好好工作。当你的能力驾驭不了你的目标时，那就应该沉下心来历练。”

……

黄色的墙面上贴满了花花绿绿的纸，纸上写满了密密麻麻的字，李鼎君把目光投向墙面，细细品味着墙上的字，如同品味自己的一生。

大屏幕正在播放访谈类节目，电视里那个年轻的李鼎君侃侃而谈。

电视外年迈的李鼎君说：“好汉不提当年勇。”

电视里年轻的李鼎君说：“鼎君集团是欧洲最大华人企业之一，拥有13家子公司。业务从单纯的箱包贸易拓展为综合性贸易、投资，并进入了当地电子信息和零售连锁业，顺利成为西班牙第三大公司的指定供应商之一。我个人的坎坷经历很多，包括在国内以及国外，国外的经历更艰难，可以用恶劣来形容。我的社会生活或者创业历程，无论从哪个方面都可以写成一篇文章，不是说为了表现我个人的成绩，只希望能给他人一点启发。每个人都会有机遇，关键是你有没有魄力去抓住它。”

电视外年迈的李鼎君说：“每个人都是舞台上杂耍的小丑，努力倾其一生接抛手中的三个球。皮球的名字是工作，铁球的名字是身体，而玻璃球的名字是生活。皮球掉在地上，还有弹起来的机会，就如工作；铁球掉在地上，因为身体重永远失去了再次跳跃的可能，就像健康；玻璃球掉在地上，留下的唯有一堆永远也无法拼起来的碎片而已，就像生活。为了追求完美，精疲力竭，再接再厉，为的只是不让手中的任何一个球掉在地上。”

离开老树咖啡馆，李鼎君去了西藏。

他驻足大昭寺，内心被信仰的力量涤荡着。一条悠长奇绝的山路，一队无比虔诚的朝拜者，一步一叩首，每一步都是表达对佛的虔诚。他们已经走了很多年，只为在一次生命中，用全部身体触摸拉萨这圣洁之地。

李鼎君学着磕长头，起先是不适的，磕了几个之后，熟稔了，身体的不适也逐渐消失了，随之而来的是一种虔诚的仪式带来的平静，以及由平静带来的喜悦。这种力量是任何事物都无法撼动的，什么都不想，就只是静心叩头，让大昭寺上空没有一丝尘染的阳光肆意地洒在脸上，倾听天籁的圣音。

那一刻，他终于理解了苏任秀勤为什么每天清晨虔诚地叩拜：信仰让人平静，而平静让人喜悦！

此后，他走了很多地方，丽江束河古镇的慢时光，大唐长安的繁荣盛况，陕北风情的沧桑和荒凉都让他对生命、对时光有了另一层悲悯的看法……

任何一念流转，都会擦肩而过。任何一脚迷乱，都会无缘错失。在路上，看起来，更像是与另一个自己相逢。生活撩人心魄的地方是：你永远不知道，在下一刻，在下一个地方，会有哪一个人，会有哪一片风景，不早不晚，不远不近，为你等在那里。

他在行走，也在参悟人生。人生就是不断地历劫，闯过一个个劫难后，才看清来时的迷障和去路的圣洁。每一个劫难，不管是锥心之痛还是挖肉之殇，必须去承受。熬得住，出众；熬不住，出局。

每个人的劫难都是不一样的，他也想通了，儿孙自有儿孙福。该承受的得他们自己去承受，每一次的承受不都是成长的最好契机？

他游走四方，欧洲、美洲、亚洲、非洲……他的脚步延伸到世界各地，在路上他与灵魂对话、与生命对话，每一次的归来都是精神财富的飞跃和丰盈，他享受这种与灵魂对话的感觉。

物质财富到达不了的远方，就让灵魂到达吧，让它能走多远是多远。

每个人活在世间，都会被世事的尘土所埋，埋得深浅而已，都会有委屈，有误解，有伤害，即使都经受过，但仍不能做对世间刻薄的人，仍要保持一颗柔软的心，在流逝的光阴里寻求开悟，进而变得厚实大气起来。如此，便不枉来人间一趟。

老树下的那杯咖啡，余温尚存。